社会史视野下的中国现代文学研究

（1920—1960）

罗莹钰　王彪　刘书景　张瑞瑞　著

WUHAN UNIVERSITY PRESS
武汉大学出版社

图书在版编目(CIP)数据

社会史视野下的中国现代文学研究:1920-1960/罗莹钰等著. —武汉:武汉大学出版社,2022.12(2023.11 重印)
ISBN 978-7-307-23351-5

Ⅰ.社… Ⅱ.罗… Ⅲ. 中国文学—现代文学—文学研究
Ⅳ.I206.6

中国版本图书馆 CIP 数据核字(2022)第 185573 号

责任编辑:白绍华   责任校对:汪欣怡   版式设计:韩闻锦

出版发行:**武汉大学出版社** (430072 武昌 珞珈山)
(电子邮箱:cbs22@whu.edu.cn 网址:www.wdp.com.cn)
印刷:武汉邮科印务有限公司
开本:720×1000 1/16 印张:12.5 字数:178 千字 插页:1
版次:2022 年 12 月第 1 版 2023 年 11 月第 2 次印刷
ISBN 978-7-307-23351-5 定价:59.00 元

导　言

　　第一章选取"五四"时期"实践型"知识分子沈玄庐作为研究对象，梳理他的劳工观、农民观、妇女观，考察他的乡村实践，分析其新诗的内容和艺术特征。受"五四"社会思潮影响，沈玄庐从阶级立场来审视地主与农民、资本家与劳工之间的剥削与被剥削的关系，肯定劳动者为物质财富和精神财富的双重创造者身份，并对私有制的合理性产生怀疑。在妇女解放问题上，沈玄庐强调"女子是人"的本质属性，呼吁男女平等，甚至提出了带有无政府主义色彩的"非占有"的爱情观，他也意识到妇女解放的根本途径在于打破经济压迫。与此同时，沈玄庐还在家乡衙前进行乡村实践。他创办的衙前农村小学不仅给农村儿童提供免费的教育，而且成为农民训练场所。他领导的衙前农民抗租运动，是中国共产党首次领导的农民运动。沈玄庐新诗的内容，主要表达对农民、劳工、妇女的关注，其新诗语言采用的是俗语白话，在韵律、节奏、修辞上具有歌谣体特征。

　　第二章主要论述郑振铎的现代人道主义观及其文艺创作。作为"五四"时期重要的社会文化思潮，以周作人为核心的现代人道主义观对"五四"新文学家们的社会改造活动和文艺活动都产生了不容小觑的作用。他们以周作人为核心，以文学研究会为阵地，在现代人道主义观念的指导下积极引导社会改造实践的开展，并结合自身的文学观念与创作，对现代人道主义理论进行了深入的阐释与创新。作为前期文学研究会的主要成员，郑振铎在该团体筹备前已经接受了现代人道主义社会改造的核心观念，并逐渐形成了为社会改造服务的"人的文学"文艺观，且将其落实于他在"五四"初期的新文艺创作中，是现代人道主义观的拥护者与践行者。

郑振铎的现代人道主义观念是他在改造社会的过程中不断摸索、吸取各国理论和经验，受到近代西方社会学伦理学、周作人现代人道主义观、列夫·托尔斯泰现代人道主义观和泰戈尔的"爱的哲学"观的影响而形成的；作为郑振铎社会改造思潮的一种，它的形成过程并非独立存在或一蹴而就，而是与郑振铎其他社会改造思潮具有潜在的一致性和延续性，并在不同阶段呈现出各异的形态；在"五四"初期的新文艺创作中，郑振铎通过小说和新诗直接揭露了现实中的"非人"和"非人的生活"，表现了"人间感"的不同文学类型。而他对理想"人""人的生活"的憧憬与期盼则寄寓在他主编的《儿童世界》和译介的泰戈尔诗集《飞鸟集》《偈檀伽利》中。

直到 1923 年对社会改造热情减退后，郑振铎逐渐将视线转移到翻译、编辑和文学史研究，也偏离了"五四"初期的社会改造观和现代人道主义观。这一阶段在他的整体思想历程中虽然短暂，但是作为其思想的起点，它对理解郑振铎早期的思想观念及文学观念都有着至关重要的作用。抛却这一思想而直接谈论郑振铎"血与泪的文学"和他早期的创作，便会使整个研究成为无源之水、无本之木。

第三章主要围绕中国共产党领导的土地改革及其相关的文学叙事为中心进行再解读。二十世纪四十年代后期，中国共产党领导的解放区土改推动了中国乡村社会发生第一次大规模变迁。海外学者黄宗智曾提出，最终将革命与造反、王朝更迭区分开来的，并不是从一个国家机器向另一个国家机器的过渡，而是大范围内的社会变迁。进而，他指出，中国现代革命应追溯于中共的解放区土改，而不是辛亥革命或其他。① 著名学者张鸣认为，"从解放战争以来逐渐磅礴于全中国的土地改革运动，彻底地将中国农村社会翻了过来，不仅颠覆了传统的农村权力结构，而且颠覆了农村的传统，古老的乡土文化从形式到内容都发生了根

_____

① 黄宗智：《中国革命中的农村阶级斗争——从土改到文革时期的表达性现实与客观性现实》，中国乡村研究（第二辑）》，商务印书馆 2003 年版，第 66-67 页。

本的变化，不仅意识形态观念被颠覆，乡村礼仪被唾弃，连处世规则也发生了空前性的更替……"①由此可知，解放区土改不仅是一次自上而下的政治运动，而且由它引发了一场彻底而深刻的社会变革。

在当时的解放区，与土改社会实践几乎同时发生的是土改文学创作实践。运动开展以后，在中共中央的号召与组织下，一大批作家、文艺工作者"下乡"到土改第一线参与指导、宣传工作，并兴起了以土改为题材的小说创作潮流。众所周知，自1942年"讲话"发布以后，根据地"文艺界在思想上和行动上的步调渐渐趋于一致"，毛泽东"所指出的为工农兵大众服务的方向，成为众所归趋的道路"。② 也就是说，土改小说不光在创作发生上受到了政府的统一组织与引导，而且在"写什么"和"怎么写"的问题上也受到了意识形态的规约。但实际上，"讲话"只能为土改书写提供一个大致的方向和规范，至于如何将土改中的具体问题转化为书写内容，作为实践者的作家也有其个人表达诉求与创作想象空间。

土改的影响首先表现在深刻地改变了乡村社会的权力结构与权力格局，至于这一影响如何发生，则成为土改小说作家思考与叙述的重点内容。丁玲在其代表作《太阳照在桑干河上》中，表现了借助于土改阶级斗争，颠覆乡村社会"旧政权"与"旧势力"，重构基层政权的政治愿景。但遗憾的是，这部未完成的小说，偏重于阶级斗争叙事，对新基层政治精英——村干部的描写较少。除了《太阳照在桑干河上》，周立波、赵树理等作家在其土改小说中塑造了众多村干部形象，大部分穷苦出身的优秀村干部成为农村中的"领头羊"，改善了乡村社会压迫与被压迫的旧面貌，展现了土改的政治实绩。而少部分"腐化"村干部形象的存在，则揭示了土改实践中遇到的现实难题，反映了作家的现实主义创作精神与社会责任感。总而言之，将土改社会实践、作家创作实践与文本解读

①　张鸣：《乡村社会权力和文化结构的变迁(1903—1953)》，广西人民出版社2001年版，第254-255页。
②　艾思奇：《从春节宣传看文艺的新方向》，《解放日报》1943年4月25日。

结合起来，为我们重新认识土改、解读土改小说提供了一个新方法与新路径。

随着土地革命的开展，地方封建势力的瓦解和生产力的进一步解放，对旧婚姻家庭制度的改革也迫在眉睫。第四章主要围绕 1950 年颁布的《中华人民共和国婚姻法》及其相关的文学叙事展开分析，以期探讨 50 年代中国共产党如何通过婚姻制度变革中的"自由结婚"话语对青年群体实施社会动员。因为"中国共产党，从来都把婚姻家庭制度的改革，当作中国革命总问题的一个重要部分"。① 早在 30 年代，中共就已经针对根据地及解放区实行一系列婚姻制度变革实践。1948 年中华人民共和国成立前夕，中共中央开始牵头中央妇委和中央法委起草新婚姻法。经过一年半的讨论修改，1950 年 5 月 1 日《中华人民共和国婚姻法》(以下简称《婚姻法》)经毛泽东批示正式颁布施行。作为中华人民共和国的第一部法律，《婚姻法》第一章原则中开宗明义指出要"废除包办强迫、男尊女卑、漠视子女利益的封建主义婚姻制度。实行男女婚姻自由、一夫一妻、男女权利平等、保护妇女和子女合法权益的新民主主义婚姻制度"。毛泽东称其为"仅次于宪法的根本大法"，其重要程度不言而喻，其贯彻及宣传成为 50 年代中共中央进行社会改造的一个重要途径。1950 年《婚姻法》颁布后，因其在"自由"主张上的大胆和前卫，与尚未完全革除的封建婚姻思想迎头撞击，受到了极大误解和阻挠，《婚姻法》相关的文艺宣传需求由此生发。中共中央和中央人民政府政务院发出关于贯彻婚姻法的指示，要求以 1953 年 2 月作为宣传"贯彻婚姻法的运动月"，并将婚姻法宣传"转入经常工作"②，1950 年《婚姻法》的文艺宣传一直持续到 50 年代后期被其他中心工作取代。在此背景下，50 年代出现了一系列宣传《婚姻法》主要精神的文艺作品，这些作品多以短小、通俗的形式对《婚姻法》精神展开普遍的社会宣传。在"结婚"

_____

① 杨大文、刘素萍：《谈我国婚姻家庭制度的改革》，《人民日报》1963 年 12 月 13 日。

② 刘景范：《中央贯彻婚姻法运动委员会 关于贯彻婚姻法运动的总结报告》，《人民日报》1953 年 11 月 19 日。

这一问题上，中共中央通过"结婚自由"的宣传话语，教会年轻人通过"抗婚"挑战父权，消解父辈在青年人心目中的权威，解离了青年和大家庭的精神关联，将他们动员为"无根化"的原子个体；同时一边通过贯彻实行婚姻登记、批判官僚主义、清扫封建势力等实际的举措，保障年轻人不被乡村世俗世界所认可的"自由爱情"，建立了青年对新政权的政治认同，使得青年个体们通过婚姻制度变革进入意识形态所构建的"集体生产"的语境中来。在这个过程中，《婚姻法》所主张的"结婚自由"同晚清乃至"五四"以来的"个人主义"为主导的激进社会话语一脉相承，学会使用"自由"话语对抗父权的青年们逐渐在社会生活的其他方面拓展自我意识的边界，"自由"甚至成为"集体"观念生成的障碍。由此，"个体自由"与"集体主义"之间的冲突和取舍构成了50年代的"结婚自由"文艺宣传中的叙事张力。

目　　录

第一章 沈玄庐的乡村实践与新诗写作

　　"五四"时期，各种社会思潮如马克思主义、无政府主义、互助论等以共时性的方式对当时的知识分子产生了影响。农民、劳工、妇女等问题成为社会关注的焦点，工读互助团、新村实验也在各地兴起。沈玄庐即受这些社会思潮影响的一分子，他不仅在《星期评论》、上海《民国日报·觉悟》副刊等报刊上撰文表达对农民、劳工、妇女等社会问题的看法，并且在家乡衙前进行社会实践：不仅创办了衙前农村小学校，为农村儿童免费提供教育，对农民进行教育和训练，而且还领导了衙前农民的抗租运动。本章将梳理沈玄庐"五四"时期的劳工、农民和妇女观，以及其在衙前的乡村实践，进而讨论沈玄庐的新诗创作，从而展现社会改造思潮与其新诗创作之间的互动关系。

第一节 "五四"时期沈玄庐的思想

一、沈玄庐的劳工观、农民观

　　马克思主义、无政府主义、互助论等社会思潮形塑了沈玄庐的劳工观和农民观。沈氏对马克思主义表现出浓厚兴趣，不仅邀请陈望道翻译《共产党宣言》，而且积极介绍、宣传唯物史观、剩余价值论、阶级斗争论、无产阶级专政等马克思主义基本原理。① 1920 年 5 月，陈独秀等人在上海成立"马克思主义研究会"，沈玄庐为其中一员。他还与陈独秀、陈望道、戴季陶、李达、赵世炎等开始酝酿创建中国共产党。8 月，这群人成立了共产主义小组。因此，沈玄庐还是最早的共产党员之一。在马克思主义影响下，沈氏逐渐树立了阶级意识。一方面，他发现了自己的剥削阶级属性。在《一念》这篇短文中，沈氏由镜中的"玄庐"从哪里来进而追问现实中的"玄庐"如何来，借助镜子这一媒介，"自我"被对象化，沈氏获得了审视"自我"的机会："父母有产业给我，我就靠产业生活。推想我的祖父祖母，也把产业给我父母，我的父母也就靠着产业而生活的……这些有产的人不是靠着无产的人'做工'出来才有出息么？"② 从而确认了"我"的剥削阶级身份，并由此对自己铺张的生活感到愧疚。在向农民作《谁是你底朋友》的演讲时，沈氏也自称"资本家"，表示自己吃的住的一切享受的东西，"都是劳动者底血"。③ 另一方面，沈氏也从阶级的立场来看待农民与地主、工人与资本家之间的关系。如《起劲》这首诗就呼吁"切断工人颈脖子上的项链，打破资本家所建筑的牢笼"④。《哥哥不晓得》这篇短文以哥哥与弟弟的对话展开，弟弟问哥哥"为什么地主世世代代收租，佃户世世代代种地"，哥哥只能以"命""向来的制度是这样"来回答，而弟弟则追问"这种制度好么？"⑤ 这就质疑了地主土地所有制。在《农民自决》的演讲中，沈氏更是提出了"废除私有财产，土地共有"⑥ 的主张。

---

① 关于沈氏对马克思主义思想的接受与宣传，参见杨福茂、王作仁：《沈玄庐思想初探》，《浙江学刊》1981 年第 3 期；陶水木：《五四时期沈玄庐的几个问题》，《杭州大学学报》(哲学社会科学版) 1995 年第 4 期；陈红：《沈定一在马克思主义传播中的贡献与局限》，《上海党史与党建》2017 年第 8 期。本章不再赘述。

② 玄庐：《一念》，《星期评论》第 2 号，1919 年 6 月 15 日。

③ 玄庐：《谁是你底朋友》，上海《民国日报·觉悟》1921 年 8 月 26 日。

④ 玄庐：《起劲》，《星期评论》第 45 号，1920 年 4 月 11 日。

⑤ 玄庐：《哥哥不晓得》，《星期评论》第 37 号，1920 年 2 月 15 日。

⑥ 玄庐：《农民自决——在萧山山北演说》，《新青年》第 9 卷第 5 号，1921 年 9 月 1 日。

在马克思主义影响下，沈氏还认识到劳动者是物质财富与精神文明的双重创造者。他认为"世界上一切东西，都是劳动者底气力造成的"，① 这里"一切"既包含物质财富，也包括精神文化。《你嫌龌龊么?》这首诗如此写道："锉刀似的手皮，正是创造文化的凭据。比那嘉禾文化勋章，不知道要清洁高贵多少倍。"②1912 年 7 月 29 日，北洋政府正式设立"嘉禾文化勋章"，共一至九等，授予对象为有勋劳于国家或有功绩于学问事业的人。③ 锉刀的表面有细密的刀齿，"锉刀似的手皮"，形象地写出了劳动者手的粗糙。粗糙的手既是常年劳作的印记，也是文明创造的标记，比"嘉禾文化勋章"还要高贵。《工人乐》则用工人的口吻"若使没有我们，哪里去找文明的行迹?"④再次强调了劳动者是文明的创造者。基于这样的逻辑，作为文明重要组成部分的文学，自然也是劳动者所创造。因而，沈氏不会认同周作人、康白情等"诗是贵族的"观点，在《诗与劳动》这篇长文中，沈氏对诗作出如下定义："随情底所感，因物即景写了出来，可以反复咏叹的，就叫做诗"，这一定义将情感作为诗歌的第一个要素，而"情感凡是人都有的"，这就有力地消解了"诗是贵族"的论调。该文还以《击壤歌》《诗经》中的"国风"为例，指出诗是劳动者在阶级制度下发出的不平之声，得出"贵族中人没有诗"，"不是劳动者没有诗"，"没有热烈的情感底人，没有诗"的结论。⑤ 而劳动者作为物质财富与精神文化的双重创造者的身份，与其在现实生活中地位与遭遇之间的反差，构成了沈氏新诗的内在张力。

互助论在中国迅速传播，是其思想中蕴含的对"竞争"的民族主义

---

① 玄庐：《谁是你底朋友》，上海《民国日报·觉悟》1921 年 8 月 26 日。

② 玄庐：《你嫌龌龊么?》，上海《民国日报·觉悟》1920 年 3 月 9 日。

③ 参见杨新耕、黄次祥：《旧中国勋章探微》，《上海档案》1989 年第 1 期；阿明：《民国时期的嘉禾勋章》，《湖北档案》2007 年 12 期；霍慧新：《北洋政府"双十节"赏功制度论述》，《河南大学学报》(社科版)2013 年第 2 期。

④ 玄庐：《工人乐》，《星期评论》第 32 号，1920 年 1 月 11 日。

⑤ 玄庐：《诗与劳动》，《星期评论》第 48 号，1920 年 5 月 1 日。

(社会达尔文主义)理论的批判因素。① 也就是说，互助论是在承认进化伦理在强国、保种重要性的基础上，重新确立了社会伦理的重要性，这既契合了"一战"后中国知识分子对欧洲文明普遍失望的心理，也是五四社会思潮关注农民、劳工、妇女等社会问题的逻辑起点。沈氏对当时盛行的工读互助运动，发表了《介绍"工读互助团"》《我对于组织"工读互助团"的意见》等文章参与讨论。沈氏认为工读互助运动在农村具有广阔的施展空间：一方面，农村可以为青年人提供大量岗位，弥补城里"工"的不足，而且成本低廉；另一方面，在"中国最大的生产者是农民，而最大多量的生产技能就是农田"②这样一个现实情况下，成立农作劳动组织比职工组织重要得多。互助论让沈氏找到了乡村改造的钥匙，即通过互助来打破农民个体势单力薄的状况。他曾对农民说："一根麻秆容易折断，一捆麻秆就折不断，大家要团结，人多力量大。"③正是在沈氏的鼓动与领导下，1921年爆发了衙前农民抗租运动。这种强调人与人之间关联与依存的思想，也为沈玄庐1928年开展的乡村自治模式奠定了基础。④

这些社会思潮对社会问题的关注，与沈玄庐的士绅精神相契合。"民国以来，士绅的社会构成及其在乡村社会所特有的凝聚力与感召力，并未随着科举制的停废以及社会的流徙迁变而发生根本的变化，他们在基层权力结构的中心地位呈现出极强的延伸性与稳固性，并在乡村社会经济、政治及社会关系等各个层面中仍占据主导地位。"⑤沈氏出生

---

① ［韩］曹世铉：《清末民初无政府的文化思源》，社会科学文献出版社2003年版，第251页。

② 玄庐：《我对于组织"工读互助团"的意见》，《星期评论》第30号，1919年12月28日。

③ 中共浙江省委党史资料征集研究委员会、中共萧山县党史资料征集研究委员会编：《衙前农民运动》，中共党史资料出版社1987年版，第3页。

④ ［美］萧邦奇：《血路 革命中国中的沈定一（玄庐）传奇》，周武彪译，江苏人民出版社2010年版，第82页。

⑤ 王先明：《变动时代的乡绅——乡绅与乡村社会结构变迁（1901—1945）》，人民出版社2009年版，第337页。

于官宦家庭，中了秀才，做过满清政府的知县、知州，民国后又担任浙江省议员等职，具有非常高的声望，符合传统士绅的身份特征。士绅除了在国家机器与乡村世界之间起到上传下达的勾联作用外，还要承担地方公共事务，包括兴修水利、赈灾、办学等。沈氏在家乡积极参加赈灾，领导农民团结起来抗租减租，其背后都具有士绅精神的强力支撑。士绅与农民的天然联系，使得沈氏对中国社会现状的认识更为清晰，他认为："中国机器工人不多，农民在国民中实占多数，所以中国底社会革命，应该特别注意农民运动。"①而历史的发展进程证实了沈氏的判断。当然，沈氏并不能超越他的阶级局限，在《农民的自决》的结尾，沈氏对农民提出两点忠告，"一、不可以无组织的暴动"，"二、你们对于赋税，不该取消极的仇视态度，应该从组织上谋得对国家底主权归你们掌握"。② 可见，沈氏虽然重视组织的力量，但却是极力避免暴力革命的。他领导的衙前农民抗租运动，实际上是在不触动地主土地私有制的前提下的改良运动。试图通过地主减租的途径来减轻农民负担、改善农民生活目的，在当时的历史条件下，注定要失败。

总之，在"五四"社会思潮影响下，沈氏从阶级立场来看待地主与农民、资本家与劳工之间的剥削与被剥削的关系，肯定了劳动者的物质财富和精神财富的双重创造者身份，同时也对私有制的合理性产生怀疑。互助论则让沈氏找到了乡村实践的钥匙，而"五四"社会思潮对农民、劳工、妇女等社会问题的关注，也契合了沈氏身上的士绅精神，促使他进行乡村实践。

二、"五四"时期沈玄庐的妇女观

妇女解放是"五四"时期的重要思潮，沈玄庐也是妇女解放的鼓吹

---

① 沈定一先生治丧委员会：《沈定一先生被难哀启》，出版社不详，第20页。

② 玄庐：《农民自决——在萧山山北演说》，《新青年》第9卷第5号，1921年9月1日。

者和践行者。在沈玄庐妇女解放思想的研究中，肖妮的《〈星期评论〉与五四时期社会改造思潮》①梳理了《星期评论》上对女子解放问题的讨论。她指出，《星期评论》主要从女子解放的主体、教育与女子解放、经济独立与女子解放、女子解放与改善家庭组织几个方面来讨论女子解放问题，但肖妮只在"教育与女子解放"中提及沈玄庐，未对沈氏的妇女解放思想作进一步的挖掘；曹紫建在《沈玄庐的社会改造思想研究》的第三章第一节"社会改造对象"中，从打破家庭束缚和女子应享有与男子平等教育权两方面来论及沈玄庐的女子解放思想，却忽视了沈玄庐对女子是人的属性的强调，以及对妇女经济问题的关注，因而不够全面。②孙晓娅、朱瑜的《"劳动女性"的发现——以沈玄庐的社会实践与女性解放叙述为维度》认为："沈玄庐从阶级斗争出发为底层女性预设了解放的可能性，但底层女性怎样完成自己的主体性转化，如何确认自我、建立与社会之间的关系，他并没有推演出合理的路线与历史结果。"③此文从阶级视角解读沈玄庐的妇女观，但未能注意到沈玄庐妇女解放中对女子是"人"这一本质属性的强调。在笔者看来，沈玄庐的妇女解放思想包含以下几个维度："女子是人"的平等观、"非占有"爱情观以及对妇女经济问题的关注。

（一）女子是"人"的平等观

在 1919 年 7 月 27 日《星期评论》第 8 号发起了"妇女解放从那里做起"的讨论，胡适、胡汉民、廖仲恺、刘大白、戴季陶、沈仲九都发表了各自的看法，讨论集中在教育平等、经济独立、打破家庭束缚等方面。沈玄庐提出两条措施：

---

① 肖妮：《〈星期评论〉与五四时期社会改造思潮》，复旦大学硕士论文，2010 年。

② 曹紫建：《沈定一社会改造思潮研究》，华东师范大学硕士论文，2018 年。

③ 孙晓娅、朱瑜：《"劳动女性"的发现——以沈玄庐的社会实践与女性解放叙述为维度》，《现代中国文化与文学》2021 年第 1 期。

　　(一)男女双方要深知深信女子是“人”，与男子应有一样的
人格。

　　(二)男女受同等发挥本能的教育①

　　强调女子是“人”，享有与男子一样的人格，这是沈氏看待女子解
放问题的独到之处。强调女子是“人”，就是要将女子从“物”的属性上
升到“人”的属性。在沈氏看来，将女子视为“物”，是“一切思想的锢蔽
和种的不平等”的根源。相较于同一时期的美、英、加等国已经开始讨
论，甚至通过了妇女参政议政的相关法律法规，而中国女子却连自己是
“人”的觉悟也没有，无怪乎沈氏要大声疾呼“女子明明是个不可侵犯的
‘人’呀”。②

　　女子“非人”思想的根源在于中国的传统社会。在沈氏看来，中国
的传统社会“完全是男子底社会”③，在这样的社会中，人们的思想和
道德深受祖宗崇拜、孝道伦理的形塑，女子没有作为人的属性与独立地
位，由此产生种种女子非“人”的观念及陋习。如“纲常名教”“夫为妻
纲”“三从四德”等思想，就是把女子当作男子所属的“寄生”；“子孙主
义”则把女子当作传种的机械，若女子没有生育，则不问其原因到底是
女子或男子生理上的缺点所造成，而给女子加上“无所出”的大罪④；
而“名门贞烈”的匾额更造成了多少以礼杀人的惨剧。⑤ 而溺女婴、贩
卖、奸杀、虐媳、狎妓等社会陋习，无不是女子“非人”观念的直观体
现。在这样的社会中，即使有所谓的女子传，“不是归纳在‘翰墨史’中
作男子的赏玩品，便是把什么‘女箴’‘母范’，甚至强逼死的‘贞烈传’

---

　　① 玄庐：《女子解放从那里做起?》，《星期评论》第 9 号，1919 年 8 月 3 日。
　　② 玄庐：《随便谈》，《星期评论》第 6 号，1919 年 7 月 13 日。
　　③ 玄庐：《死在社会面前的一个女子赵英》，上海《民国日报·觉悟》1920 年
11 月 15 日。
　　④ 玄庐：《子孙主义》，《星期评论》第 7 号，1919 年 7 月 20 日。
　　⑤ 在《婚嫁问题》一文提及，一位父亲早早将女儿许了人家，没想到男方死
了，这位父亲就要将年仅七岁的女儿饿死，以得一方“名门贞烈”的匾额。参见玄
庐：《婚嫁问题》，《星期评论》第 27 号，1919 年 12 月 7 日。

来颂扬死的哄骗活的，只图个男子方便"①。也就是说，这些女子传所传递出来的，仍然是女子"非人"的那一套思想与价值观。

在宗法社会中，"养子防老"的思想根深蒂固，这导致父母对待子女的不平等，从而加剧了女子"非人"思想的社会基础。由于男子担负养亲的责任，与父母终身同居，而女子不必担负，与父母之间多隔离，父母对儿女的情感也就有了亲疏远近之别。对此，沈氏提出两个主张：第一，"子妇与亲分居""或者子女为职业关系或能够独立的时期，不论婚宴嫁娶也一样可以分居"②，这样，父母对待子女的情感上才能形成一种平等。第二，建立公共养老的场所，减轻父母的后顾之忧。当然，沈玄庐这一设想需要在养老体系高度发达的社会才能实现，具有理想色彩。

要从思想上清除女子"非人"的旧习，沈氏提出了两条路径：第一，"唤起男女双方的'用意'，由思想里面发生了彻底的觉悟；'解放'二字才有基础，才能进行。"第二，女子与男子接受同样的教育。③ 第一点是解决问题的方向，第二点是解决问题的操作方法。

思想方面的觉悟并非一朝一夕就能实现，"浮荡少年"的出现就很能说明问题。"浮荡少年"这一称谓来自佛突于 1920 年 8 月 17 日在《民国日报·觉悟》上发表的《妇女解放与浮荡少年》一文，佛突注意到一些接受了新文化熏陶的男青年，竟以"社交公开""女性解放"等新名词作为媒介，对女性进行骚扰。佛突将这类青年称为"浮荡少年"，指出他们在思想上因袭了女子"非人"思想，将"社交公开""女子解放"视为野蛮社会的"公妻"之意，将女子当玩物。④ 佛突的文章引起了热烈的讨论，邵力子、沈玄庐、郑振铎纷纷撰文表达看法，沈氏的《妇女解放途

---

① 玄庐：《死在社会面前的一个女子赵英》，上海《民国日报·觉悟》1920 年 11 月 15 日。

② 玄庐：《我做"人"的父亲》，《星期评论》第 27 号，1919 年 12 月 7 日。

③ 玄庐：《女子解放从那里做起》，《星期评论》第 9 号，1919 年 8 月 3 日。

④ 佛突：《妇女解放与浮荡少年》，上海《民国日报·觉悟》1920 年 8 月 17 日。

中的"浮荡少年"》一文，承认旧制度因袭力量之大，希望青年能够了解"自由底责任"。① 而《觉悟》通信栏对这一问题的讨论，甚至持续到1921年9月29日才告一段落。宁波女子赵瑛看到"浮荡少年"擎着新思潮作恶，而"深愤新旧学派都难以解决女子底人生"，这也成为她轻生的原因之一。② "浮荡少年"的出现，以及时人对他们的持续关注，恰恰说明清除女子"非人"思想的艰难。

"浮荡少年"代表了男子的女子"非人"思想难以去除，可悲的是，在传统习俗的影响下，不仅男子理所当然地将女子视为物，女子竟"也就以物品自居，相沿成习，"将这一套"非人"的思想与道德规范内化为自己的行为准则，并设法维护这种"非人"的处境。比如，1920年轰动一时的杭州女职校事件，由陈竞男怀疑时任女校教务主任的丈夫穆墨斋(又名穆耀枢)与女校学生谢慧君有暧昧情事而引发③，陈竞男被时人认为是"神经病"。而沈玄庐在《妇女问题中底一幕》④一文中认为这个事件"骨子里还是一个妇女问题"，他指出："男统的婚姻制度下面底妇女，除却和夫相依为命之外，哪里还有伊的现实生命?"换而言之，受传统思想束缚的女性，将自己当作男性的附属品，根本没有想过自己拥有作为独立的"人"的属性，为了生存，她只有牢牢维持这种附属品的地位，生怕被丈夫抛弃。陈竞男的怀疑、嫉妒、愤怒都是由此而来。所以，沈氏认为，"从陈竞男底行为状态上，只能确定伊是被社会习惯逼伊演的惨剧，不能判定伊是神经病"，也即，她的惨剧恰恰是社会习俗使她在婚姻中自觉内化了"非人"思想，放弃了作为独立的"人"之属性

---

① 玄庐:《妇女解放途中的"浮荡少年"》，上海《民国日报·觉悟》1920年9月15日。

② 玄庐:《死在社会面前的一个女子赵瑛》，上海《民国日报·觉悟》1920年11月15日。

③ 关于该事件的来龙去脉，彼时报刊都有报道，偏颇之处在所难免。而浙江省教育厅的公告，应较为客观全面，可参见《浙江教育厅训令第四七五号》《浙江教育厅训令第四八〇号》《浙江教育厅训令第四九八号》，三个训令都发表在《浙江教育》第3卷第12期，1920年12月20日。

④ 玄庐:《妇女问题中底一幕》，上海《民国日报·觉悟》1920年10月21日。

而造成的。倪茜云的《陈竞男底痛》①与沈氏持类似观点。该文认为，陈竞男没受过高等教育，没有独立的能力，终身仰给丈夫，所以她怕丈夫有外遇，失去仰给，甚至要用暴力来维护这种"非人"地位。因此，倪茜云呼吁，全国女同胞以陈竞男为前车之鉴，摆脱旧礼教束缚，追求经济独立。

沈氏将教育作为清除女子非"人"思想的途径。以"浮荡少年"为例，正是因为他们并未明白妇女解放、社交公开的真义，所以才因袭女子为玩物的旧思想而做出这些冒失行为。"浮荡少年"的存在，不是教育的失败，而恰恰是教育的缺失。在佛突的《妇女解放与浮荡少年》发表的第三天，悟难觉就发表了《对于"浮荡少年"的意见》②回应，该文认为，"浮荡少年"的出现，是"说话者"未能尽到责，话未能讲彻底，未能使得少年觉悟。与其批判"浮荡少年"，不如反省"说话者"说话（或启蒙）的方式方法。沈氏也强调女子受新式教育的重要性，呼吁女子应该接受与男子一样的新式教育。③ 同时，也倡导男女同校。④

当然，除了清除旧思想，教育也能激发人的本能、增进人的知识。而知识是应用的工具，是法律、政治等一切的基础，因而，教育能起到"工具之先"的作用。⑤ 女子通过教育获得知识，也就获得了谋生的技能，这就为女子摆脱家庭和男性的束缚，获得经济独立奠定了基础。

当然，除了教育之外，要清除女子"非人"的思想，还有赖于全社会的努力与进步。在轰动一时的赵瑛跳楼事件中，沈玄庐就认为："赵瑛的自杀，不专是宗教，不专是家庭，不专是学校师友，不专是亲戚朋友，不专是借新思潮作恶的浮荡少年，却是尽都犯了罪了。如此种种，

---

① 倪茜云：《陈竞男底痛》，《新妇女》第 4 卷第 3 期，1920 年 11 月 1 日。

② 悟难觉：《对于"浮荡少年"的意见》，上海《民国日报·觉悟》1920 年 8 月 20 日。

③ 玄庐，《女子解放从那里做起》，上海《民国日报·觉悟》1919 年 8 月 3 日。

④ 玄庐：《广州男女同校运动声中的断片》，《劳动与妇女》第 4 期，1921 年 3 月 6 日。

⑤ 玄庐：《女子解放从那里做起》，《星期评论》第 9 号，1919 年 8 月 3 日。

统是发生在因袭的社会制度里面，所以我说赵瑛死在全社会面前。"①也就是说，要在社会上形成女子是人的共识，这是一个系统性的工作，绝非一朝一夕能够完成。

(二) "非占有"的爱情观

沈玄庐妻妾成群，原配周锦潮，妾王秉芝、韦容、绛云，其中王秉芝原为服侍沈母的丫头，韦容、绛云则是烟花女子，1924 年，沈玄庐还娶了比她小 23 岁的王华芬。② 而根据俞秀松的日记，沈玄庐在上海《星期评论》社时期，还与一名叫"崇侠"的女子谈恋爱，这不仅引发同样对崇侠有意的沈仲九避居杭州，也导致沈四位妻妾"都有异言"，"背后常说很冷刻的话"。③ 尽管如此，沈氏对崇侠可谓一往情深，他不仅与崇侠讨论农村计划，还邀其到衙前去实行这些计划。但崇侠"一方面想去读书，又想到读书做什么；一方面想组织农村，又想到分子不能纯粹——同道的"，有做尼姑的想法。④ 同时，崇侠"恐怕他（沈玄庐）因恋爱伊以后，志气要消暮，没有从前那样热烈的努力改造社会"⑤。所以，崇侠给沈玄庐留了"世道坎坷事龌龊，辅人意恐转误人。书留热血别知己，为勉前程莫痛心"的血书，出家去了，并言及数年后将来衙前看沈玄庐的乡村改造成绩。对此，沈玄庐显得无可奈何，只能嗔怪平时与崇侠高谈佛法的刘大白、沈仲九。⑥

---

① 玄庐：《死在社会面前的一个女子赵瑛》，上海《民国日报·觉悟》1920 年 11 月 15 日。

② 中共萧山市委党史研究室编：《沈玄庐其人》，成都科技大学出版社 1994 年版，第 76、109 页。

③ 俞秀松：《俞秀松日记》，《俞秀松传》，浙江人民出版社 2012 年版，第 199 页。

④ 俞秀松：《俞秀松日记》，《俞秀松传》，浙江人民出版社 2012 年版，第 188 页。

⑤ 俞秀松：《俞秀松日记》，《俞秀松传》，浙江人民出版社 2012 年版，第 215 页。

⑥ 俞秀松：《俞秀松日记》，《俞秀松传》，浙江人民出版社 2012 年版，第 218 页。

这个崇侠是谁呢？沈玄庐 1920 年 11 月 13 日发表的《死在社会面前的一个女子赵瑛》中写道："（赵瑛）十四岁，家搬到上海，进上海爱国女学校；与丁（宝琳）崇侠同学……去年丁宝琳在城东女学校授课，每讲必用"佛经"作骨子……今年七月十八，宝琳忽然失踪，只留了些告别朋友的信，说明出家做姑子去，祇今还没有着落……"①这段话说明，崇侠又名丁宝琳，曾在上海爱国女校上学，城东女校授课，于 1920 年 7 月 18 日出家。俞秀松日记对崇侠的描述也有"崇侠也从爱国女校来了"②"伊们在上海城东女学校里"③"上午（7 月 21 日），玄庐接崇侠来信，这是伊别玄庐的信，伊不知到那里去做尼姑了"④等记载。据此可判定，沈玄庐提及的"丁（宝琳）崇侠"与俞秀松日记中的"崇侠"为同一个人。

结合一些其他材料，可勾画出更完整的丁崇侠形象。1912 年 6 月 6日，中国社会党绍兴部主办的刊物《新世界》刊登了署名为"崇侠"的《参观欧乡学堂演说词》一文，编者煮尘有一段按语："案：崇侠女士，丁其姓，宝琳其名，为中国社会党绍兴部之党员。后被举为干事。坚苦卓绝，学识优长。今岁由同党诸子之介绍，拟肄业于上海务本女塾，适因该校停办，乃改就爱国……"⑤煮尘的案语中的"丁其姓，宝琳其名""乃就爱国"等语，与沈玄庐《死在社会面前的一个女子赵瑛》一文对丁宝琳的描述相符，说明二者所言及的为同一人，煮尘还指出丁崇侠为中国社会党绍兴部党员。1921 年 4 月，在署名"车千里"的《丁宝琳与赵英》则有这样一段介绍："绍兴丁宝琳女士号崇侠，掌绍兴女师教授有

---

① 玄庐：《死在社会面前的一个女子赵瑛》，上海《民国日报·觉悟》1920 年11 月 15 日。

② 俞秀松：《俞秀松日记》，《俞秀松传》，浙江人民出版社 2012 年版，第197 页。

③ 俞秀松：《俞秀松日记》，《俞秀松传》，浙江人民出版社 2012 年版，第208 页。

④ 俞秀松：《俞秀松日记》，《俞秀松传》，浙江人民出版社 2012 年版，第218 页。

⑤ 崇侠：《参观欧乡学堂演说词》，《新世界》第 3 期，1912 年 6 月 16 日。

年，平日崇拜佛教，屏荤如素，学生都叫他素先生。"①由此，我们知道丁宝琳曾为绍兴女师教员，崇拜佛教。杨之华回忆其在《星期评论》社的情形时说道："一九一九年年假，我去上海《星期评论》社，这个社当时有陈望道、李汉俊、沈玄庐、戴季陶、邵力子、刘大白、沈仲九、俞秀松、丁宝林(女)……大部分女人剃了光头，丁宝林就剃光头，像一个尼姑。丁宝林是绍兴女师的教员，有学问的。"②绍兴女教员、像尼姑、常在《星期评论》社活动等特征，可推知杨之华回忆中的"丁宝林"当为"丁宝琳"。③

丁宝琳还是上海共产主义小组发起成员。1926年，蔡和森在《中国共产党史的发展》(提纲)中提及："究竟吾党何时成立呢？何时发起组织呢？仲甫到沪，一九二〇年五一节后，即邀李汉俊、沈玄庐、沈仲九、施存统及一女人来发起组成，不久戴季陶、沈仲九退出了，于是于一九二〇年就正式成立了。"④李立三在1930年2月1日作的《党史报告》中也述及"参加发起者只有六个人：陈独秀、戴季陶、杨明斋、李汉俊、沈玄庐，另外还有一个女的，这个女的始终不知姓名，只知道后来因为恋爱问题消极做尼姑去了。"⑤1956年12月，施存统在《中国共产党成立时期的几个问题》一文中提道："上海小组成立经过：一九二〇年六月间，陈独秀、李汉俊、沈仲九、刘大白、陈公培、施存统、俞秀松，还有一个女的(名字已忘)………"⑥陈公培在《回忆党的发起组

① 车千里：《丁宝琳与赵英》，《嘤声月刊》第2期，1921年4月1日。

② 杨之华：《杨之华的回忆》，《"一大"前后，中国共产党第一次代表大会前后资料选编》(二)，人民出版社1980年版，第25-26页。

③ 姚霏：《丁宝琳：中共发起组里的神秘女性》，《人物·思想与中共建党》，上海教育出版社2019年版，第148-157页。

④ 蔡和森：《中国共产党史的发展》(提纲)，《"一大"前后，中国共产党第一次代表大会前后资料选编》(三)，人民出版社1984年版，第62页。

⑤ 李立三：《党史报告》，《"一大"前后，中国共产党第一次代表大会前后资料选编》(三)，人民出版社1984年版，第96-97页。

⑥ 施复亮：《中国共产党成立时期的几个问题》，《"一大"前后，中国共产党第一次代表大会前后资料选编》(二)，人民出版社1980年版，第35页。

和赴法勤工俭学等情况》中也提及："在陈独秀家里又座谈过一次，共有十几个人参加，除陈独秀外，有沈玄庐、刘大白(后来反动)、戴季陶、沈仲九、李汉俊、施存统、俞秀松，还有一个女的和我。"①以上回忆录显示上海共产主义小组发起人当中有一个女性成员，常与沈玄庐、刘大白、沈仲九、施存统、俞秀松等浙籍人士一起出现，后来因恋爱导致出家。根据上文对丁宝琳事迹的论述，我们可以判定这个女子当为丁宝琳。

1922 年 2 月，沈玄庐得知了丁宝琳的消息，在短短一个月的时间，接连写了《去了》《伊去了》《在杭州》《慰安》《吾友》等诗表达对丁宝琳的思念。3 月 7 日所作的《送我侄女福贞出嫁》，也借侄女的出嫁来浇心中块垒：

> 幼稚的福贞出嫁了，是谁底主张？你诚实的爹爹选的"东床"。女校一月假，来作新嫁娘。我将什么持赠呢？衣裳么？绮罗文绣污真相；珠宝么？明珰翠玉掩灵光。手选琴一张，帖一箱，我是囊箫匣剑者，急丝无意弹高响，写经室对凤凰山，偶然一展三希堂。福贞呵，你莫笑阿叔颓唐——爱河星影有光芒!②

叔叔送给侄女的嫁妆，不送"绮罗文绣"，不送"珠宝"，而送了一箱子字帖，一张琴，这是有悖常理的。"三希堂"原指乾隆的书房，有"怀抱观古今，深心托毫素"的对联，沈氏沉溺于弹琴、研读佛经、练习字帖，如此颓唐原因，在于"爱河星影有光芒"，在这首诗的附记中，沈玄庐也说："我近来的怀抱，略像寒冬，百生尽蛰，不能因福贞好日，唤起春魂。"正是因为与丁宝琳的恋爱没有结果，使得沈玄庐变得颓废。而沈玄庐将浸染了对丁宝琳的一片真情的琴、字帖送给福贞，又

---

① 陈公培：《回忆党的发起组和赴法勤工俭学等情况》，《"一大"前后，中国共产党第一次代表大会前后资料选编》(二)，人民出版社 1980 年版，第 564 页。

② 玄庐：《送我侄女福贞出嫁》，上海《民国日报·妇女评论》1922 年 3 月 14 日。

是别有意味。沈玄庐主张婚姻不受第三者干涉,当他得知兄弟沈仲清将尚在上学的福贞许配给一个未读书经商的男子时,他认为这一做法是无理的,"现在有知识的男子配无知识的女子,还可以强合;至于有知识的女子配无知识的男子,将来他们俩定不相安的呢"。① 尽管如此,福贞两年后还是出嫁了,沈氏以浸染真情的证物送给福贞,表达了他期望福贞婚后能够被丈夫真情以待的期望。

丁宝琳的出家,使得沈玄庐提出了"爱情非占有"的观念来安慰自己。"爱情非占有"出自其在3月3日所作的《在杭州》这首诗中,该诗第五节如此写道:

> 生平两女伴,是师不是友,/谢伊开我蒙,/得伊深造就。/教鞭遥指处,/"爱情非占有"。②

"爱情非占有"简单地说,就是爱情不以占有对方为基础。1922年10月6日,沈氏在《玄庐答"伊"的通讯》一文中,对"非占有"的爱情观点作了进一步的阐发:

> 我要简单说几句男女间的话:凡是同在一支生命流上的男女,合,不必定有什么名称,只是接近的伴侣罢了;分,一样是胶漆相投的朋友。如果不同在一支生命流上进行的,即使用种种法律名义来束缚,施用种种方法来刺激,也像捏了啐瓶盛酒精似的。设或因为离合不的不同,便发生或种仇视,危害的行动,图自己底便利,把别人当一种物质的占领……③

爱情不是身体、财产、精神的彼此占有,更不需要法律条文来约

---

① 俞秀松:《俞秀松日记》,《俞秀松传》,浙江人民出版社2012年版,第217页。

② 玄庐:《在杭州》,上海《民国日报·觉悟》1922年3月3日。

③ 玄庐:《玄庐答"伊"的通讯》,上海《民国日报·觉悟》1922年10月6日。

束，而是靠精神相契、趣味的相投。如果精神相契、趣味相投，那么两个人的关系不要名分来定义，分开了也仍然是好朋友；如果精神不相契、趣味不相投，那不管采取法律还是其他什么方法也无济于事。

作为中国社会党的成员，丁宝琳受到无政府主义中打破家界、国界以建立大同社会等思想的影响。她认为：“家族不破，苦恼难除。而自由恋爱，必仍至发生家庭。”①她不仅告诫女子：“你们当心流落做太太”，②也劝青年，“万万不可入‘情’，总该‘断爱’。”③所以，丁宝琳的出家，“一方面是怕影响了沈玄庐的社会革命事业（这同样也是丁宝琳热衷的），另一方面是烦恼‘自由恋爱最终仍要堕入婚姻、家庭的樊笼’”④。沈玄庐也认为妇女间第一公道的事情就是废除婚姻制度。⑤他认为婚姻并非男性对女性的占有，也不是女性对男性的依附，而主张夫妻双方随时可以离开。两人在婚姻、家庭问题上的共识，是“非占有”爱情观提出的基础。

当然，沈玄庐意识到“非占有”的爱情观并不能轻易实现，他在《送我的侄女福贞出嫁》这首诗的附记中写道：

> 但是我确见到不远的将来，必须经过短时期的女性中心时代，才得从“性别”上发见“人”，而达到无所谓“男女平等”的男女平等。“爱非专有性”这个普通的大光明，要到那时发放。⑥

---

① 崇侠：《答苏部党员顾诵坤书》，《新世界》第 4 期，1912 年 6 月 30 日。

② 玄庐：《两种制度下面的妇女》，《新妇女》第 3 卷第 6 号，1920 年 9 月 15 日。

③ 俞秀松：《俞秀松日记》，《俞秀松传》，浙江人民出版社 2012 年版，第 199 页。

④ 姚霏：《丁宝琳：中共发起组里的神秘女性》，《人物·思想与中共建党》，上海教育出版社 2019 年版，第 157 页。

⑤ 玄庐：《两种制度下面的妇女》，《新妇女》第 3 卷第 6 号，1920 年 9 月 15 日。

⑥ 玄庐：《送我侄女福贞出嫁》，上海《民国日报·妇女评论》1922 年 3 月 14 日。

要经过"女性中心时代","爱非专有性"（也即爱情非占有）才能实现，说明这个提法具有理想主义色彩。沈玄庐的"非占有"的爱情观固然有为自己浪漫情事辩解之嫌，但这一观点却是建立在女子是"人"、男女平等以及打破家庭界限等妇女解放思想的基础之上。在现实生活中，沈氏也是这样做的，韦容、绛云先后离他而去，他就并未阻拦，1924年沈玄庐与王华芬结合后，更是与其他妻妾分门别居。① 在他家乡衙前的东岳庙前节孝坊上，沈氏写下了："那部历史当中，不鼓吹吃人礼教；这种牌坊底下，有许多妇女冤魂"的对联，② 并把"钦旌节坊"涂去，用朱笔写了"妇女解放万岁"的横批。③ 在东乡自治运动中，沈氏还在家乡衙前成立妇女协会，宣传男女平等、妇女解放等思想，以期逐步消除传统社会束缚女性的种种积习。所以，沈玄庐在"妇女解放"问题上，"不仅坐而言，而且起而行"。④

当然，对"妇女解放"这样一个宏大的社会问题而言，仅仅承认女子具有独立的人的属性，强调男女平等，要求女子接受新式教育，是远远不够的。正如鲁迅在《娜拉走后怎样》所指出的，若没有经济权，出走的娜拉"或者也实在只有两条路：不是堕落，就是回来"。⑤ 对女子经济权的强调，在妇女解放倡导者那里具有共识。沈玄庐的多篇文章都提及了这一点。《妇女解放途中底"浮荡少年"》一文指出："阶级的经济制度一天不打倒，两性问题内容底全部一天不显露。"⑥在《劳动与妇

① 中共萧山市党史研究室编：《沈玄庐其人》，成都科技大学出版社1994年版，第77页。

② 陈功懋：《沈定一其人》，《浙江文史资料选辑》，浙江人民出版社1982年版，第47页。

③ 中共萧山市委党史研究室编：《沈玄庐其人》，成都科技大学出版社1994年版，第77页。

④ 中共萧山市委党史研究室编：《沈玄庐其人》，成都科技大学出版社1994年版，第77页。

⑤ 鲁迅：《娜拉走后怎样》，《鲁迅全集》（第1卷），人民文学出版社2005年版，第166页。

⑥ 玄庐：《妇女解放途中底"浮荡少年"》，上海《民国日报·觉悟》1919年9月15日。

女》的"发刊大意"中，沈氏认为："我们眼前要解决的，是压迫在劳动与妇女上面的阶级制度所产生的经济制度，这是劳动与妇女应该起来解决的共同点。"①在《妇女问题杂感》中，沈氏强调"要想从重重压迫底下援助女性起来，只能把压迫的制度——现经济制度——切断打碎"，"妇女问题——现在的——不是女性本身的问题，是属于阶级问题"。②在沈氏看来，在经济制度改造以后，除了孕、产等生理方面的差异外，男女之间将实现真正的平等，"断不会再有什么妇女问题了"。③ 当然，由于时代的局限，沈玄庐虽然发现了女性解放的根本问题在于经济的解放，但是并未找到一条切实可行的道路，只能在报刊评论及诗文创作中，对深受经济压迫的女性表达同情。比如，上海厚生纺纱厂在湖南招收女工的简章里有"每日工作十二小时，每星期更番作日夜工""必肌体强壮能耐劳者"等要求，沈玄庐直呼这是"吃人的资本家"。④ 小说《你底妈》⑤讲述了女佣人谋业的艰难，高妈带孩子很有经验，替女主人"分了一半的担子"，深得女主人与孩子的欢喜，但男主人一算经济账，觉得用不起，只好把高妈辞退。小说《一个小孩和阿本》叙述的是一个十三四岁的丫头阿本，负责给东家照顾少爷，她不仅要做着各种整理衣服、洗涤碗筷、收拾房间等日常琐事，还要忍受少爷的顽劣和女主人的辱骂，但最终主人"因为短钱用，把阿本卖掉了一百六十块钱"。⑥ 女性被随意解雇，甚至如商品一般被卖掉，正是女性遭受经济压迫的必然结果。

　　总之，沈玄庐的妇女解放思想，强调女子是"人"的属性，他批评了宗法社会遗留下来的种种女子"非人"思想，认为教育是清楚女子"非人"思想的重要途径，呼吁女子应该接受与男子一样的新式教育。在与

---

①　玄庐：《发刊大意》，《劳动与妇女》第 1 期，1921 年 2 月 13 日。

②　玄庐：《妇女问题杂感》，《妇女周报》第 59 期，1924 年 10 月 22 日。

③　玄庐：《理想中的妇女生活状况》，《妇女评论》第 15 期，1921 年 11 月 9 日。

④　玄庐：《吃人的资本家》，《星期评论》第 49 号，1920 年 5 月 9 日。

⑤　玄庐：《你底妈》，《劳动与妇女》第 6 期，1921 年 3 月 20 日。

⑥　玄庐：《一个小孩子和阿本》，上海《民国日报·觉悟》1921 年 1 月 10 日。

丁宝琳的恋爱受挫后，沈玄庐提出了"非占有"的爱情观，这一爱情观是建立在女子是"人"、打破家族制度等思想的基础之上。沈玄庐也意识到妇女解放最根本的问题在于经济制度，并在其创作中对经济压迫之下的女性表达同情，但由于时代局限，他并没有找到解决女子经济问题的可行路径。

第二节　沈玄庐的乡村实践

一、萧山农民的现实困境

沈玄庐的家乡是浙江萧山衙前，位于钱塘江畔，地势平坦，水网密布，土壤肥沃。但萧山却是一个自然灾害频发的地区，在1901—1921年间，全县性自然灾害的发生高达十次，包括风灾、雨灾、旱灾、蝗灾、雹灾等。① 由于萧山的很多田地是从钱塘江畔淤积的泥沙中开垦而成，易受江潮的侵蚀，特别是南沙九乡，"自民国元年前五年开始被江潮冲坍，至去年（按：1922年）止，约坍去二十余万亩"。② 加之地势平坦，水系发达，若因雨水而引发洪涝灾害，就会造成较严重的后果。试举沈玄庐参与赈灾的几次洪涝灾害为例。

1911年6月17日，萧山遭受暴雨袭击，"北海塘月华堤相近处，堤塘几处决口"，③ 同年闰六月十六、十七日，钱塘江潮汹涌，导致大量良田被剥蚀几尽。洪灾过后，1912年萧山全县发生饥荒，沈玄庐以

---

① 周东华：《探索红色根脉：衙前农民运动》，天津人民出版社2021年版，第26页。

② 《萧山东乡办赈记》，上海《民国日报·觉悟》1923年4月1日。

③ 南开大学地方文献研究室、杭州市萧山区人民政府地方志办公室整理：《萧山县志稿》，南开大学出版社2010年版，第106页。

浙江省议会议员的身份，禀请浙江军政府拨"十数万"巨款以购米赈饥，① 虽然这一禀请被驳回，但禀请数额之巨，也说明饥荒的严重性。1922年，浙江全境从6月初就连遭风雨袭击，萧山自然不能幸免。作为萧山旅杭水灾筹赈会的代表，沈玄庐做了《浙江萧山县水灾状况》的报告，报告显示：萧山南乡田亩被冲成沟渠，早稻杂粮，根株尽绝；东乡南沙一带，棉花、麻、杂粮被扑落、摧折、腐烂，番薯芋艿在雨浸的泥土中霉腐，农民补种白菜萝卜，种一次，漂一次，无形中又抬高了种子的价格；塘里一带，早稻被风摧倒、雨淋透，稻谷或发芽或霉烂，打捞上来的稻谷也因没地场摊，没日光晒而抽芽霉烂。② 此次洪灾所造成的影响持续到1923年春天，此时"当质借皆绝，籽种肥料，十室九空，甚至鬻卖儿女以图旦暮"，乡人于3月20日集议，组织办赈委员会，沈玄庐当委员长。该会负责为灾民提供工赈、春赈，协调育婴堂收养灾民卖去的儿童等工作。③ 洪涝灾害的频发，使得农民一直生活在无奈处境之中。

不仅如此，农民还受到地主的层层盘剥。据统计，萧山县地主占人口总数的2.5%，中农占30.8%，贫农占48.75%，而地主人均占有土地数量达到了9.17亩，富农也达到了人均3.7亩，中农只能达到1.74亩，贫农、雇农则不足1亩。④ 雇农、贫农以如此少的土地维持生计已经很艰难，而地主却以种类繁多的地租名义对他们进行层层盘剥。萧山地区的地主有时租、包租、现租、赊租、大租、小租等多种种类，⑤ 还有"不论年岁丰歉，甲年需缴纳乙年之租金"⑥的预租。地主去收租时，

① 《萧山沈定一等禀请拨款购米赈饥批》，《浙江公报》第87期，1912年5月7日。

② 《浙江萧山县水灾状况》，上海《民国日报·觉悟》1922年10月6日。

③ 《萧山东乡办赈记》，上海《民国日报·觉悟》1923年4月1日。

④ 周东华：《探源红色根脉：衙前农民运动》，天津人民出版社2021年版，第31页。

⑤ 周东华：《探源红色根脉：衙前农民运动》，天津人民出版社2021年版，第32页。

⑥ 《新评二》，《新闻报》1912年11月16日。

农民还要负责"东脚费"。歌谣《收租老相公》①形象地写出了农民被地主逼迫交租的情形：

> 收租老相公，清晨开船到村中，舟子远远呼阿龙，阿龙出来迎相公，说道：今载年岁凶，大旱以后遭蝗虫，无谷可收无米春，全村一样同，他家没有隔宿粮，我家米桶如洗空，可怜堂上白头翁，单衣难过冬，膝下小儿女，日不得一饱，山尽水又穷。无可供，恳求老相公，准予欠到来年冬！相公听罢大发怒，两眼睁睁骂阿龙：谁管得尔穷？种田须还租，欠租理怎通！阿龙再三求相公，相公咆哮肆威风，批颊阿龙面通红，儿女狂相叫，妻子认隐痛，老翁扶扶到室中，邻舍老少都来劝，相公愈勿不可通，挥使舟子与仆从，捉将阿龙到官中，民贼当道那有幸，阿龙坐狱里，老父妻孥哭家中。此冤向谁诉？流水与东风！

这首歌谣中，农民阿龙接连遭遇大旱和蝗灾，家中已无余粮，一家老小的生计毫无着落，他无奈恳请明年再交租。收租的相公并不体谅阿龙的难处，仍要收租。最后，交不起租的阿龙被相公抓到官府坐牢。阿龙命运的凄惨与相公的冷酷无情，形成强烈对比，表达了作者对农民阶级的同情和对地主阶级的批判。

郦翰丞的诗歌《收租船》以收租船为控诉对象：

> （一）你空拳到乡去，满舱回城来，只费你几日的忙，就削尽农民一年的希望。
>
> （二）呵！是了，你载的何尝是谷，何尝是粟，是一把把农民底膏血。
>
> （三）唉！你太无情了，一粒也要，不体谅农民底求和哭，只怨他谷底少或缺，

---

① 初声：《收租老相公》，《越铎日报》1921 年 12 月 13 日。

（四）唉！你真太无情了，一粒饿不肯饶恕，不体谅农民底汗和血，还怨他谷底凹或湿。①

收租船只几天的时间，就将农民辛苦劳作一年的成果都收走了。诗人直呼收租船装载的，"是一把把农民底膏血"。诗人感慨收租船太无情，一粒也不肯少，还抱怨农民交租的谷物不饱满或者未晒干。显然，"收租船"就是地主阶级的代称，诗人以此控诉了地主阶级的贪婪和冷酷无情。

《收租老相公》《收租船》所描绘的，就是萧山、绍兴等地农民被逼租的生动写照。沈玄庐在《沈定一代农民问官吏》一文中就举了一个农民被逼死的例子："萧山县属尧山乡农民李文校，被地主张明正逼讨尾租，文校没奈何向他亲戚沈金松借些衣服去当，满望当年还租，不料当不起钱，并且被当伙拒绝不收，他登时急得吐血，跌倒就死。"②可见，在地主的盘剥、压榨下，农民生活已经走投无路。在萧山地区广为流传的"吃也精光，穿也精光，哪有东西交点王（按："点王"是对田主财东的称呼）"③的歌谣，不啻是萧山农民生活的真实写照。农民在走投无路之际，唯有起来反抗。1912年11月，萧山赭山、西仓、蓬山、西牧等地乡民要求"减租"而发生暴动，遭到浙江军政府镇压。④ 时人不无同情地评论道，"且抗租识罪矣，而其征租之酷，怨愤所积，亦有迫之使然者"。⑤

沈玄庐对农民生活的现状非常熟悉，在互助论、新村实验和士绅精

---

① 郦翰丞：《收租船》，上海《民国日报·觉悟》1922年1月16日。

② 沈定一：《沈定一代农民问官吏》，上海《民国日报》1921年11月8日。

③ 中共浙江省委党史资料征集研究委员会、中共萧山县党史资料征集研究委员会编：《衙前农民运动》，中共党史资料出版社1987年版，第1页。

④ 相关报道参见：《萧山沙民暴动》，《申报》1912年11月10日；《萧山沙民暴动原因》，《申报》1912年11月11日；《征剿沙民之惨剧》，《新闻报》1912年11月16日。

⑤ 《新评二》，《新闻报》1912年11月16日。

神的共同推动下，他开始了农村改造计划的构想。1920 年 6 月间，沈玄庐、俞秀松、丁崇侠一起讨论农村改造计划，并计划几个月后施行。同年 7 月 9 日，沈玄庐邀俞秀松到家乡衙前，在这期间，他曾对俞秀松提及："我们在乡村做事，还是去了长衫，和一般农夫工人做事呢？还是以绅士的态度去背弃他们呢？如其去了长衫做事，在现在的劳动界要做事，真是困难！我以为还是先从集权于一个人，以后再集权于组织上。做事到稳当了，该用分权；做事在进行时，还是用集权。"①"长衫"是身份的象征，代指士绅，士绅在乡村社会具有强大的影响力和号召力。脱去了"长衫"在劳动界就难以做事，意味着放弃士绅身份在乡村是难以成事的。换而言之，沈氏希望借助自己的士绅身份来推动农村改造计划。所以他认为要集权于个人，这展现了沈氏领导农村改造的个人抱负。沈玄庐对农村改造计划充满信心，他对俞秀松说："凡是种植必有收获，但是如稻麦，农夫非不种植，有时因自然界里底风雨，足信没有收获，这是例外的；至于种植人，既无自然界去摧残，都是人对人的，我们列下功夫去改造他们，必定有代价可言的。"②除非遭遇自然灾害等意外，不然，种植必然有所谓。改造农民与种植同理，却无须担忧自然界对农民的摧残，因而，改造农民取得成绩是毋庸置疑的。随后，沈玄庐回到上海，参与陈独秀、李汉俊等组织的上海共产主义小组。1921 年 1 月沈玄庐又应陈独秀之邀，到广州编《劳动与妇女》，他的乡村计划暂时搁置。直到 1921 年 4 月，沈玄庐从广州回到了衙前，才开始着手。他的农村改造计划的第一步是筹办衙前农村小学校，推行"社会教育化"试验，在为乡村儿童提供免费教育的同时，开创成人班，训练农民。二是成立衙前农民协会，领导了衙前农民的抗租运动。

---

① 俞秀松：《俞秀松日记》，《俞秀松传》，浙江人民出版社 2012 年版，第 210 页。

② 俞秀松：《俞秀松日记》，《俞秀松传》，浙江人民出版社 2012 年版，第 212 页。

二、"教育底社会化"——衙前农村小学校的创建

沈玄庐的乡村实践先从教育开始，他认为："'教育即革命，革命即教育'要实行革命运动非从教育入手不可！""如果真正同情于贫民，与其给与金钱，不如授予相当的知识，养成其有独立生活技能及管理生产机关的技能。"①沈玄庐从自家的房子里抽出十间房子，与兄弟沈仲清和母亲共同出资，② 筹办衙前农村小学校，1921 年 9 月 26 日正式开学。该校不收学费，免费提供一切学习用品，对路远的学生还免费提供膳宿。开学两个月，入学学生有 66 人。③ 刘大白、宣中华、徐白民、杨之华、唐公宪、王贯三、赵并懽、孙沄漪、钱义璋、潘垂统、楼廷璠等陆续到来，形成了强大的师资力量。

衙前农村小学是一所具有革新精神的新式学校。在组织上，不设校长，由校务会议负责，校务分为教务股、庶务股、文牍股、会计股，每股设主任一人，一切校务的方针，由校务会议决定，每两个星期开常务会议一次。④ 因无校长，当教师团体发生意见不一致时，以会议为唯一的公正办法，若会议结果不能使某方满意，双方可共同提出几位富有学识的人代为评判，这就避免了一般学校因为教师团体意见不一致导致的种种弊端。⑤ 根据实践情况，学校组织不断完善，到学校成立两周年之时，还设立了"学校家属联合会股"，凸显了学生家属对于"维持""改

---

① 玄庐:《教育底社会化》，上海《民国日报·觉悟》1922 年 5 月 7 日。

② "应许在'农村'负担经费的，一共五个人，这五个人是仲清、玄庐、鸣和、季陶和仲清玄庐底母亲。现已拿出经费的仲清、玄庐和他们底母亲三位。"参见意庐:《浙江萧山衙前农村小学概况》，上海《民国日报·觉悟》1921 年 11 月 24 日。

③ 意庐:《浙江萧山衙前农村小学概况》，上海《民国日报·觉悟》1921 年 11 月 24 日。

④ 意庐:《浙江萧山衙前农村小学概况》，上海《民国日报·觉悟》1921 年 11 月 24 日。

⑤ 赵并懽:《农村小学校两周纪念谈话》，上海《民国日报·觉悟》1923 年 10 月 7 日。

进"学校的责任。①

　　根据农村儿童的实际情况，衙前农村小学采取了较为灵活的教学模式。比如，在初入学的 66 名学生中，将经过一年以上两年以下私塾教育的 26 人分在甲组 A 班，未经教育的 20 人的分为甲组 B 班，经过三年以上四年以下私塾教育的分为乙组。② 针对学生因常要在家里干活而缺课的情况，学校没有对学生的缺课进行限制，③ 王贯三则经过调查访问后，认为"在这样的经济组织底下，要强迫乡下子弟天天入学，是办不到的……所以纯粹乡村学校的学制，甚么'四二''三三'都不对，只要在空的时期来读书就算了，不必论年限的"，进而提出将常到校和不能常到校的学生分为两组，在农闲时给常缺课的儿童进行授课，这样两组学生就不会互相牵制。④ 刘大白也认为小学教学不应该拘泥于"三三制"或"四二制"，"而简直应该作一学年或一学期一结束"，"使入学的学生，即使只读一学年甚至一学期的书，而因故退学，也可以多少得一点能力而应用于社会"。⑤

　　在学生管理上，采用群众批评、停止游戏等方式对学生不正当的行为进行惩戒或劝告，还设立学生纠察部训练学生的自我管理能力。⑥

　　除了在学校组织、教学模式、学生管理方面呈现出革新精神之外，衙前农村小学校还是一个带有"教育社会化"试验的学校。"教育社会化"为彼时的教育者所注目，"教育社会化"，简而言之，就是将学校视为"社会生活有用之中心"，强调教育与现代社会的紧密联系，受教育

---

　　① 赵并懂：《农村小学校两周纪念谈话》，上海《民国日报·觉悟》1923 年 10 月 7 日。
　　② 意庐：《浙江萧山衙前农村小学概况》（续），上海《民国日报·觉悟》1921 年 11 月 25 日。
　　③ 赵并懂：《农村小学校两周纪念谈话》，上海《民国日报·觉悟》1923 年 10 月 7 日。
　　④ 王贯三：《责任》第 5 期，1922 年 12 月 25 日。
　　⑤ 大白：《实行新学制的问题》，《责任》第 5 期，1922 年 12 月 25 日。
　　⑥ 意庐：《浙江萧山衙前农村小学概况》（续），上海《民国日报·觉悟》1921 年 11 月 25 日。

者要在学校里练习如何适应社会生活。① 因而，"教育的重要手段，不独在发展个性，并且要适应社会；不独在适应现实的社会，更要研究社会进化的趋势和改造的途径，依着需要，预备将来的社会的人格，才能算尽教育的能事。照这样看起来，要改造社会，就不能不从教育上着手"。②

《衙前农村小学校宣言》指出，有产阶级"用极秘密极严酷的经济制度压迫着无产阶级底儿童，使渠们永远得不到受教育的机会。要不然，便是施一种为有产阶级作爪牙的教育"，该小学则要将"有产阶级训练爪牙的教育"改为"人底发见"的教育。③ 不仅"为着要救济一般无力读书的儿童，避免将来生活底痛苦"，而且"要养活全人类底无产阶级，取得将来生活底均等"。④ 也就是说，衙前农村小学不仅要给予无力读书的儿童以生存技能的教育，更要为打破有产阶级经济压迫而培养无产阶级人才。《宣言》中对阶级对立强调，说明创建者将此学校作为改造社会的试验场。正如楼廷璠在《为什么要创办农村小学校》一文中所提及的："我们要想个个人都能了解'怎样做人'；从'非人底生活'，到'人底生活'的路上去。我们对于现社会，既有所怀疑，而谋革进，农村小学，就顺着这种趋势，来供给时代底要求，创造一种新的环境和社会。"⑤

带着"创造一种新的环境和社会"的目的，衙前农村小学没有将受教育的对象局限在农村的儿童，而是开创了成人班，教育农民。成人班

---

① 关于"教育社会化"的定义及意义，参见《教育底社会化社会底教育化》，《教育杂志》第12卷第10号，1920年10月20日。

② 相菊潭：《改造社会的教育》，《教育杂志》第12卷10号，1920年10月20日。

③ 《衙前农村小学校宣言》，《新青年》第9卷第4号，1921年8月(8月是原计划出版时间，实际出版时间推后)

④ 意庐：《浙江萧山衙前农村小学概况》，上海《民国日报·觉悟》1921年11月24日。

⑤ 楼廷璠：《为什么要创建农村小学校》，上海《民国日报·觉悟》1921年11月18日。

"在晚上开课，八个人一桌，有十来桌，宣中华是教师"。① 在开学两个多月后，孙沄漪在《我对于农村小学校底期望》一文中提出的希望之一，就是在农村学校办了几年之后，农民受着相当的教育，知识提高，晓得社会的趋势，能够起来抵抗资产阶级的掠夺。② 可见，执教者对教育农民是自觉的。钱义璋则认为："农民是没有团结力，所以没有战斗的能力。农民外观如一盘散沙，没有黏性，如果能加以团结的训练，而且也有很坚固而不肯胡乱涣散的团结力。"③宣中华将农村小学视为农民运动的训练场，他认为，乡村小学教师可以作为农民运动的中心人，一方面，农民虽然胆小怕事，但有尊师的遗风，"对于本村、或本乡、或求学区里底小学教师，纵不相识，而心也敬之"，另一方面，小学教师可以通过家庭访问的方式，与农民建立更加亲密的联系，消除农民的疑虑。以小学教师为中心，可以小学校为聚集地，利用小学校里各种布置和秩序，做群众生活的训练模型。因此，宣中华呼吁徘徊在都市的青年到乡村做小学教师来当他们在民间发展的基本立脚点，引导农民进行"秩序习惯""牺牲精神""做事谨慎"等方面的训练。④ 赵并懂与宣中华持类似观点，他认为，"农村小学底教师，不但要教学生以人生必需的智识技能，并且要随时以实用的智识教一般农民。努力打开学校和社会的隔膜，促成学校的社会化，和社会的学校化"，"我们觉到农村小学底同事，除负学校内部底责任外，还有更远大的任务，就是谋求知识阶级和农民底沟通。……通过社会调查和办农民补习班，知识阶级可以"从切实方面和真挚质朴的农民携手"。⑤ 教员们通过实地调查访问，了解农村、农民的现状，并向农民宣扬减租减税、抗捐抗税的道理。他

---

① 沈松春：《衢前农会情况点滴》，《衢前农民运动》，中共党史资料出版社1987年版，第95-96页。
② 孙沄漪：《我对于农村小学校底希望》，上海《民国日报·觉悟》1921年11月29日。
③ 义璋：《劳动运动和农民运动》，《责任》第1期，1922年11月27日。
④ 宣中华：《农民与革命》，《责任》第1期，1922年12月4日。
⑤ 赵并懂：《农村小学两周纪念谈话》，上海《民国日报·觉悟》1923年10月7日。

们还利用当地风俗进行宣传，比如 1922 年"五一"节时，学校给农民印了"五一"字样的糕点。①

衙前农村小学校注重实用性和革命性的教育。针对农村儿童的实际情况，王贯之认为，"要忙里偷闲来入学的儿童，欣赏儿童文学，是不经济的"，"教授这种儿童的教材，什么儿童诗歌、剧本，都不对，只要日常应用的文字，就够了"。② 为此，学校除了购置玩具、扁担、粪桶等农具外，还置办了农船、铁耙、扁担、粪桶等劳动农具，在校园内开辟劳动基地，并根据水乡的特点，对学生提出"上船会摇，下船会挑"的要求，以培养学生人生必须的知识技能。③ 私塾教育则被沈玄庐认为是脱离实际的、无效的教育。1922 年，沈玄庐以农村小学教师为骨干，联络开明绅士，发起了萧山东乡教育会，自任会长，由宣中华任教育会总干事，"几近恶魔底厄阻"，于 4 月 17 日在萧山凫山周氏宗祠办起了与衙前农村小学同性质的凫山继志小学。在开校式上，沈玄庐做了《教育底社会化》的演讲，批评中国数千年的私塾教育是为少数特殊阶级而设的教育，与民众毫无关系，且培养的学生也对社会情事一无所知。④ 意庐在《浙江萧山衙前农村小学校概况》一文中也批评私塾教育"要把活泼新鲜的儿童，陶冶成板蠢笨的人"，衙前农村小学校要将这些儿童解救下来，"使佢们活泼新鲜的天真复活"。⑤ 东乡教育会成立后，沈玄庐等以强制手段撤掉了东乡的所有私塾，凡有一定条件的村庄均利用祠堂庙宇办起了新型小学。⑥

学校的教材除教师选择《新青年》等进步刊物自编外，采用当时由

---

① 杨之华：《杨之华的回忆》，《衙前农民运动》，中共党史资料出版社 1987年版，第 80 页。

② 王贯三：《责任》第 5 期，1922 年 12 月 25 日。

③ 徐木兴编：《衙前镇志》，方志出版社 2003 年版，第 847 页。

④ 玄庐：《教育底社会化》，上海《民国日报·觉悟》1922 年 5 月 7 日。

⑤ 意庐：《浙江萧山衙前农村小学概况》（续），上海《民国日报·觉悟》1921年 11 月 25 日。

⑥ 张介立、朱森：《萧山衙前农村小学》，《杭州文史资料》（第 11 辑），浙江人民出版社 1989 年版，第 218-219 页。

商务印书馆编定的新教科书，开设国语、算术、常识、劳作、图画、体育、音乐等课程，以白话文进行教学。学校办有"龙泉阅书报社"，"书很多，有马克思、恩格斯的，有克鲁泡特金的，还有《星期评论》等"。① 创办这个阅书报社，说明沈玄庐等将衙前农村小学当作了一个宣传革命思想的中心。

衙前农村小学创办后，《民国日报·觉悟》曾发表多篇对该校进行报道的文章，产生较大的社会反响。作为该校教师之一楼廷璠就提出"在现在的中国，再有第二、第三……的农村小学校产生出来"②的呼吁。随着沈玄庐政治立场的改变，1925年以后，衙前农村小学也就"逐步失去了原有的性质和作用"。③ 但衙前农村小学在"教育社会化"、知识分子与农民的联合、农民的教育与培训方面所做的努力，是值得我们珍视的。

三、萧山农民的抗租运动

在筹备衙前农村小学的同时，衙前的农民运动也暗潮涌动。1921年5月，李成虎兄弟委托沈玄庐去帮他们从油菜籽商那要回去年的油菜籽钱，结果未能要回。村里还有一些村民有类似的遭遇。沈玄庐就自己拿出钱来分给他们。他说："这笔钱本来不是我的，还是你们种我底田的还来的租，就是你们农人自己的血汗，现在只好算农人帮助农人，不好算我帮助你们。"④沈玄庐的这番话，让李成虎深受感动，衙前农民渐渐意识到"三先生"（即沈玄庐）和城里来的教书先生，是真心帮助关心农民疾苦的，他们渐渐团结在沈氏身边，遇到事情时找沈氏帮忙。

---

① 曹揆一：《我记忆中的衙前农会和农村小学》，《衙前农民运动》，中共党史资料出版社1987年版，第97页。

② 楼廷璠：《为什么要创办农村小学校》，上海《民国日报·觉悟》1920年11月18日。

③ 《衙前农村小学和东乡教育会》，《衙前镇志》，方志出版社2003年版，第847页。

④ 《李成虎小传》，上海《民国日报·觉悟》1922年2月7日。

是月，粮商趁青黄不接之际哄抬米价。在沈玄庐的支持下，李成虎带领农民，捣毁了龛山的"周和记米店"以及附近其他哄抬粮价的米店，迫使他们恢复原价。又通过和绍兴县知事的当面评理，争得了原被绍兴官绅把持的萧绍公河西小江的养鱼权和捕鱼权。这些斗争的胜利，使农民们看到了自身力量。

为了迅速唤起更多的农民投入斗争，沈玄庐和小学教员先后在衙前、龛山、船坞山北、塘头等地进行演讲。8月19日，沈玄庐在龛山东菁草庵戏台，用方言给慕名赶来的农民和工人做了《谁是你底朋友》的演讲，他以通俗易懂的语言解释了"价值""等价交换""剩余价值"等概念，指出资本家是农民的敌人，劳动者是农民的朋友，世界是"劳动者底世界"，呼吁农民与劳动者要结合起来，从资本家手中"争回被夺的权利"。① 9月23日，沈玄庐又在萧山山北做了《农民自决》的演说，提出了"废止私有财产，土地共有"的主张，呼吁农民"可仿照衙前等村农民协会底组织法，先团结起来"。②

9月27日，衙前农民协会成立大会在衙前东岳庙举行，村民决议通过了沈玄庐等起草的《衙前（在浙江省萧山县）农民协会宣言》和《衙前农民协会章程》（以下简称《宣言》和《章程》），《宣言》开篇即指出，"农民在中国历史上是被尊敬的人民，可惜精神上的尊敬，被第三阶级资本主义底毒水淹死了"，因而"我们底觉悟，才是我们底命运，我们有组织的团结，才是我们离开厄运交好运的途径"。《宣言》还认为"世界上的土地应该归农民使用"，"归农民所组织的团体保管分配"。③《衙前农民协会章程》强调该协会"与田主地主立于对抗地位"性质，章程切实保障农民利益，比如规定"每年完纳租息的成数，大会议决公布"，"遇必要时，本会对于渠们底团体或个人，应当尽本会能力所及，加以扶助"，对于因依照本协会大会决议的纳租成数而被地主田主起佃者，

---

① 玄庐：《谁是你底朋友》，上海《民国日报·觉悟》1921年8月26日。

② 玄庐：《农民自决》，《新青年》第9卷第5号，1921年9月。

③ 《衙前（在浙江省萧山县）农民协会宣言》，《新青年》第9卷第4号"附录"，1921年8月（8月是原计划出版时间，实际出版时间推后）。

"本会有维持失业人员的责任"。在组织方面，协会大会选举委员六人，其实执行委员三人，议事委员三人，并规定委员一年一任，① 以杜绝委员的官僚化。李成虎、陈晋生、单和澜（单夏兰）、金如涛、朱梅云、汪瑞强六人被推举为委员。

随后，萧山绍兴等地的农民奔走相告，都仿照衙前筹建自己村的农民协会。各地纷纷派人来衙前，有的要索取《宣言》《章程》，有的要请沈玄庐去演讲，"开始每天来五六百人，有的步行，有的摇着出畈大船，由于来往衙前的船只太多，致使有的河港阻塞"。② 在短短的一两个月内，西起钱塘江畔，东至曹娥江边，三四百里范围内的农民，都在共同酝酿同一性质的团体。萧绍地区先后共有82个村建立了同性质的农民协会。萧山南沙二三十个村还联合发表了《萧山南沙组织农民团体宣言》，说："若地主不肯改良，仍照习惯，起我地，送（按：当为'逼'）我租，我们联合全体，誓与他们奋斗。"③展现了农民团体与地主抗争到底的精神。11月24日，成立了衙前农民协会联合会。④

衙前农民协会联合会成立之际，恰逢地主上门收租之时。"适时岁值旱荒，乡民大饥"⑤，"仁字号一带地方，已经饿死了百多农民"⑥。衙前农民协会联合会发出告示，作了"三折还租"、改大斗为15市斤的公斗量租、取消地主收租时的"东脚费"、反对交预租等多项规定。沈玄庐带头从自家开始减租。各地农协还组织农民到萧山、绍兴进行"跪香请愿"，请求减租。规模最大的是单和澜组织的千余名农民到绍兴县

---

① 《衙前农民协会章程》，《新青年》第9卷第4号"附录"，1921年8月（8月是原计划出版时间，实际出版时间推后）。

② 中共浙江省委党史资料征集研究委员会、中共萧山县委党史资料征集研究委员会编：《衙前农民运动》，中共党史资料出版社1987年版，第5页。

③ 《萧山南沙组织农民团体宣言》，上海《民国日报·觉悟》1921年12月20日。

④ 中共浙江省委党史资料征集研究委员会、中共萧山县委党史资料征集研究委员会编：《衙前农民运动》，中共党史资料出版社1987年版，第6页。

⑤ 孔雪雄：《沈定一先生及其主办的乡村自治》，《乡村建设》第2卷第7、8合期，1932年10月11日。

⑥ 沈定一：《沈定一代农民问官吏》，上海《民国日报》1921年11月8日。

城请愿。请愿农民虽被军警驱散，仍造成较大影响。对于农民的抗租浪潮，地主士绅污蔑为"过激主义"，沈玄庐以省议员的身份，联合任凤冈等十二人，向省长提出质问书。①"过激主义"被反驳后，地主强行向农民收租。12月8日，地主周仁寿到清坞村收租，农民向周氏求酌减租，周氏坚决不肯，反而喝令船夫绑人，在单和澜的带领下，五六百农民鸣锣聚集，群起救援，痛殴周氏。另根据徐梅坤的回忆，县商会长高云卿的儿子来乡下收租，他曾在江西九江当过检察官，开口要八五折开斗，农民坚持对折，高氏不肯，叫手下卸米，农民就把他打了一顿，高氏逃回城里，不久，地主们同意六折交租。② 12月18日，地主一次性集中了80余只收租船向农民逼租，农民协会鸣锣，1000余名农民聚集，向收租船投掷泥块石块，吓得地主狼狈逃走。一时间，萧绍地区的抗租运动出现了高潮，"有殴辱田主者，有扣留租船者，甚有良佃已还租谷而被其捣毁者，有垄断要口不容租船入境者"。③《收租老相公》所描绘的农民因无力还租而被抓进大牢的悲剧没再重演。

萧山、绍兴等地风起云涌的农民抗租运动，让地主豪绅惊恐万分。地主陶仲安、陈庆钧等十三人，认为农民抗租是"共产主义煽惑愚众"的结果，请求驻防绍兴的盛开第进行镇压。④ 军政府同时侦得曾带领农民请愿的单和澜将于18日到衙前，决定在这一天派一连兵去抓捕他。当时衙前农民协会正在衙前东岳庙开会，一百多名士兵将东岳庙包围，逮捕了单和澜、陈晋生和龙泉阅书报社管理员孙继良三人，打伤3人，并搜去了各村农民协会委员的总花名册。事发后，浙江省长沈金鉴命令省警察厅派60余名保安队员奔赴弹压，对各村的农民协会的领导人

---

① 沈定一：《沈定一代农民问官吏》，上海《民国日报》1921年11月8日。

② 徐梅坤：《衙前风云》，《衙前农民运动》，中共党史资料出版社1987年版，第83页。

③《关于抗租案之近闻种种》，《衙前农民运动》，中共党史资料出版社1987年版，第148页。

④《关于抗租案之近闻种种》，《衙前农民运动》，中共党史资料出版社1987年版，第147-148页。

"按名迅究，悉数拘拿"，拘捕 500 余人。① 12 月 27 日，李成虎被捕，逃走农民的住宅也被政府封掉。最后，农民不得不如数交租，萧绍两县大地主"收取租息已达六七成以上"，请求最激烈的萧山沙河村，"缴纳至七成以上"，其余各村"比照往年并无十分减收"。② 1922 年 1 月 24 日，李成虎在萧山狱中被凌辱致死，由沈玄庐出资，将其葬在凤凰山麓。衙前农民运动在地主和军政府的联合镇压下失败了。

衙前农民运动失败的原因有：第一，这虽是一场有组织的农民运动，但是，这次运动准备不足，对农民的教育也不够充分。第二，虽然沈玄庐在《农民自决》的演说中，提出"废止私有财产""土地公有"的主张，《宣言》也提出了"土地该归农民所组织的团体保管分配"，但农协在具体行动上则只主张减租，并没有触动地主土地所有制。第三，沈玄庐是衙前农民运动的领导者，但他的思想较为复杂，马克思主义、无政府主义、互助论，他想利用自己的士绅、省议员的身份来改造农村，教育农民，训练农民，帮助农民，其实质仍然是在不触动私有制的前提下所进行的改良实验。衙前农民被镇压后，沈氏并未受到当局的惩罚，这种"置身事外"，恰恰说明沈玄庐的士绅、地主的身份与农民阶级的距离。有研究者指出"沈定一和澎湃都有浓厚的无政府主义思想，与其说他们是为了革命而搞农民运动，不如说他们动了悲悯心肠，想搞平民运动，开启民智，以便解放贫苦农民"。③ 这个评价是较为公允的。虽然衙前农民运动失败了，但它是"地主和佃户底阶级斗争的先锋"，④ "全

---

① 中共浙江省委党史资料征集研究委员会、中共萧山县委党史资料征集研究委员会编：《衙前农民运动》，中共党史资料出版社 1987 年版，第 8 页。

② 《抗租风潮已平定》，《衙前农民运动》，中共党史资料出版社 1987 年版，第 151-152 页。

③ 陈永发：《中国七十年近代史》，联经出版事业股份有限公司 2010 年版，第 156-157 页。

④ 周佛海：《对于萧山事件的感想》，上海《民国日报·觉悟》1921 年 12 月 30 日。

国农民运动的最先发轫者"，① 为中国共产党领导的第一次农民运动。同时，筹办衙前农村小学校、成立衙前农民协会、领导衙前农民进行抗租等实践，也为沈玄庐 1927 年在萧山推动的乡村自治运动奠定了基础。在萧山东乡自治运动中，推动了调查户口、测量土地、修筑水坝、建立蚕丝合作社等一系列工作，但这已超出本章所讨论的范围。

第三节　沈玄庐的新诗创作

沈玄庐创作了大量揭示农民、劳工、妇女在地主和资本家剥削下的悲惨生活的小说和白话新诗，尤其是沈氏的新诗写作，不仅数量多，而且在质量上也达到了较高水平，是中国新诗发生版图中不可或缺的一部分。"五四"社会思潮既影响了沈玄庐"五四"时期的思想，也形塑了沈氏新诗的内容、语言和诗体。在新诗的内容上，沈氏勾勒了农民、劳工、无产者的生活，表达了诗人对他们的同情、期待以及对衙前农民抗租运动失败的遗憾，有的诗歌也体现了他对妇女解放问题的思考。沈氏新诗语言采用的是俗语白话，而在节奏、韵律、结构、修辞上呈现出歌谣体的特征。

一、沈玄庐新诗的内容

沈氏新诗的创作旨在揭示农民、劳工、妇女生活的疾苦，以引起社会对这这些群体的关注，从而达到改善农民、劳工、妇女的生活，促进他们觉醒的目的。沈氏新诗的内容主要有以下三个方面。

---

① 《江浙区农民运动委员会第一次会议决议案》，《衙前农民运动》，中共党史资料出版社 1987 年版，第 58 页。

(一) 勾勒农民、劳工在地主、资产阶级剥削下的悲惨生活

在地主的剥削之下，农民的生活异常艰苦。以沈氏的家乡萧山衙前为例，农民不仅要预交一年的地租，还要负责东家收租时的东脚费，加之洪灾频繁，农民的收成在完租之后几无剩余，"吃也精光，穿也精光，哪有东西交点王"的歌谣在当地广为流传。① 即使在丰收之年，农民的生活仍然得不到改善，如在《忙煞！苦煞！快活煞》中诗人写到，"今年收成荒！我只吃糠，他们米满仓"，去年"年成大熟，租米完过，只够吃粥"。② 因而，在地主的剥削下，农民无法获得翻身的可能，唯有推翻地主土地所有制，农民才能彻底改变被剥削的命运。

除了受地主地租的剥削，农民还需面对劳动力匮乏的困境，其原因主要有：第一，随着民族资本主义的发展，部分农民离开土地进入工厂成为工人；第二，军阀常年混战导致农村劳动力减少。劳动力匮乏严重影响了农业生产，尤其是遇到自然灾害时，形势就更加严峻。《种田人(用满江红词调)》这首诗反映了天气灾害与人工匮乏对农业生产的双重打击：

> (上)郎朗青天，正好是插秧季节，看一片平原碧绿，生机活泼，不料狂风和苦雨，连宵连日无休歇，把一春辛苦的功夫，完全夺！
>
> (下)改种吧！种儿缺！由他吧！饥来逼。眼睁睁望着天儿着急，不是天公能作祟，算来都为人工缺，望收成总要自家来 才能得。③

---

① 中共浙江省委党史资料征集研究委员会、中共萧山县党史资料征集研究委员会编：《衙前农民运动》，中共党史资料出版社1987年版，第1页。

② 玄庐：《忙煞！苦煞！快活煞》，《星期评论》纪念号3，1919年10月10日。

③ 玄庐：《种田人(用满江红词调)》，《星期评论》第7号，1919年7月20日。

当农民在春意盎然中满怀期待地迎接插秧时节的到来时，连宵连日的狂风苦雨将他们"一春辛苦"全毁。任凭天气的肆虐而不采取补救措施的话，那么农人就有陷入饥荒的危险，可是，在地主的剥削下，农民连买改种种子的钱也没有。讽刺的是，人工的匮乏比天气灾害、缺种子更为糟糕。如果说，"不是天公能作祟"表现了长期与自然灾害斗争的农民的黯达乐观，其抗击天灾的希望并未完全泯灭的话，那么"人工缺"则让农夫的这一希望彻底化为泡影。

与农民的命运类似，工人在资本家的经济剥削下，越努力做工，受资本家剥削的程度就越深，《起劲》描述了这种吊诡。全诗共有六节，前五节分别从农业工人、建筑工人、染织工人、轿夫、车夫、学生(受教育之后只是成为资本家的雇佣)等角色，揭示工人起劲做工的最终结果是老、死、穷。第六节则呼吁"切断工人颈脖子上的项链，打破资本家所建筑的牢笼"①，只有打破资产阶级剥削制度，工人才能获得真正的解放。

资本家为了获得更大的利益，往往加大工人的劳动强度，延长工人的劳动时间。② 工人体力被过度消耗，以至于连自己的家庭都不能照顾。《一夜》以一个工人妻子的视角勾勒了打短工的丈夫回家后的一家三口近乎狼狈的日常一夜：妻子在家带孩子，当丈夫回家后，妻子才能腾出手烧饭洗衣。但劳累一天的丈夫并不能给妻子提供更多的帮助，哄孩子睡觉和安抚半夜惊醒的孩子的责任还是落在妻子身上。等孩子彻底睡熟，"偏偏鸡也啼了，夜五更了，无情的汽笛鸣的一声，没奈何，披起衣裳跳出门"，③ 丈夫只得起床上班，开始新的一天的循环。"偏偏、

---

① 玄庐：《起劲》，《星期评论》第 45 号，1920 年 4 月 11 日。

② 沈氏在写的报道与小说中，都提及劳工的工作时间之长，在《工人应有的觉悟》中，有"试问我们劳动者每天在工厂里做十三四点钟工"之语，在《吃人的资本家》中，提及湖南纺纱工厂招女工的简章其中一条"每日工作十二小时，每星期更番作日夜工"。可见，长时间的劳作在当时是普遍存在的现象。参见玄庐：《工人应有的觉悟》，《星期评论》第 46 号，1920 年 4 月 28 日；玄庐：《吃人的资本家》，《星期评论》第 49 号，1920 年 5 月 9 日。

③ 玄庐：《一夜》，上海《民国日报·觉悟》1920 年 9 月 6 日。

无情"表现了丈夫的无奈和工厂制度的冷酷。而破屋、小帐子、破凉席、蒸笼似的床等词语，则表现了这一家人居住环境的恶劣。此诗揭示了工人在做工和照顾家庭之间的两难境地，以及工人生活的贫困，表达了诗人对制定合理的劳动时间制度和改善工人待遇的呼吁。

机器的大规模使用则引发了一幕幕"机器吃人"的惨剧：首先，机器的使用导致农村手工业作坊纷纷倒闭，大量农村手工业者因此失业，生活陷入困境；其次，机器的使用对劳动者的身体健康和生命安全构成巨大的威胁，资本家为了经济利益的考虑，忽视安全生产，漠视劳工的身体和生命安全，因而酿造了一起起机器伤人乃至吃人的惨剧。①《十五娘》叙述的就是一则"机器吃人"的悲剧故事，十五娘夫妇本是小蚕农，没有多少山和田，当丈夫十五得知有垦荒消息，就积极报名参加，没想到结局是健壮的十五被无情的机器所吞噬。"机器吃人"这类题材的创作，体现了诗人对机器所代表的现代化生产方式的谨慎态度，表达了诗人希望资本家尊重劳动者生命、改善劳工工作环境的愿望。

在地主和资产阶级的残酷剥削下，农民、劳工等无产者衣食无着的悲惨生活与有产者纸醉金迷的奢靡生活形成鲜明的对比。对于富家来说，除夕是"鸡鸭鱼肉吃一餐"，对穷人而言，除夕却是"柴米油盐一切陈债都要还"②的还债日。在上海的街头，有产阶级醉酒之后吐出的都是燕窝鱼翅，而在街上整夜飘荡不绝的却是凄惨延绵的乞讨声，这是"朱门酒肉臭，路有冻死骨"在夜上海街头的现代书写。

---

① 沈氏也在小说中表达了对机器的批判，《机器》这篇小说以工人的口吻，叙述了机器不仅对工人的身体造成伤害，更指出，由于机器在工厂的广泛使用，乡村传统小作坊纷纷倒闭破产，大量手工艺者失业，"机器吃人"成为普遍的社会现实。《阿二的儿子》则叙述了载着东家少爷的车将工人儿子轧死的故事。沈氏小说中对机器的批判与诗歌中对机器的批判的逻辑具有一致性，可互相参照。参见玄庐：《机器》，《沈定一集》（下），国家图书馆出版社2010年版，第357-358页；玄庐：《阿二的儿子》，上海《民国日报·觉悟》1920年8月20日。

② 玄庐：《除夕》，《沈定一集》（上），国家图书馆出版社2010年版，第207-208页。

(二)对农民、劳工的同情和期待

沈氏往往由日常情境的感触中抒发对劳动者的同情。因工作中错过饭点这一日常,沈氏想到饿了什么都好吃,进而联想到世界上饥荒的普遍存在,由此发出了"咦!多少豪华清贵客,把一张嘴租给农夫做米囊"①的感叹,只要有产阶级将自己奢靡吃喝的一部分能给农夫,就能解决很多人的吃饭问题。有人宴请,诗人则想到餐馆里的刀叉、杯盘、饮料、鲜汤,都是工人的心血创造的,因而提出"后天我们也请客,不是工人不许吃"②的倡议。又如,沈氏在搬家过程中遇雨,因雨停而高兴,他随即想到下雨农夫高兴、停雨车夫高兴,感叹"雨也下得好,雨也住得巧"③,对农夫和车夫来说,非常公道。沈氏还借用动物的形象来表达对劳动者的同情。"几多人赞赏着银宫玉阙,这时期——正不知有多少觅食的小鸟儿,迷了空中迹。"④用大雪中无处觅食的小鸟比拟广大无产者,表达了沈氏对在冰雪天气中衣食无着的底层民众的深切关怀。在《蚊》中,沈氏对不顾工人农夫劳顿了一日,仍然要在夜里钻进蚊帐吸鲜血膏脂的蚊子表达不满,"试看西北风起时,还容许你得意无?"⑤沈氏通过对蚊子的批判来表达对劳动者的同情。另外,诗人的同情也蕴含在对乡村景色的描写中,如《秋夜·在野阪底》⑥,这首诗前半部分以大树、茅草屋、月光、树影等组成了一幅静谧祥和的乡村月夜图,而这种静谧最终被夜出水车的农夫开门时的门闩声打破,整首诗动静结合,意境悠远。夜景的描写实为农夫的出场作铺垫,反映了农人劳作之艰辛。

---

① 玄庐:《吃饭》,上海《民国日报·觉悟》1920 年 12 月 24 日。

② 玄庐:《请客》,《沈定一集》(上),国家图书馆出版社 2010 年版,第 258 页。

③ 玄庐:《雨》,《沈定一集》(上),国家图书馆出版社 2010 年版,第 228 页。

④ 玄庐:《雪迹》,上海《民国日报·觉悟》1921 年 1 月 9 日。

⑤ 玄庐:《蚊》,上海《民国日报·觉悟》1921 年 8 月 4 日。

⑥ 玄庐:《秋夜(在野阪底)》,《新青年》第 8 卷第 4 号,1920 年 12 月 1 日。

沈氏不仅对农民、劳工的物质生活的贫困表示同情，而且对他们精神世界的贫乏表示遗憾。如《月下的人语》，先描绘了树影与人影彼此重叠交错，月光透过缺树枝处照射到人身上的曼妙月夜之景。但诗歌却如此结尾：

> 世衡说，"如此好明月，可惜做乏了的劳工都睏熟了"。
> 我说，"除非摇夜船的，车夜水的还有分，工厂里上夜班的，哪里看得见月光如水浸着煤烟一路横"①。

劳工在白天耗尽了体力，哪还有闲情逸致欣赏月光。没有一定的物质条件，如何奢谈精神享受？地主、资本家的剥削，不仅造成农民、劳工物质上的贫困，也造成他们精神世界贫乏。换而言之，地主、资本家的剥削既堵死了农民、工人改变命运的通道，也扼杀了其精神享受的权利。

面对地主的层层盘剥，农民无不选择了逆来顺受的态度，沈氏对此"哀其不幸，怒其不争"，以《农家》这首诗为例：

> 猪重百斤值十千，牵猪上市卖得钱，农人为何不自吃？因为租完舍不得。租钱完了一身轻。只剩犁头铁耙清清四堵墙，一家老少骏骏立着不作声，雪上空留钉鞋迹！②

农民卖猪所得仅够还地租，家里仍徒有四壁。但一家老小只是"骏骏立着不作声"，"骏"有愚昧痴呆之意，精准地刻画了农人对命运的忍受、默认态度，一家老小的痴呆忍受之状与雪地上的收租人的钉鞋足迹，构成一幅简洁却又肃杀的画面，成为江南农村收租情境的一幅缩影，句末的感叹号表达了沈氏对农民不觉醒的愤慨。这种愤慨在《水

---

① 玄庐：《月下的人语》，上海《民国日报·妇女评论》1921 年 8 月 10 日。
② 玄庐：《农家》，《星期评论》第 33 号，1920 年 1 月 18 日。

车》这首诗表达得更加直白，农民只知道抢水浇灌稻田，不知道所做的一切都只是给地主做嫁衣裳。不下雨的时间越长，农夫踩水车越卖力，水车也随之起、急乃至于立起来，但农夫倾心倾力的劳动所得，最终将被地主的地租榨干殆尽。沈氏直呼，"犯贱呵，农夫！租时节到来能剩几粒？"①又如，《纤夫》中的纤夫每前进一步都异常艰难，却得不到人们的尊重，被人认为"不中用""不懂事"，小孩子甚至向他吐唾沫、掷石块。而纤夫却毫无觉醒，沈氏嗔怒直呼，"纤夫呵，纤夫！这是你生命的路，这是你该吃的苦"②。沈氏对农夫和纤夫不觉悟的愤慨，恰恰传达了其期待农民、劳工觉醒愿望之强烈，其心之切切，跃然纸上。

衙前农民抗租运动失败后，针对当时的政府公文、报纸将参与农运的农民污蔑为农愚、乡愚的行为，沈氏与刘大白各创作了四首打油诗，对这一行为进行讽刺。试举沈氏其中一首为例："受人鱼肉自然愚，鱼肉他人便不愚？举国一愚愚到此，乡愚对哭哭农愚"③，如果农民受地主大户和政府部门的欺凌压榨是愚的话，那么大户、政府欺凌农民更是愚的表现。沈氏写下了《衙前农民协会解散后》，诗歌内容如下：

（一）杭州城里一只狗，跑到乡间作狮吼；乡人眼小肚中饥，官仓老鼠大如斗。减租也，民开口；军队也，民束手；委员也，民逃走；铁索镣铐拦在前，布告封条出其后，岂是州官恶作剧，大户人家不肯歇，不肯歇，一亩田收一石租，减租恶风开不得，入会人家炊烟绝！

（二）馋狼饥虎无人驭，凤凰低敛沧深薮，潮来天未曙，梦飞不过钱塘去。宁为时望抛时誉，泪绝声嘶肠断无凭据。铜角夜风透吴絮，大千世界暗然死，魂暗暗，和谁语？咫尺家园几万里，班声

---

① 玄庐：《水车》，上海《民国日报·觉悟》1921年8月8日。
② 玄庐：《纤夫》，《劳动与妇女》第5期，1921年3月13日。
③ 玄庐：《愚》，上海《民国日报·觉悟》1922年1月13日。

截断哭声起，狂呼天不理，苍生生命如蝼蚁，呼冤不应除骂无他技。两字"农愚"称号被，狼摆头，虎磨齿。①

上阕"减租也，民开口；军队也，民束手；委员也，民逃走；铁索镣铐拦在前，布告封条出其后"等句描述了农运兴起、被镇压的经过和结果，短促的句子，营造出了紧张窒息的气氛，表现了镇压之迅速。"大户人家不肯歇""减租恶风开不得"则指地主大户在利益面前不肯丝毫让步，并引发农民的抗租运动。下阕中，"馋狼饥虎无人驭"指地主大户的贪婪，没有人能够加以限制。农民抗租运动被镇压时，沈玄庐在杭州，尽管萧山与杭州只一钱塘之隔，但他得知农民协会被镇压之后，内心牵挂，却爱莫能助，"潮来天未曙，梦飞不过钱塘去"即为此意。"狂呼天不理，苍生生命如蝼蚁"一句写出了农民被镇压后的无奈。沈氏在此批评了当时的政府部门、地主大户对待农民的傲慢与粗暴态度，表达了对农民运动遭镇压的愤慨，对衙前农民抗租运动失败的遗憾之情。

（三）对女子解放的关注

上文已经提及，沈玄庐是女子解放的鼓吹者和践行者，他强调女子作为"人"的属性，认为女子应享有与男子平等的权利。产生女子"非人"思想的社会基础是宗法社会，打破宗法社会与家族制度，是女子获得"人"的属性途径之一。确立女性姓氏的继承权，似乎是打破宗法社会、家族制度的一个开始。在宗法社会中，女性姓氏没有继承权，而男性姓氏的继承权则被认为是天经地义的，即使一个家庭中没有男性继承人，也会采用过继、领养甚至买卖等方式，使得男性姓氏得以流传下去。沈氏在《"姓"甚?》一首诗中质疑了男性姓氏继承权的正当性，诗歌以对话展开，内容如下：

---

① 玄庐：《衙前农民协会解散后》，《衙前农民运动》，中共党史资料出版社1987年版，第64页。

（一）问他"姓什么？"/他说"我姓三画王"。/我母姓黄祖母
汤！/曾祖母唐高曾祖母梁！/还有高高曾祖母他姓张！/太高祖母
是姓章。"/问他"为何不姓王、章、张、梁、唐？"/他说"我父我祖
曾祖都姓王。"/原来他是宗父姓、不知有母亦天性？/若是依人身
体的"血本"，究竟一人该姓甚？

（二）"杀父犹可乃杀母？/比之禽兽尤不如。/不废父姓废母
姓，难道女子的血与人殊？/项伯赐姓刘，/郑成功姓朱，/同姓有
寇仇，异姓或兄弟，'图腾'符号谁能记？/人间转眼千百年，/何
以解释现在的国旗？"①

答者陈述自己姓"王"之后，连续说出母姓、祖母姓、曾祖母、太
祖母的姓。这种突兀的不问自答，显然是诗人的有意为之，旨在引出女
性姓氏继承权的话题。一代代母系亲属的姓氏不一，但只有父系姓氏得
到了继承，但"人种的遗传，不是男子单独所能的"。② 沈氏由此追问，
"若是依人身体的'血本'，究竟一人该姓甚？"在第二节中，诗人继续发
问："不废父姓废母姓，难道女子的血和人殊？"并以项伯、郑成功被赐
姓，同姓相残，异姓可能为兄弟等，说明姓氏只是一个符号，由此解构
了宗法社会中姓氏的神圣性。在这一点上，沈玄庐有切身的体会，他两
个兄弟的儿子都非亲身，而是买来的，所以他说"谁也不能担保他底祖
宗底血统是嫡传不混杂的"，主张打破家族制。③ 总之，此诗通过质疑
男性姓氏继承权的必然性，揭示了宗法社会中女性"人"之属性的缺失。
当然，沈氏对男性姓氏继承权的质疑，具有理想化的色彩，超出了当时
社会伦理的接受范围，即使在今天，这也是个极为敏感而复杂的伦理
问题。

沈玄庐将教育作为清除女子"非人"思想的重要途径。彼时，用旧

---

① 玄庐：《"姓"甚？》，《星期评论》第 31 号，1920 年 1 月 3 日。
② 玄庐：《子孙主义》，《星期评论》第 7 号，1919 年 7 月 20 日。
③ 俞秀松：《俞秀松日记》，《俞秀松传》，浙江人民出版社 2012 年版，第
213 页。

道德观念对女子进行教育的现象还普遍存在，比如，沈玄庐就发现商务印书馆、中华书局两大出版社竟然还出教女子"守节""训婢仆"的相关书籍，① 可见传统积习之深。另外，教会学校对女子的教育，也存在使女子丧失了"人"的主体性的弊端。所以，沈玄庐强调女子应与男子接受同样的新式教育。1921 年 3 月 6 日，沈氏发表了《妻的教育》这首诗，批评了社会上女子教育的乱象：

> 两耳坠双环，教伊"不可听人讲"。两足束如笋，教伊"不可入学堂"。更有系颈金锁链，压胸十字金辉煌，教伊"不可自由发思想"，教伊"明白自己是上帝的罪羊"，教伊"漠向人前露出真面目"。雪花脂粉头汕艳且光，打扮成功一个好女子，整备嫁与富家郎。第一金钱在手百事备，其次一举一动合礼防。百密还防偶一疏，灵魂置诸上帝傍。
>
> 思想究竟关不住，便为女子专读教科书。女儿身是衣衫料，交给女校裁剪供给家庭需。要长不敢短，要瘦不敢肥，一朝穿衣的人不中意，随便一腿放在箱子里。古人说是"妻子如衣服"；此话一直传到今世纪。什么新思潮和新文化？甚至"自由恋爱"都是男子的利器。②

在第一节中，诗人首先指出，传统社会中女性没有接受教育的机会，只能被动接受旧习如"坠耳环、裹脚"对自己身心的束缚、残害。而女子从旧习中所能学到的，无非是些"合礼防""嫁与富翁郎"等严守男女大防、待价而沽的腐朽陈旧故念。其次，在诗人看来，教会学校给予女子的乃是放弃主体性而将"灵魂置诸上帝旁"的教育，这显然也不是女子解放所需要的教育。在第二节中，沈氏批评女校教育只教女生应付家庭需要的技能，而未能从思想上教女生认识到自己作为"人"的人

---

① 玄庐：《女子解放从那里做起》，上海《民国日报·觉悟》1919 年 8 月 3 日。
② 玄庐：《妻的教育》，《劳动与妇女》第 4 期，1921 年 3 月 6 日。

格。没有独立人格的女性，到社会、家庭中仍然将变成男性的附庸，随时有被秉持"妻子如衣服"旧念的男子抛弃的危险。若不以"五四"新思想代替这些腐朽的内容，那么"新思潮""新文化""自由恋爱"只是时髦的空壳而已，成为男子抛弃女子、伤害女子的利器，上文提及的"浮荡少年"即是明证。唯用新式教育来洗涤旧教育内容中的陈腐观念，教育才能真正起到清除女子"非人"思想，促进女子的觉悟，实现男女的平等。

沈玄庐的诗歌写出了女性在经济压迫下的悲惨生活。《十五娘》这首叙事诗写出了农村妇女的艰难处境。十五娘及丈夫缺少土地，生活艰难，连桑叶也得赊。她丈夫十五听说"哪里地方招垦荒"，所以告别十五娘出门远行。没想到十五却被"掘地底机器"榨死。十五去垦荒的原因是受地主的剥削而没有足够的土地，他的死亡则是资本家不顾及劳工的生命安全所导致的。因而，十五娘的悲剧，是地主和资本家的双重压迫所造成的。《夜游上海所见》则是对城市中女性乞讨者的书写。当有产阶级醉酒之后吐出的都是燕窝鱼翅，街上整夜飘荡着的却是老妇人与小女孩延绵不绝的乞讨声，[1] 诗中对女性乞讨者的动作、神态作了细致的刻画，如"一个老婆子站在马路中间，饿狠狠东边张一张又低下头来叹口气，再望西边溜一溜"，以老婆子边张望边叹气的动作与神态，再现了老妇对潜在的施舍者的出现由期待到失望，由失望到不甘放弃的心理。《晋公门前所见》[2]描述了女子在给丈夫送葬时，一静一动，一笑一哭，构成强烈的对比。

二、沈玄庐新诗的语言与诗体

如果作者试图通过文学作品向农民、劳工等无产者传播思想，促进他们的觉醒，那就必须要正视农民、劳工受教育水平低下的现实。因

---

① 　玄庐：《夜游上海所见》，《星期评论》第 25 号，1919 年 11 月 23 日。
② 　玄庐：《晋公所门前》，《星期评论》劳动纪念号，1920 年 5 月 1 日。

而，选择与农民、劳工的日常生活更为贴合的语言和诗体形式，无疑是务实而有效的。

"沈之为文，较早就采用语体"，① "语体"即为白话文，② 但沈氏新诗采用的白话是俗语白话，朴素直白，通俗易懂。在其诗中，我们可以见到诸如"种地、水车、收租、播种、插秧、做工"等与劳动生产相关的词语，亦有"农夫、工人、车夫、纤夫、叫花子"等口语称呼，也偶见"拆烂污"等方言词汇。这些词语无不是来自农民、劳工的日常生活。沈氏在俗语白话的选择上具有自觉性，如他在跟农民做演讲时，采用了当地农民听得懂的方言。③ 因而，为了促进农民、劳工的觉醒，采用俗语白话就成为沈氏新诗之必然选择。

俗语白话具有浓厚的民间性与本土性特征，沈氏对俗语白话的选择，实际上呼应了胡适的白话文学理想。在胡适看来，晚清以来的文字改革与拼音化运动之所以失败，是因为在这些运动中，"我们"（启蒙者）与"他们"（被启蒙者）之间存在着两种话语系统。选择白话作为"文学革命"的发起点，就是要用"我们"与"他们"都能够接受的新的语言形式，打破二者之间隔阂。也就是说，启蒙者只有与被启蒙者使用同一种话语，被启蒙者才能理解和接受来自启蒙者的新思想与新文明，从而实现思想启蒙与文明再造之目的。因而，胡适认可的白话是中国传统文学中的俗语白话，而傅斯年认为，要发展白话，就要模仿西洋语法，理想

---

① 陈功懋：《沈定一其人》，《浙江文史资料选辑·第二十一辑》，浙江人民出版社 1982 年版，第 47 页。

② 有人将有文学组织的白话称为语体文，其意可取，见补菴：《白话与语体文》，《社会教育星期报》第 439 号，1924 年 2 月 24 日。为推行言文一致，北洋政府于 1920 年 1 月 12 日颁布《咨：教育部咨各省区国民学校一二年级自本年秋季起先改国文为语体文以为国语教育之预备文》，于 1920 年秋季开始在一二年级推行语体文，作为国语教学的预备。这也意味着白话文运动取得了初步成功。参见《咨：教育部咨各省区国民学校一二年级自本年秋季起先改国文为语体文以为国语教育之预备文》，《政府公报》第 1409 期，1920 年 1 月 15 日。

③ 玄庐：《谁是你底朋友》，上海《民国日报·觉悟》，1921 年 8 月 26 日。

的白话文，当为欧化的白话文。① 由此看来，沈氏与胡适在俗语白话的认同上具有高度一致性。当然，二者在创作方法上存在着较大差异，胡适更多地借助翻译来创作新诗，沈氏则更多地取法传统。

从诗歌的形式来看，沈氏新诗具有歌谣体的特征。沈氏并不排斥旧文体，而且认为可以利用旧文体来传播新思想。在《新旧文学一个战场》中，沈氏认为，由于旧文体中的匾额、屏幅、联语以及书春、扇面等广泛存在于人们的生活中，因而其传播思想的能力，"要比在出版品上宣传的效力大得许多"，"倒不如就借这些地方分布新思想的种子"②，把旧思想、旧文学所占领领土光复。换而言之，因为旧的文艺形式与农民、劳工等日常生活的天然联系，可以作为传播思想的工具。而歌谣就是重要的旧形式之一，沈氏新诗诗体的歌谣特征，主要表现在韵律、节奏、结构和修辞等方面。

从韵律来看，沈氏的新诗韵律齐整而富有变化，十分符合歌谣传唱的特征。沈氏非常注重尾韵，虽不能句句押韵，但几乎做到了隔句押韵（有时是隔两句），换韵颇为自然。例如，"他底手脚如果不沾泥，大家那里来的米！漆匠身上惹的漆，排字印字工人身上惹的墨，泥水匠身上的石灰，机器厂工人的油煤，你嫌龌龊么？"③泥、米、漆押"i"韵，灰、煤、么押"ei"韵，墨的"o"韵作为"i"韵向"ei"韵之间的过渡，贴切而自然，整首诗形成较为齐整而又富于变化的韵律。沈氏在句子内部常常使用对双声叠词，如"高高兴兴的收了起来，哭哭啼啼的还了出去"④，"温温饱饱富家翁"⑤等，在句子内部形成叠韵，与齐整而富有变化的尾韵，构成和谐的音韵美。

---

① 傅斯年：《怎样做白话文》，《中国新文学大系·建设理论卷》（影印本），上海文艺出版社 2003 年版，第 225 页。

② 玄庐：《新旧文学一个大战场》，《星期评论》第 24 号，1919 年 11 月 16 日。

③ 玄庐：《你嫌龌龊么?》，上海《民国日报·觉悟》1920 年 3 月 9 日。

④ 玄庐：《起劲》，《星期评论》第 45 号，1920 年 4 月 11 日。

⑤ 玄庐：《工人乐》，《星期评论》第 32 号，1920 年 1 月 11 日。

沈氏新诗节奏较为欢快，往往能够如歌谣一般表达出戏谑的狂欢和辛辣的讽刺。沈氏新诗保留着鲜明的旧体诗痕迹，有较多的三言、五言、七言句，句式简单，为节奏的欢快提供了基础。以《富翁哭》这首诗为例：

> 工人/乐！
>
> 富翁/哭！
>
> 富翁！富翁！不要/哭！
>
> 我喂/猪羊/你吃肉，你吃/米饭/我啜粥。
>
> 你/作马，我/作牛。
>
> 牛/耕田，马/吃谷。
>
> 马儿/肥肥/驾上车。
>
> 龙华/路上/看桃花。
>
> 春风/正月/桃花早，
>
> 道傍/小儿/都说/马儿/跑得好。
>
> 那里/知道/马儿/要吃草。①

诗以三字句、七字句为主(后两句为七字句的变形)，前八句几乎是两个三字句、两个七字句的交替，节奏上形成"一/二""二/二/三"的回环。后两句则是在"二/二/三"节奏基础上加以变化。整首诗句式简单、节奏欢快，以儿童的口吻讽刺了富翁对待劳工只知剥削而不知体恤的冷酷嘴脸。

从结构上看，沈氏的新诗采用了重章叠句的歌谣结构，表现为复沓格和问答式的采用。② 如《怎么样?》，全诗共四节，每一节分为两部分，第一部分为五句，第二部分为八句(只有第四节的第一部分为六

---

① 玄庐：《富翁哭》，《星期评论》第 32 号，1920 年 1 月 11 日。

② 朱自清先生将歌谣的重章叠句可分为复沓格、递进式、问答式、对比式、铺陈式等。参见朱自清：《中国歌谣》，复旦大学出版社 2004 年版，第 156-167 页。

句，稍有差异）。试着第一二节：

（一）

同时一种矿，有的打成锄，有的打成枪。枪也纵横莫敢担！锄也怎么样？

杀人怎么样？非枪不行。生人怎么样？非锄不成。因为生人要杀人，放下锄头来革命！因为杀人才生人，枪刀底下隐唤娘唤声！

（二）

同时一张纸，有的印钞票，有的印成书。钞票纵横莫敢担！书也怎么样？

生活怎么样？非钱不行。求学怎么样？非书不成。因为生活要求学，哪来的钱买书读！因为求学要生活，布衣菜饭两不足！①

不难看出，这两节的句式、语气几乎一致，形成了复沓格。整首诗的内容在结构上形成复沓。该诗由同一材质可以打造成不同的物品，逐步引申到同样都是人，却有劳力者与劳心者之分，表达了沈氏消除劳心者与劳力者之间的不平等地位的强烈愿望。又如《起劲》这首诗六节当中有五节以"起劲！起劲！起劲做工"开头，形成复沓格，以回环反复的形式，不断强调劳工起劲做工与其悲惨结局的对比，构成此诗的张力。

问答式即因问作答而成的重叠形式，沈氏并未拘泥于"问"与"答"的固定格式，而主要是借用对答的形式来引出所要表现的内容。如《工人乐》：

人说："冷在风，穷在铜。"

我说："穷不在铜穷在工。"

人说："只要有铜便有工，温温饱饱富家翁。"

---

① 玄庐：《怎么样》，《星期评论》劳动纪念号，1920 年 5 月 1 日。

我说："我们棉袄夹裤过得冬,

他们红狐紫貂还要火炉烘。

我们十里八里脚步轻且松,

他们一里半里也要骑车送。

……"①

先引用一种观点,再对这种观点进行反驳,进而引出劳工与有产者之间的比较,突出劳工身体的强健和对文明的创造这一诗歌主题。又如《夜游上海所见》的第一部分:

一个胖子说:"一日三出力,吃饭用大力。"

一个瘦子说:"无金买衣食,困觉当将息。"②

胖子大概家境殷实,因而认为干活累了就应该大力吃饭,而瘦子却衣食无着,只好早早睡觉。这一部分看似与整首诗的内容相脱节,但胖子与瘦子观念之间对比,为下文有产者与乞讨者之间生活场景的对比埋下伏笔,为整首诗奠定了讽刺的感情基调。因而开头的对话这部分与后文构成对话关系,丰富了诗歌文本的内涵。

从修辞上来看,沈氏新诗使用了起兴、比拟、对仗等歌谣中常用的修辞手法。起兴是中国传统诗歌的重要修辞手法,在歌谣中也得到广泛运用。起兴的事物"大都'因见所闻',……大约不外草木、鸟兽、山川、日月、舟车、服用等,而以草木为多",③"菜子黄,百花香,软软的春风,吹得锄头技痒"④,《十五娘》即以金黄的菜子,芬芳的百花等充满生机的春景起兴,以乐景引出十五娘的悲剧故事。比拟是指将人拟物或将物拟人,如沈氏在衙前农运失败后写的诗,"杭州城里一只

---

① 玄庐:《工人乐》,《星期评论》第32号,1920年1月11日。

② 玄庐:《夜游上海所见》,《星期评论》第25号,1919年11月23日。

③ 朱自清:《中国歌谣》,复旦大学出版社2004年版,第191页。

④ 玄庐:《十五娘》,上海《民国日报·觉悟》1920年12月21日。

狗，跑到乡间作狮吼；乡人眼小肚中饥，官仓老鼠大如斗"①，用"狗""官仓老鼠"来比拟镇压农运的地主和官僚，表达了诗人的愤慨。因而，起兴和比拟丰富了沈氏新诗情感的表达方式。沈氏新诗中对仗现象十分普遍，如"两个肩窝承轿杆，一条穷命拼风波"(《起劲》)，"冷尖尖的风，黑漆漆的庙"(《夜游上海所见》)等，对仗使得诗歌的句式、节奏更加齐整。

在广大农民、劳动者受教育水平低的现实情况下，利用他们熟悉的语言以及旧体诗的形式来传播思想，从而促进他们的觉醒，有其合理性，这为新诗进一步走向大众化提供借鉴。这也说明旧体诗传统仍然是新诗发生过程中一个巨大的魅影，新诗不仅仅是在西方翻译诗中诞生的，它也从传统中脱胎而来。

值得注意的是，沈氏新诗诗体既保留了旧体诗的痕迹特征，又在某种程度上突破了旧体诗的限制。这主要表现在对人物的动作、心理的刻画上。"一腿刚提起，一腿已经站不住，颤颤巍巍地进一步退半步，一呼一吸只在生死关头渡。"②真实再现了纤夫拉纤时脚步动作的细节，表现了纤夫走一步退两步的艰难。动作细节往往反映出人物的心理变化，如"一个老婆子站在马路中间，饿狠狠东边张一张又低下头来叹口气，再望西边溜一溜"③，以老婆子边张望边叹气的动作，表现出老妇对潜在的施舍者出现由期待到失望，由失望到不忍放弃的心理。《十五娘》④这首叙事诗就通过动作、梦境、环境描写来展现十五娘的心理。沈氏活用孟郊《游子吟》的典故，刻画了十五娘为临行丈夫补缀衣服的动作，"一针一欢喜，一线一悲伤，密密地从针里穿过线里引出"，表现了十五娘对丈夫的不舍与牵挂。梦境是表现心理的重要方式，十五娘对丈夫思念的情丝进入她的梦中，在梦中纺纱反映了她对丈夫的思念。

---

①　玄庐：《衙前农民协会解散后》，《衙前农民运动》，中共党史资料出版社1987年版，第64页。

②　玄庐：《纤夫》，《劳动与妇女》第5期，1921年3月13日。

③　玄庐：《夜游上海所见》，《星期评论》第24号，1919年11月16日，

④　玄庐：《十五娘》，上海《民国日报·觉悟》1920年12月21日。

诗歌结尾以"明月照着冻河水，尖风刺着小屋霜""破瓦棱里透进一路月光"等冷峻的环境描写，为悲剧添上了一抹冷色。如果说古典诗歌追求的是诗人与世界浑融一体的关系，那么现代诗则将诗人从这种浑融一体的关系中抽离出来，从而以主体的身份对客体世界进行观察。细节是主体对客体世界的观察与发现，也是新诗从古体诗中挣扎出来的标志。

　　本章梳理了沈玄庐的劳工观、农民观，对妇女解放问题的看法，考察了他创办衙前农村小学校以及领导的农民抗租运动等乡村实践，分析了沈氏新诗的内容、语言和诗体特征，勾勒了乡村实践与诗歌创作之间的互动欢喜。沈氏"五四"时期的新诗写作，也反映了新诗与旧体诗之间的血肉联系。沈氏新诗具有鲜明的社会问题导向，其对农民、劳工问题、妇女解放的关注是真诚的。当然，从社会思潮这一单一视角，不能穷尽沈氏新诗的丰富内涵，因而，沈氏新诗的价值亟待研究者进一步探讨。

第二章　郑振铎的现代人道主义观及其文艺实践

作为"五四"最为重要的社会文化思潮，人道主义思潮是论及"五四"的研究者都无法回避的关键性话题。且不论近百年来研究者对这一思潮纷纭复杂的解析与定位，即使是在人道主义思潮发生阶段，新文学家对这一思潮的认识也是较为含混模糊，将它与无政府主义等各类思潮交杂使用，对人道主义思潮内部的差异与分化并没有清晰地梳理与界定。其中，作为人道主义思潮脉络的一支，以周作人为中心的新文学家所持有的具有较为一致的共同认知，且构成了"五四"文学主流的人道主义观念，被张先飞概括为"现代人道主义观念"。① 这一观念对"一战"前后的世界反战思潮和社会改造运动产生了重要影响。

就中国而言，周作人作为现代人道主义观念的核心人物，他对于现代人道主义观念的介绍、理解与阐释创新直接影响了"五四"新文学家。他们以周作人为文坛领袖，以文学研究会为阵地，在现代人道主义观念的指导下积极引导社会改造实践的开展，并结合自身的文学观念与创作

---

① 张先飞在《"人"的发现——"五四"文学现代人道主义思潮源流》中认为现代人道主义作为一种特殊的人道主义观念，它与以往各种形态人道主义之间的差异在于："首先缘于它是新历史时期的产物……现代人道主义是19世纪中后期以来'人'的真理发现、'人间的自觉'的理论体现。"而且它"不以往任何类型人道主义观念的延续与发展，有着自己独特的思潮流脉与观念谱系。在'五四'新文学家看来，现代人道主义是在新理想主义时代的精神氛围中产生的，其理论先驱是托尔斯泰与陀思妥耶夫斯基，核心观念形成于19世纪后期，源自一些俄国新理想主义者的理论创造。"张先飞：《"人"的发现："五四"文学现代人道主义思潮源流》，人民出版社2009年版，第5、6页。

对现代人道主义进行了深入的理论阐释与理论创新,在此基础上形成了各具特色的"人的文学"文艺观。"五四"新文学家是以周作人《人的文学》为判断标准重识"人"与"非人",对社会现状和国民精神状态有了更为清晰的认知。在此基础上,他们以现代人道主义为思想共识,自觉将"人的文学"文艺活动看作社会改造实践的一部分,认为文艺作为人类生活中必不可少的一项工作应该为现代人道主义社会改造理想服务,形成了该时期独有的思想观念与文艺观。

作为前期文学研究会的主要成员,郑振铎在该团体筹备前已经接受了现代人道主义的核心观念,包括关于理想社会建构的"人间观""爱的哲学"、为现代人道主义社会改造服务的文艺功能论等,并将这些观念落实于他在"五四"初期①的新文艺创作中,是"人的文学"观念的拥护者与践行者。郑振铎的现代人道主义观和"人的文学"文艺观集中于1919—1922年,他在该阶段对社会改造抱有极大的热情和信心,其现代人道主义观就是他在社会改造过程中不断摸索,吸取各国理论和实际经验,受到多种因素的影响而形成的。这一观念对他在"五四"初期的社会思想、文艺观念及文艺实践都产生了至关重要的作用。直到1923年对社会改造热情减退后,他逐渐将视线转移到翻译、编辑和文学史研究,也偏离了"五四"初期的现代人道主义观和"人的文学"文艺观,但是仍然能够在其思想中看到现代人道主义的底色。这个阶段在他的整体思想历程中虽然短暂,但是作为其思想的起点,它对理解郑振铎早期的思想观念及文学观念都有着至关重要的作用。抛却这一阶段的思想而直接谈论郑振铎"血与泪的文学"和他早期的创作,便会使整个研究成为无源之水、无本之木。

---

① 关于郑振铎思想的分期问题学界没有统一的认识,郑振伟在专著《郑振铎前期文学思想》(人民出版社2000年版)中以1927年为时间点,将1927年之前称为郑振铎的前期。本章中使用的"五四"初期、"郑振铎早期"的概念与论文整体时间保持一致,专指从1919年到1922年。

第一节　郑振铎的现代人道主义观

郑振铎(1898—1958)，原名木官，字警民，笔名西谛、郭源新等，祖籍福建长乐，生于浙江永嘉(今温州市)。据记载，他在青年时期就经常翻阅商务印书馆的《学生杂志》和上海群益书社出版的《青年杂志》(1916 年改名为《新青年》)，对社会改造颇为关心。① 1918 年郑振铎进入铁路管理学校，在北京基督教青年会的图书馆里阅读了大量的西方社会学原著和俄国文学(英译本)，为他思考社会问题提供了初步的基础。"五四"运动爆发后，郑振铎利用暑假在家乡温州创办《救国讲演周刊》，参与发起"永嘉新学会"，并作有第一篇社会学论文《中国妇女解放问题》，对中国的妇女解放提出了其个人思考。暑假结束返回北京后，1919 年 11 月，他又与瞿秋白、耿济之等人创办综合刊物《新社会》，在《〈新社会〉发刊词》中表明创刊的目的是为了"尽力于社会改造的事业"，而改造的目的在于创造"自由平等、没有一切阶级一切战争的和平幸福的新社会"。② 《新社会》是研究郑振铎早期思想的重要刊物，他早期有关社会改造、社会服务和译介俄国文学的文章都集中在该刊上。《新社会》在 1920 年 5 月份被迫停刊，共出版 19 期，此后由《新社会》同人创办的《人道》月刊接替。《人道》月刊虽然只发行了一期，但刊登了郑振铎有关"新村运动"和"人道主义"等重要思想的文章，是郑振铎"五四"初期现代人道主义观念的直接表现。

本节将从两个方面展开论述。首先解析郑振铎现代人道主义观念的来源。郑振铎的人道主义观来源广泛又能兼收并取，近代西方的社会学伦理学、周作人的现代人道主义观、列夫·托尔斯泰的人道主义观及泰

---

① 陈福康：《郑振铎论》，十月文艺出版社 1994 年版，第 23 页。

② 振铎(郑振铎)：《〈新社会〉发刊词》，《新社会》旬刊第 1 期，1919 年 11 月 1 日。

戈尔的"爱的哲学"观念等，都对他的现代人道主义观的形成产生了重要作用。其次论述郑振铎现代人道主义观在社会改造过程中的不同形态。他的现代人道主义观是在改造社会的过程中不断摸索、吸取各国理论和经验而形成的，主要表现为"社会服务"观、"新村运动"观、文学改造功能的自觉。

一、郑振铎现代人道主义观溯源

郑振铎的现代人道主义观念是在其改造社会的实践中逐渐形成的，他早期的社会改造观较为复杂多变，且对当时流行的社会思潮持有高度的敏感性和包容度，善于借鉴吸收各国的社会改造思想和实践经验。而他在这一过程中逐渐形成的现代人道主义观念也受到了各种因素的影响，其中主要包括近代西方社会学、伦理学，尤其是美国社会学家吉丁斯的"同类意识"和美国伦理学家利朴斯的"利他的性情"对郑振铎的现代人道主义观念产生了直接的影响，是其现代人道主义同情心的理论来源，这一点在文章《人道主义》中有鲜明表现。周作人的现代人道主义观，周作人对"人"的定义，对"人"的真理发见以及所创立的"人"与"非人"的评判标准都深刻地影响着郑振铎现代人道主义观念的形成，但二者的立场又有所不同。列夫·托尔斯泰晚年的现代人道主义观，列夫·托尔斯泰对于人类问题的思考，对于种族、国家等观念的质疑与否定，对实现人类最终联合的理想都使郑振铎在社会改造过程中有意借鉴吸收该理念。泰戈尔"爱的哲学"观，"爱的哲学"观是郑振铎用以培养同情心、重塑新人、构建理想社会的利器，也是寄予他自身希望与理想的精神慰藉。

(一)"同类意识"：近代西方社会学、伦理学观念

1918 年进入北京铁路管理学校后，郑振铎在北京基督教青年会的阅览室读了大量西方社会学、伦理学的原著和俄国文学的英译本。他在《想起和济之同在一处的日子》中回忆道："在五四运动的前一年，我常

常到北京青年会看书。那小小的图书馆里，有七八个玻璃橱的书，其中
以关于社会学的书，及俄国文学名著的英译本为最多。我最初很喜欢读
社会问题的书。"①同时在《回忆早年的瞿秋白》里也提到："……青年会
的干事是一位美国人步济时。他是研究社会学的，思想相当的进步，而
且也很喜欢文学。在青年会小小的图书室里，陈列得最多的是俄国文学
名著的英译本和关于社会学和社会问题的书。我开始接触托尔斯泰、柴
霍甫、高尔基几位的小说和剧本。"②青年时期的阅读经验直接影响了他
早期的社会思想和文学活动。1919 年 11 月 1 日他与瞿秋白、耿济之、
瞿世英等人创办了《新社会》旬刊，从《本报简章》的内容可知该刊物的
性质实际上是社会学专刊，刊物的主要内容是："（一）提倡社会服务
（二）讨论社会问题（三）介绍社会学说（四）研究平民教育（五）记载社会
事情（六）批评社会缺点（七）述写社会实况（八）报告本会消息。"③《新
社会》旬刊发表了郑振铎早期关于社会改造和译介西方社会学的一系列
文章，是研究其早期思想的重要刊物。

　　通过分析郑振铎在《新社会》上刊登的文章可知，他早期的社会改
造观念表现出受到西方社会学、伦理学思想直接影响的鲜明特点。首先
他在《新社会》旬刊上发表了大量译介西方社会学和伦理学的文章，其
中包括白拉克麦（Blackman）的《社会学要义》（Elements of Sociology）、海
士氏（Edward Bazzy Hayes）的《社会学》（Introduction of the Study of Sociol-
ogy）、吉丁斯氏（Franklin Henry Giddings）的《社会学原理》（The
Principles of Sociology）、爱尔和特（Ellwood）的《社会学与近代社会问
题》（Sociology and Modern Social Problem）④。除此之外，郑振铎还在《新
社会》旬刊上开设《书报介绍》专栏，专门介绍西方有关社会科学和社会

---

　　①　郑振铎：《想起和济之同在一起的日子》，1947 年 4 月 3 日作，《文汇报》
1947 年 4 月 5 日。
　　②　郑振铎：《回忆早年的瞿秋白》，《文汇报》1949 年 7 月 18 日。
　　③　陈福康：《郑振铎传》，十月文艺出版社 1994 年版，第 43 页。
　　④　这些文章分别发表于《新社会》旬刊第 11 期、第 12 期、第 13 期和第 15
期。

问题的著作。在这些西方社会学思想中，美国社会学家吉丁斯的"同类意识"和美国伦理学家利朴斯"利他的性情"对郑振铎的现代人道主义产生了直接的影响。

郑振铎通过吉丁斯的"同类意识"和利朴斯的"利他的性情"为其现代人道主义观的同情心找到了理论支撑，他在此基础上形成了对现代人道主义的独特理解，这一理解集中表现在文章《人道主义》中。《人道主义》发表于 1920 年 8 月 5 日《人道》月刊第一号，是郑振铎关于人道主义的第一篇专论。虽然他在此前的《俄罗斯名家短篇小说集序二》(1920年 3 月 20 日作)和《俄罗斯文学底特质与其略史》(1920 年 4 月 28 日作)等介绍俄国文学的文章中已经直接使用"人的文学""人道的文学""人道的同情"①等概念判断论述俄国文学，表明他已经接受了周作人"人的文学"理论范畴，但《人道主义》是他关于一观念的首篇专论。郑振铎首先立足于社会学和伦理学，试图为现代人道主义的提倡寻求合理的依据。他引用伦理学家利朴斯(*Lipps*)的观点，认为"同情心——利他的性情——就是人道主义"②，由同情心即"利他的性情"而生的人道主义，是人与人之间，个人与人类之间相互联合的前提。紧接着他运用美国社会学家吉丁斯(*Franklin Henry Giddings*)《社会学原理》(*The Principles of Sociology*)中的同情心在"同类意识"(*The Consciousness of Kind*)中的重要作用，把同情心/人道观念作为社会成立、发展、进步的主要动力。其次，郑振铎从人类社会思想的历史发展的角度，分析人道主义的发展与社会进化之间的关系，层层推进最终得出"人道主义是跟着人类意识力的增进而发展的"，因此为求人道主义的发展就必须努力改造环境和发展教育事业。最后郑振铎通过分析将人道主义尚未成为全体觉悟的原因归结于环境的阻碍和人道情感的缺乏，并提出改造社会组织、鼓励人类间的联合、提倡"爱"的教育的解决方式。《人道主义》这篇文章包含了

---

① 郑振铎：《俄罗斯文学的特质与其略史》，《新学报》第 2 期，1920 年 6 月 1 日。

② 郑振铎：《人道主义》，《人道》月刊第 1 号，1920 年 8 月 5 日。

郑振铎对现代人道主义形成的基础、影响因素、效用等问题系统深入的思考，是明确其现代人道主义立场的关键。他主张打破现代社会制度中阶级、种族、宗教的界限，发展人与人之间的同情心和利他的性情，以提倡"爱"的教育等一系列观念促进现代人道主义的发展，这一观念虽然与周作人在《新文学的要求》(1920年1月8日《晨报·副刊》)中所主张的"大人类主义"如出一辙，但又具有其鲜明的独特性。

郑振铎在"五四"初期提倡以社会服务作为社会改造的唯一方式时，他认为社会服务能够实行的前提和保证即是人与人之间存在的"同类意识"。"看见人家生病，自己也见得苦痛；看见人家哭泣，自己也觉得凄然。"①所以当觉醒的人看到自己的同类尚处在痛苦与麻木的境地，就应该想要去唤醒他、救助他。这种对他人遭遇的理解力和精神敏感性的培养，与吉丁斯的"同类意识"和利朴斯的"利他的性情"中培养人类同情心的目的是一致的。郑振铎也是在这一思想的基础上提出了"人道主义就是人类同情心的表现；而同情心就是人类的'利他的性情'"②的人道主义观。他以西方社会学和伦理学中"同类意识"和"利他的性情"作为思想基础分析了人道主义的内涵和必要性，认为人类的同情心是人类社会的起源、维持与进化的根本原因，对于社会发展有重要的作用，因而建立在人类同情心基础上的人道主义对于社会的进化也具有至关重要的意义。从他对人道主义的定义和阐述可知，西方的社会学和伦理学直接成了郑振铎现代人道主义观念的思想基础与来源之一。

(二)"人"与"非人"：周作人现代人道主义观

"五四"新文学家的现代人道主义观念大多直接受到周作人思想的影响，他在《人的文学》(《新青年》1918年12月15日第5卷第6号)、《新文学的要求》(《晨报·副刊》1920年1月8日)等一系列文章中对"人"的定义，对"人"的真理的发现以及所创立的"人"与"非人"的评判

---

① 郑振铎：《社会服务》，《新社会》旬刊第7期，1920年1月1日。
② 郑振铎：《人道主义》，《人道》月刊第1号，1920年8月5日。

标准深刻地影响了"五四"新文学家们的文学思想和社会改造思想。郑振铎在与周作人的交往中逐渐接受了他的"新村运动""人的文学"等现代人道主义观,并最终走向"文学的自觉"。

据《周作人日记》记载,郑振铎与周作人的初次交往开始于1920年6月8日的通信,"上午得社会实进会郑君函杭州黄君四日寄真理丛刊等各寄复函"。① 在信中郑振铎还表达了自己对"新村"问题抱有极大的兴趣和信心,希望它能够在中国实现。两人在六月份就"新村"问题通信三次进行讨论研究,郑振铎将《人道》第二期"新村"专号的文章一道委托于周作人,且在8月2日携带《人道》样刊首次拜访他。此后二人的交往逐渐频繁,周作人赠予郑振铎最能代表他现代人道主义思想的翻译集《点滴》,并在10月1日参加了《人道》月刊的集会。10月底《人道》被迫停刊,二人的联系并未中断,反而愈加亲密,尤其是在文学研究会成立前的阶段,周作人在信中对郑振铎的称呼也从"郑振铎君""郑君"到后来的"振铎"。据统计,1920年下半年,郑振铎共访问周作人十一次,通信十四封,周作人回信十三封,如此密切的联系足可以为郑振铎现代人道主义观念形成的影响因素找到依据。

周作人对郑振铎思想的影响主要表现在郑振铎对"人"的定义、"人"与"非人"评判标准的直接使用和个人思考,这在郑振铎该时期发表的文章中可见一斑。在发表《人道主义》《人的批评》之前,郑振铎已经在《新社会》"劳动专号"中用非"人"的生活和非"人道"的生活来形容中国劳动者的处境。《中国劳动问题杂谈》(1920年4月11日《新社会》旬刊第17期)谈及了中国的雇佣制度、劳动时间、女工童工和工头制度等问题,郑振铎认为中国劳动者工作时间远多于国际标准的"八小时工作制",收入微薄且待遇处境极为恶劣,所过的是非"人"的生活,非"人道"的生活,因此他呼吁劳动者联合,推翻雇佣制度,为争取理想的生活和社会改造而斗争。此后在纪念"五一"的文章中他针对劳动问

---

① 周作人:《周作人日记·中》(鲁迅博物馆藏,影印本),大象出版社1996年版,第130页。

题再次要求劳动者的觉悟，争取实现"人"的生活。郑振铎熟练运用"人"的定义、"人"与非"人"的标准评判劳动者现有的处境和社会改造后的理想生活，表明他对该观念的理解与认同。

郑振铎对"人"与"非人"的评判标准使用最为典型的是他在1920年10月20日《民国日报·批评》第一号上发表的文章《人的批评》。郑振铎在《人的批评》开篇指出"要以'人'的眼光，为一切批评的标准；要以人道的态度，来批评一切的事物"，并把"人的批评"定义为"以人类全体为批评的本位，不管国家、种族、阶级……等等的差别"。① 这与他在《人道主义》中对人道主义的定义相一致，仍然是以"人""人类"作为立足点和批评标准而排斥"非人的批评"和"狭隘的批评"。所以他认为实行"人的批评"的目的是"求'人的时代'的真理，以指导到达'人类全体合力协作的时代'的迷途"②。郑振铎在《人的批判》中使用的概念和理论范畴均来自周作人《人的文学》，是他在周作人现代人道主义社会改造观基础上的具体阐释与衍变。除此之外，郑振铎在译介俄罗斯文学的系列文章中对俄罗斯文学的评价时也使用了"人"的文学、"人道"的文学、平民的文学等概念，并主张中国作家应该将俄罗斯文学作为范式，创作能够反映社会中"人"的生活状况的文学，以期实现平民的觉醒与联合，达到理想社会改造的目的。

虽然郑振铎的现代人道主义观念在很大程度上受到了周作人思想的影响，但二人在对个人与人类的态度上各有侧重。周作人作为一名自觉的"个人主义"者，正如他在《人的文学》中将人道主义定义为"个人主义的人间本位主义"一样，在《新文学的要求》里他仍然将重点放在了"大人类主义"③中的个人观上。"大人类主义"作为一种现代人类意识，要

---

① 郑振铎：《人的批评》，1920年9月25日作，《民国日报·批评》第1号，1920年10月20日。

② 郑振铎：《人的批评》，1920年9月25日作，《民国日报·批评》第1号，1920年10月20日。

③ 张先飞在《"人的发现"："五四"文学现代人道主义思潮源流》中对周作人的"大人类主义"观进行了细致论述。

求从本质上消除国家、种族、民族和阶级的界限，主张发展个人与他人、个人与人类之间的联合关系。周作人在个人主义的立场上将人与人之间的关系转化为个人与人类，个人与个人之间的关系，并提出"我即是人类"的主张。他重点强调了"大人类主义"观念中的个人观，提倡个性的自由发展和个体意识的充分自觉，而且他承认"独异"个人的存在，坚信每个人都有个性意识高度发展的可能。

与周作人的个人主义立场不同，郑振铎的现代人道主义观立足于人类主义，他把人道主义定义为"行于人类间的，无论人种国家或阶级之异同，尊重人类人格的平等，博爱一切人类主义"。① 郑振铎的现代人道主义观念是要求打破国家阶级种族的限制，发展行于人类间的，博爱一切人类的人道主义，这符合周作人的"大人类主义"观念。但是周作人的现代人类意识中还包含着鲜明的个人主义观念，个人主义在他的现代人道主义思想中仍占有主导地位。郑振铎也将现代社会中人与人之间的关系看作个人与人类的关系，但他更侧重从人类或国家整体层面提倡现代人道主义和思考社会改造。例如，他认为社会改造运动要着眼于社会全体，不能偏于某一阶级的改造；新文化运动者的使命是为了人类的将来和社会的福利，所以要将全人类和全社会作为爱的对象。当然，坚持人类主义的立场并不意味他忽略或排斥个人的发展，作为"大人类主义"观念的追随者他也鼓励个性自由和个体意识的自觉，但是郑振铎并未对现代人类意识中的"个人观"有单独论述，而更多是从"人""人类""人间"的层面论及他对文学对社会问题的思考，从这一点来看他与列夫·托尔斯泰晚年对人类问题的思考更为接近。郑振铎与周作人现代人道主义观念侧重点的不同决定了二人观念分化后的不同走向，前者提出了"血与泪的文学"，后者则走向了"自己的园地"。

(三)人类意识：列夫·托尔斯泰现代人道主义观

作为现代人道主义精神的先驱，列夫·托尔斯泰对人类意识的思考

---

① 郑振铎：《人道主义》，《人道》月刊第 1 号，1920 年 8 月 5 日。

深刻影响了19世纪70年代的俄国现代人道主义，随着20世纪初全世界社会意识的觉醒，其思想得到广泛传播，受到世界人道主义者的追随，这在"五四"时期的中国也不例外。列夫·托尔斯泰关于人类意识思考的核心命题是"对现有国家组织形式，以及国家、种族等观念的严重质疑……具体而言，他们要破除种族的隔离，取消暴力国家的存在，以人类的整体作为人间生活的单位，并以此为基础，实现人类结合的最终理想"。① 郑振铎对人类问题的思考与之如出一辙。

郑振铎受列夫·托尔斯泰的影响主要有两方面的原因。首先他早期在北京基督教青年会中阅读了大量的俄国文学作品，帮耿济之、瞿秋白的俄国文学翻译工作查找了有关俄国文学源流的英文材料，而且替共学社翻译了俄国文学名著，这一系列的相关工作促使他对俄国文学有基本了解和初步兴趣。郑振铎在1920年3月20日为耿济之、沈颖等人翻译的《俄罗斯名家短篇小说第一集》作序时对俄罗斯文学大加赞赏，认为它是中国新文学建设的基础，是"人"的文学。而在俄国作家中郑振铎较为推崇列夫·托尔斯泰，1920年3月11日他在《新社会》旬刊第14期上发表文章《托尔斯泰的教育观——一封给他近亲某人的信》介绍列夫·托尔斯泰的教育观，赞扬托尔斯泰要求从小打破孩子的阶级观念，让他们意识到人与人之间的平等和人类皆为兄弟的教育方式。此后在介绍俄国文学的一系列文章中，郑振铎对列夫·托尔斯泰现代人道主义观中的人类意识及其文艺观念都颇为赞同并坚决追随。他后来在《从〈艺术论〉说起》中回忆道："再说托尔斯泰，也成了我们当时所崇拜的人物之一。我们狂热地读着他的小说，差不多无条件的信仰着他的意见，像他在《艺术论》里所提到的。"② 也是这份略显幼稚的狂热让郑振铎、茅盾、俞平伯等一批"五四"青年紧随俄国现代人道主义者的步伐，从谋求社会和人类全体幸福的角度出发，要求打破国家、阶级、种族的界

---

① 张先飞：《"人"的发现："五四"文学现代人道主义思潮源流》，人民出版社2009年版，第159页。
② 郑振铎：《从〈艺术论〉说起》，《文汇丛刊》第4期，文汇报馆1947年版，第25页。

限，实现理想、文明的世界。另一方面，周作人作为传播列夫·托尔斯泰现代人道主义观念的重要媒介，是促使郑振铎重识列夫·托尔斯泰思想的重要桥梁。周作人对俄国现代人道主义者陀思妥耶夫斯基和列夫·托尔斯泰的观念进行了详尽的阐释，他认为列夫·托尔斯泰是通过"爱"提倡对人类共同人性的认识，促进人类正当关系的建立与联合，并最终实现和谐与幸福的理想世界。但是周作人认为列夫·托尔斯泰对人类意识的过分强调使他走向了抹杀个人的极端，他根据自己对这一问题的思考提出了"我即是人类"的"大人类主义"的观念，重视个人思想的发达、个性自由发展和个体意识的充分自觉。郑振铎受到周作人这一观念的影响，在尊重个人意识的基础上，根据自己对社会问题的思考，最终选择了列夫·托尔斯泰所提倡的人类意识，这也是他在吸取周作人对列夫·托尔斯泰思想阐释的基础上形成的个人认识。

　　郑振铎对列夫·托尔斯泰人类意识的理解过滤掉了其宗教的神秘性，他并不像托尔斯泰一样从宗教出发认为人类是一体的，而是以近代西方社会学、伦理学中的"同类意识"作为其现代人道主义观的理论依据。列夫·托尔斯泰的人类意识和"爱的宗教"观都含有基督教的教义在内，周作人在《文学上的俄国与中国》《圣书与中国文学》中对其宗教背景进行了详尽地介绍。列夫·托尔斯泰认为是基督教的感情和教义促使人与神、人与人之间的"互相合一"，"基督教思想的精义在于各人的神子的资格，与神人的合壹及人们互相的合一"，① 这是列夫·托尔斯泰现代人道主义思想的来源。"五四"初期郑振铎在北京基督教青年会和具有宗教性质的社会实进会的活动经历，便于他理解列夫·托尔斯泰现代人道主义中的宗教思想，但他并没有完全照搬，而是根据自己的需要进行了选取与补充。郑振铎将美国社会学家吉丁斯的"同类意识"作为实现人与人之间联合的理论依据，并以此为基础逐渐形成了他"博爱一切人类主义"的现代人道主义观。这一观念吸取了列夫·托尔斯泰的人类意识，但抛却了其中的宗教教义，使其剔除了神秘性，更易于被人接受、

---

　　① 周作人：《圣书与中国文学》，《小说月报》第 12 卷第 1 号，1921 年 1 月 10 日。

理解。郑振铎的现代人道主义观即是在这一择取过程中逐渐明晰完善。

（四）"爱"的教育：泰戈尔"爱的哲学"观

"五四"新文学家对于社会问题的认识存在从社会制度到国民精神的转变过程，他们最初以为社会制度是阻碍中国进步发展的痼疾，但在现实中逐渐看清国民精神堕落败坏的现状，才意识到只有将社会改造工作完全置于对国民精神的改造根基上，树立"新人"，才能在中国构建起理想的人性及正当的人类生活，达到彻底改造社会的目的。郑振铎起初也是把社会现状落后的原因归结为统治阶层的堕落无能与民众思想的尚未觉醒，所以相信通过社会服务和文学事业能够启发民众，实现人与人之间的联合，共同建立自由幸福的新社会。而这一寄予在民众身上的希望很快就在现实的摧残下被打破，郑振铎自己做出了调整与改变，他在周作人"人的文学"观和俄国现代人道主义思想的启发下意识到改造国民精神，培养人与人之间同情心在社会改造中的关键性。他在《人道主义》中呼吁人道的发达需要培养人与人之间的同情心，打破国家种族的界限，从全人类的立场出发对他人的痛苦"感同身受"，并认为培养同情心的方法之一就是提倡"爱"的教育。

郑振铎"爱"的教育观念除了受俄国文学和周作人"人的文学"观念影响外，主要还得到了印度诗人泰戈尔"爱的哲学"的启发。郑振铎认为"爱"的教育是针对人与人之间的冷漠与麻木无知的精神状况，力求通过"爱"的感化作用实现对同情心和利他性情的培养，促使国人形成对他人精神"感同身受"的心理机制。这一点与泰戈尔"爱的哲学"观具有异曲同工之处。郑振铎在 1920 年春受许地山的影响开始接触、翻译泰戈尔的诗作，并撰写了相关论文和评论文章。①

---

① 郑振铎选译了泰戈尔的诗集《偈檀伽利》(1920 年 8 月 5 日《人道》创刊号)、《飞鸟集》(1922 年 6 月由上海商务印书馆出版)、《新月集》《采果集》等，并发表论文《太戈尔的艺术观》(1920 年 12 月 20 日作，发表于 1922 年《小说月报》第13 卷第 2 期)、《太戈尔传》(第一篇发表于 1922 年《小说月报》第 13 卷第 2 期，第二期发表于《小说月报》第 14 卷和 15 卷连载)等。

"爱"是泰戈尔思想的精髓，他所理解的"爱"是普世的、无私的，是一切创造的起源，也是维系宇宙万物生存和人类社会和谐的无限动力。瞿世英在 1921 年 4 月与郑振铎的第二次通信中详细阐述了泰戈尔在作品《爱的实现》里表现出的"爱的哲学"观念，他在信中写到"太戈尔的快乐，是借着他的作品表现的。这快乐有个别名。这别名便是：爱"。泰戈尔认为："爱是意识的完成。爱是一切围绕我们的事物的最终的意义（Love is the ultimate meaning of everything around us）爱是真理。爱是一切创造的起原。因此，我们必要达到爱……将我们的精神提高入于爱，推广达于全世界，以于此无限之乐相连合。"①泰戈尔这一"爱的哲学"深刻影响了以瞿世英和郑振铎为代表的"五四"青年，他们将这种爱推及个人和整个人类，并将它运用到社会改造中，使其成为解放精神、改造灵魂、重塑新人的利器。

郑振铎通过阅读和译介泰戈尔的作品对其"爱的哲学"观有直观感受和深刻理解。泰戈尔在诗作中追求精神自由、倡导表现自我的理念在"五四"落潮期不仅给郑振铎带来了精神上的慰藉，他的"爱的哲学"观还对郑振铎的现代人道主义思想和"人的文学"观念及创作都产生了重要的影响。郑振铎认为泰戈尔是一个"爱的诗人"，他的"爱"是广博而平等的，他对自然、儿童、母亲、民众都充满了无私的爱。他的诗歌所传达的是和平与爱的福音，因此总能以极强的感染力使读者感受到平凡人的欢愉与忧愁，诗中温情与平和的情感又给悲伤者以无限的慰藉。正如郑振铎在《太戈尔传》中所写：他的诗正如这个天真烂漫的天使的脸；看着他，就知道一切事的意义，就感得和平，感得安慰，并且知道相爱。② 郑振铎正是在这一理解的基础上希望能以"爱"感化他人，通过对人类全体对众生爱的培养促进精神的联合，进而实现理想社会的改造。同时，他也将自己在新文化运动落潮时对现实的不满与失望，对实现理想"人间"和人与人之间正当关系的期盼寄托在了泰戈尔的诗歌中。

① 瞿世英、郑振铎：《泰戈尔研究》，《晨报》第 790 号，1921 年 4 月 3 日。
② 郑振铎：《太戈尔传》，《小说月报》第 13 卷第 2 期，1922 年 2 月 10 日。

二、郑振铎现代人道主义观的形态

郑振铎的现代人道主义观念是在其对社会改造的认识过程中逐渐形成的，其特点是多种思潮共存，且以服务于社会改造为核心。郑振铎早期吸取国内外合理有效的社会改造思想，结合中国社会现状提出了多种社会改造方案，包括社会服务、新村运动、暴力革命等，并最终实现了"文学的自觉"①。现代人道主义思潮作为新理想主义的社会改造思潮，其核心目标即社会改造，思想内在一致性是郑振铎将其纳入社会改造思潮的根本前提。而以周作人为代表的"五四"现代人道主义者对"人间"现状准确清晰的判断，和所提出的"爱的哲学"观契合了郑振铎对社会改造方式的认识。必须指出的是，郑振铎不同阶段的社会改造思潮并非界限分明，或仅是简单的前后承继的关系，它们在其思想历程中呈现出反复、共存的特点。现代人道主义观念作为郑振铎社会改造思潮的一种，其形成过程也不是独立存在或一蹴而就的，而是与郑振铎的其他社会改造思潮具有潜在的一致性和延续性。本章将对郑振铎的社会改造观进行梳理分析，以明确其现代人道主义社会改造思潮中的不同形态。

(一)"社会服务"观

首先，郑振铎在青年时期就密切关注社会实际问题，他曾写文探讨有关北京女佣、国际劳工制度以及青年自杀等问题，并积极呼吁社会改造。在《〈新社会〉发刊词》中他认为社会改造的最终目标是"以实现自由平等，没有一切阶级一切战争的和平幸福的新社会"②，并进一步提出

---

　① "文学的自觉"是转述日本学者仓桥幸彦在其论文《文学研究会的成立与周作人》(《关西大学中国文学会纪要》1989 年 3 月)中的观点，仓桥幸彦认为郑振铎在《人道》发刊时已持有"以专业的文学方法展现对社会的关心，以追求文学作为人生的事业"的自觉。这一"文学的自觉"与郑振铎受到泰戈尔、周作人的影响有关，主要表现在他参与筹备文学研究会的成立。
　② 郑振铎：《〈新社会〉发刊词》，《新社会》旬刊第 1 期，1919 年 11 月 1 日。

了改造社会的方式和应有的态度。虽然该时期郑振铎对解决社会问题抱有极大的热情，但由于个人实践经验和认知的局限，他所提出的口号过于空泛，因而在《〈新社会〉发刊词》中主张的"着眼于社会的全体""实地去做改造的工作""从小区域做起"①的改造方针最终难以落实。在《社会服务》一文中，郑振铎对其之前的社会改造观念进行了反思，他承认之前社会实进会存在宗教色彩，并主张在此后将社会服务作为改造社会的唯一方式。

"社会服务"是郑振铎受到西方社会学影响而提出的社会改造方案。他在《社会服务》（1920 年 1 月 1 日《新社会》旬刊第 7 期）一文中指出，社会服务的意义在于以切实的方法唤起平民的觉悟，促进社会的改造，增进人类的幸福。文章引用美国社会学家吉丁斯《社会学原理》中的"同类意识"解释实行社会服务的原因之一在于，同种动物之间拥有着痛痒相关的情谊，人作为最高等的动物，应当对他人的喜怒哀乐感同身受，并生发出互助互爱的情感。郑振铎认为在中国实行社会服务的最主要原因，就是将其作为达到社会改造目的的唯一方法。虽然这一看法过于绝对，带有郑振铎早期思想的盲目性，但他对"同类意识"的肯定与周作人的"人间观"在某些方面是一致的。在认清"人间"生活的现状和实质后，周作人以提倡培养人与人"爱与理解"以及对其他个体精神的"感受性"的能力，实现"人类的互相理解"②和人间的正当关系。而郑振铎则是从社会学"同类意识"的角度主张实现人与人之间的情感互通和相互理解，以达到改造社会的目的。"社会服务"与"人间观"在培养人与人的感受力、理解力上的方式和目标是相似的，这有助于郑振铎对现代人道主义观念的理解与接受。

此外，郑振铎还翻译了吉丁斯《社会学原理》的末章《社会的性质及

①　郑振铎：《〈新社会〉发刊词》，《新社会》旬刊第 1 期，1919 年 11 月 1 日。

②　参见张先飞：《"人"的发现："五四"文学现代人道主义思潮源流》，人民出版社 2009 年版，第 194 页。张先飞认为"人间观"是周作人对现代人道主义理论观念的创造性贡献，主要包括理解个人与人类关系的"大人类主义"、对"人间"真实现状的判断、对理想"人间"生活的认识以及"爱的哲学"的实现方式。

目的》(1920年1月1日《新社会》旬刊第7期),吉丁斯对人间和人类全体的重视影响了郑振铎早期的现代人道主义观,他反对个人高于社会的思想,承认"人间的存在",个人只是"与永久的人间的生存相终始底".① 郑振铎社会改造观的立足点与吉丁斯一致,他对社会问题和社会改造的思考始终从人类全体出发,将个人的发展看作人类整体进步的一部分,这一点与周作人"人间观"中对个人主义的重视不尽相同。

(二)对"新村运动"的态度

虽然郑振铎在提出"社会服务是社会改造的唯一方式"后又多次写文对社会服务的精神、态度、方法再作论述,但从这些文章的字里行间中也大体可见他对社会改造成效不甚满意。此后他把希望寄托于借鉴外国社会改造模式上,主张日本的"新村运动"。同时俄国"到农民中去"和社会革命的改造模式也是他在这一时期选择的对象,其存在期限虽然短暂,但也可由此了解郑振铎思想的变化走向。

对于"新村运动",郑振铎持有的态度并非一成不变。他肯定过"新村运动",也不满意其落实情况,此后在与周作人的通信中又再度表示对"新村运动"抱有极大的兴趣和信心,并预计在《人道》月刊第二期出"新村号",邀请周作人作一篇有关"新村研究"的文章。思想的变化不定是郑振铎早期思想的特点之一,与他的年龄性格、改造社会的信念和热情,以及个人的目的性都有关系。郑振铎对"新村运动"的思考在他早期社会改造思潮中一直存在和延续,并与他同时期的其他改造观念并存。作为对周作人思想的初次接触,"新村运动"与他的现代人道主义观念的形成具有一定的内在联系。

郑振铎最早提到"新村运动"是在1919年12月11日《新社会》旬刊第五期上的《〈自杀〉其三》,该期针对国内接连发生的自杀事件分别刊登了宋介、耿济之和郑振铎关于此问题的三篇文章。其中,郑振铎在《〈自杀〉其三》中把自杀的原因归结为:社会制度的缺憾和人类用脑过

---

① 郑振铎:《社会的性质及目的》,《新社会》旬刊第7期,1920年1月1日。

度的结果，并提出改造旧社会和实行泛劳动主义的解决方法。他在文末补充强调"新村的组织，乃实行泛劳动主义的惟一方法；亦是新社会的基础。我很愿意有这种组织出现"①，可见其对"新村运动"的肯定态度。这篇文章发表在郑振铎提出"社会服务作为社会改造唯一方式"的主张之前，他积极呼吁改变旧社会。而此时周作人正在极力提倡日本"新村运动"，将其看作实现理想社会和生活图景的先进组织。"新村运动"受到新青年的追随，郑振铎也是其中之一。此时他尚未找到改造社会的确切方式，只一味热心于改变旧制度，建立自由平等幸福的新社会，"新村运动"中的人人平等、泛劳动主义等形式使他觉得能够效仿实行。但这种期望很快便冷淡下来，郑振铎在《再论我们今后的社会改造运动》（1920 年 1 月 21 日《新社会》旬刊第九期）意识到社会上有关新村、新生活的热烈讨论并未落实到具体实践，仍然是"纸上的事业"，尽管国内已经出现了工读互助团，他认为这与新村并非同类，因为新村组织具有泛劳动主义色彩。此时他虽然对"新村运动"在国内的模仿落实情况不尽满意，但对这种改造社会的方式仍然抱有希望。

然而到《现在的社会改造运动》一文发表时（1920 年 2 月 11 日《新社会》旬刊第 11 期），郑振铎对于"新村运动"的态度已经大为转变。他在文章中主要介绍了世界各国进行社会改造运动的两类方式：温和的新村运动和直接的社会革命。虽然是陈述式的介绍内容，但从其中的细微措辞已经可见其感情倾向和转变。郑振铎首先对"新村运动"的由来和目的简要介绍，评价其为"过于温和，偏于消极保守一方面，所得的效果过慢"，转而以大篇幅重点说明"直接的社会革命"这一改造方式。② 他在该处对"新村运动"的评价与之前"新社会的基础"这一肯定态度相差较大，其缘由在其发表的相关文章中可见一斑。一方面是由于社会对"新村组织"的提倡仍流于空谈，没有落到实际行动中，因而也未曾收

---

①　郑振铎：《〈自杀〉其三》，《新社会》旬刊第 5 期，1919 年 12 月 11 日。

②　郑振铎：《现在的社会改造运动》，《新社会》旬刊第 11 期，1920 年 2 月 11 日。

到积极的效果。有关这一点，郑振铎在《纸上的改造事业》(1920 年 1 月
11 日《新社会》旬刊第 8 期)、《再论我们今后的社会改造运动》(1920 年
1 月 21 日《新社会》旬刊第 9 期)、《现在的社会改造运动》(1920 年 2 月
11 日《新社会》旬刊第 11 期)中一再提及，但这一现实情况未能得到改
变，郑振铎认为在中国实行"新村运动"较为困难且收效甚微。另一方
面是对中国社会改造运动前途的焦虑与悲观失望。从积极提倡社会改造
以来，社会中的黑幕、国人的虚伪、官僚的腐败以及民众的愚昧始终没
有改变，郑振铎将希望寄于社会服务、新村运动等种种活动上却未得到
满意的效果，他直言"我对于中国社会改造运动的前途，很为悲观"①，
并以一系列反问表达出对中国大多数劳动阶级尚未觉悟，中国严重落后
的现状尚未改变的悲愤与失望。虽然"新村运动"的目的是建立自由平
等和平的新社会，但它作为一种理想化、渐进式的社会改造方式在中国
紧迫的社会形势下难以发挥到立竿见影的作用。郑振铎正是在认识到这
一点后将目光转向了与"新村运动"目的一致但手段更为直接的社会革
命。至于此后郑振铎再度对"新村运动"感兴趣，先后与周作人多次通
信讨论"新村"问题，并邀请他于 1920 年 6 月 19 日在社会实进会进行了
《新村的理想与实际》的演讲，则是郑振铎在尝试过种种社会改造思潮
不得其果后对周作人思想的复归和靠拢。这次复归持续的时间并不长且
并非完全亦步亦趋，郑振铎逐渐看清社会现状后就很快将目光转向了俄
国文学。

　　和"新村运动"同期的是郑振铎对俄国"到农民中去"和社会革命改
造模式的认同。从《新社会》第八期刊登的随感录《纸上的改造事业》
(1920 年 1 月 11 日)可知，郑振铎认为当时的社会改造多留于空谈和口
号，并未收到实际成效。他反对仅以纸上文章支持社会改造运动而不采
取具体的行动，并在《新社会》第九期、第十期上发表《再论我们今后的
社会改造运动》和《怎样服务社会》相关文章，判断社会改造的现状是

---

　　①　郑振铎：《现在的社会改造运动》，《新社会》旬刊第 11 期，1920 年 2 月
11 日。

"空谈的偏倚的社会改造运动的趋势，更是一天显明一天，有难能矫正的样子"①。进而要求把改造社会的重点从趋于文字宣传转移到实际的运动中，学习俄罗斯的青年男女"去与农民为伍"的精神，启发社会下层人民的觉醒。郑振铎对社会底层民众一直都非常关注，他在论文和创作中都多次涉及人力车夫、农民、女工、童工等群体的生存艰辛和麻木愚昧。他从下层群众着手，以改变其生存现状和精神现状，实现以这一主体的觉醒作为社会改造的具体方式。此后，因学生游行反对外交失败被镇压，郑振铎发表《学生的根本上的运动》（1920 年 2 月 21 日）一文，通过分析现实和权衡学生自身力量，再次强调学生运动的重点应该是下层的大多数人民，通过灌输新思想使其"有知识、明事理、有觉悟、有奋斗的精神，能够起来与你们协力合作"②，主张学生与农工相联合，不做无谓的牺牲。这是郑振铎在进一步认清社会现状后对西方社会改造模式的借鉴，虽然只是他早期思想中的短暂阶段，但能够表现出其社会改造思想的复杂性以及与社会形势的紧密关联。

与之类似，社会革命也是郑振铎早期社会改造思想中的暂存阶段，鲜明地反映了他改造社会的迫切心理和在方法上不断尝试的勇气，现代人道主义观念正是在此过程中形成。他之所以赞同这种激进的方式并非毫无理由的盲从，社会革命发动与联合广大下层群众的方式和消灭阶级压迫，建立平等自由新社会的目的与郑振铎所主张的社会改造具有某种一致性。他曾多次强调要把社会改造工作的重点放在启发下层群众的觉醒，实现与农工的联合上，所以见到俄国社会革命稍有成效后，也试图以相同的方式在中国进行彻底的社会改造。但这种想法并未得到运用就被现实打破，学生反抗外交失败的游行被武力镇压，国民对此却袖手旁观并怀有微辞，郑振铎从这一现状意识到在中国实行社会革命的渺茫。普通民众的精神尚处于麻木未觉醒的状态，他们对社会的黑暗没有觉

---

① 郑振铎：《再论我们今后的社会改造运动》，《新社会》旬刊第 9 期，1920年 1 月 21 日。

② 郑振铎：《学生的根本上的运动》，《新社会》旬刊第 12 期，1920 年 2 月21 日。

悟，对武力压迫不知反抗，没有为改造旧社会而奋斗的意志，所以要进行社会改造最重要的就是为民众输入新思想，使他们"有知识，明事理，有觉悟，有奋斗的精神"，① 这样才能实现社会全体的联合，而不只是以学生薄弱的身躯对抗政府残酷的武力，担起改造社会的重任。

(三) 文学改造功能的自觉

经过不停的摸索与尝试，郑振铎最终将早期社会改造的对象定位为普通民众，尤其是农工阶层，方式则是输入新思想，力求实现其精神上的觉悟。这两点在他之前的社会改造思想中都一直存在，但未被明确提出。此后《新社会》旬刊第 17、18、19 期连续三期开设"劳动专号"，郑振铎发表了一系列文章专门谈论劳动问题。《中国劳动问题杂谈》针对中国的劳动问题谈及"同盟罢工"和"失业者的救济"以及工作时间、女工童工和卖苦力的劳动者等问题，郑振铎以非"人"的生活、非"人道"的工作概括这一现象，提出了组织工会、创办协作社、实行八小时工作制、打破性别限制和工头制度等方式。此外，他还对理想社会下的人类劳动进行了阐述，实际上所主张的仍是泛劳动主义的形式，追求劳动者在体力与精神上的自由，以实现理想的工作状态，这与之前"新村运动"仍然有重合处。在此时关于劳动问题的讨论上郑振铎已经开始使用"人的生活""人道的生活""幸福的福音"等概念作为评判理想社会的标准，这是他的现代人道主义观念在社会改造问题中的表现。对于改造新人的方式，郑振铎认为要重视文学的宣传和感染作用，为民众灌输新思想和实现其精神的觉悟。作为一名"五四"新文学家，借助文学的力量宣传主义、表达思想是他从踏入文坛就履行的职责。他发表文章、创办刊物宣传社会改造和现代人道主义观念，表达改造旧社会，建立理想国家的思想。即使在提倡社会改造和社会革命期间，郑振铎也没有忽略知识分子阶层的启蒙者地位和文学事业的重要性，虽然曾一度对空谈"纸

---

① 郑振铎：《学生的根本上的运动》，《新社会》旬刊第 12 期，1920 年 2 月 21 日。

上的事业"表示失望，最终还是通过译介俄罗斯文学认识到文学对于启发民众觉醒和改造社会的重要意义，而他积极奔走促成文学研究会的成立也是在这种思想指导下的代表性活动，在这一过程中他逐渐实现了"文学的自觉"。在文章《新文化运动者精神与态度》(1920年6月1日《新学报》第2期)中，郑振铎将全人类和全社会作为自己服务的对象，认为新文化运动所担负的是"创造光明，维持人道"的使命，并呼吁新文化运动者要有彻底坚决的态度"以改造社会，创造文化为终生的目的，不可分心于别事"。① 他站在现代人道主义者的立场上，以文学作为社会改造的毕生事业，立志为人类的和平幸福而奋斗。此后的《人道主义》(1920年8月5日《人道》月刊第1期)、《人的批评》(1920年10月20日《民国日报·批评》)、《新的中国与新的社会》(1920年11月21日《民国日报·批评》第3期)都是其现代人道主义观念的直接体现。

　　将文学作为拯救国民精神堕落与愚昧，沟通人与人之间的关系，为现代人道主义社会改造服务是"五四"新文学家的普遍共识。郑振铎在认清了社会的黑暗残酷、国民的同情心泯灭、实利主义压倒高洁的精神等各种现状后，毅然决然地呼吁只有通过文学才能洗涤国民的心灵，使他们对同胞的欢愉和苦闷抱以同情与慰藉，实现人与人精神上的联合，达到建立理想社会关系和人间生活的目标。1921年1月文学研究会的建立就是"文学的自觉"的主要表现，它是新文化运动者以文学作为终生的事业，而致力于"介绍世界文学，整理中国旧文学，创造新文学"②的文学团体，也是为现代人道主义社会改造服务的组织。郑振铎在此后发表了《文学的定义》(1921年5月10日《文学旬刊》创刊号)、《文学的危机》(1921年5月16日《时事新报·学灯》)、《文学的使命》(1921年6月20日《文学旬刊》第5期)等一系列文章，阐述了自己的文学主张，并坚信通过文学能够"慰藉或提高读者的干枯无泽的精神与卑

---

　　① 郑振铎：《新文化运动者精神与态度》，《新学报》第2期，1920年6月1日。

　　② 周作人：《文学研究会宣言》，《晨报》1920年12月13日。

鄙实利的心境"①。将文学作为终生的事业，以文学的感染力培养人与
人之间的同情和理解，实现国民精神敏感性的提升和社会现状的改造，
这是郑振铎在对"五四"时期社会现状和文学功能论清醒认知的基础上，
最终实现"文学的自觉"的表现。

第二节　郑振铎"人的文学"文艺实践

"五四"初期，现代人道主义者将社会改造的落脚点放在对民众
"心"的改造上，他们坚信可以跨越具体的社会实践活动，通过人与人
心灵的交互感应实现立竿见影的革新成效。在这一过程中，具有感染力
的文学艺术便成了新文学家们的首选。但对于现代人道主义者而言，现
有的文学艺术无法起到实际效用，他们便根据社会改造的要求和目标，
自行创造出一种与之相应的文艺观念与文艺形态，即"人的文学"文艺
观。"人的文学"文艺观念是"五四"新文学家在接受列夫·托尔斯泰人
道主义文艺观基础上的阐释和发展，作为这一观念的首倡者和核心人
物，周作人"人的文学"文艺观念为"五四"时期的社会改造活动提供了
纲领性指导，其重要性不言而喻。

"人的文学"虽然服务于现代人道主义社会改造思潮，但最终要落
实到创作实践中。以周氏兄弟为核心的"五四"新文学家在创作中确定
了初期新文学的主题与形态，即"人间性"②的发现。这一对"人"的本
质的重新发现主要包括两种类型，一是"人的文学"家发现理想"人""人

---

①　西谛(郑振铎)：《文学的使命》，《文学旬刊》第 5 期，1921 年 6 月 20 日。
②　参见张先飞：《"人的文学"："五四"现代人道主义与新文学的发生》，人
民出版社 2016 年版，第 107 页。张先飞认为"人间性"是"五四"时代的话语，周氏
兄弟引用尼采的名言"忠于地"解释这一概念，如周作人论述道："尼采在《察拉图
斯忒拉》中说：'我肯愿你们，我的兄弟们，忠于地。'我所说的也就是这'忠于地'
的意思，因为无论如何说法，人总是'地之子'，不能离地而活，所以忠于地可以
说是人生的正当的道路。"

的生活"的新文学塑形。他们首先对理想的"人"和"人的生活"重新发现和定义,将普通民众纳入"人"这一范畴,并以此为参照清醒认识到人类普遍过着"非人的生活"。但新文学家们并没有对这一现状感到绝望,他们坚信"非人"仍然保有珍贵的灵魂,能够在"爱"的感召下被改造成理想的"人"。二是对觉醒的人道主义"新"人的新情感、新感觉的文学塑形。"五四"新文学家们以人类兄弟间"爱"的联系为核心塑造了一系列新的感觉与情感类型,包括发现人类兄弟灵魂光辉的"神圣感"、人与人之间正当联系的欣喜与紧张以及对现实中人间关系冷漠隔膜的悲哀与无奈等。① 这些"新"人、"理想的人的生活"、新情感、新感觉首先由周氏兄弟将其固化为文学主题和类型,其中周作人以兄弟间"爱"的联系为基础的"人间感"最具代表性,对"五四"新文学家产生了普遍影响。

作为"人的文学"文艺观念的拥护者,郑振铎在创作实践上也表现出了鲜明的"人间性"。但与周作人不同的是,郑振铎对"人间性"和"人间感"的表现与塑形主要是通过直接揭露现实中的"非人""非人的生活",表达出他对人与人之间的麻木冷漠和无视兄弟之情的激愤、悲哀与忧闷,这种情感在他的小说和新诗创作中比比皆是,占据了他"人的文学"创作的主要地位。而他对理想"人""人的生活"的憧憬与期盼则寄寓在他主编的《儿童世界》和译介泰戈尔诗集《飞鸟集》《偈檀伽利》中,以歌颂母爱、童真和简单自由而幸福的日常生活为主题,侧面表达出他对理想的人间生活和人类正当关系的向往。这种情感因隐藏于他对社会现状的不满与批判中,故而显得较为珍贵和幽深。

---

① 参见张先飞:《"人的文学":"五四"现代人道主义与新文学的发生》,人民出版社 2016 年版,第 4-5 页。张先飞在该书中将第二种类型概括为"人间感",他认为"人间感"所传达的是随着时代发展与人类精神的演进,国人不断更新的感觉与情感,并凭借文艺为新的感觉世界与情感世界塑形。这一行为同时具备时代意义,即与"五四"国民精神批评的思想潮流紧密相连。

一、小说、新诗："寂沉沉"的"人间"

周作人在《人的文学》中将反映人生诸问题并加以记录的文字称为"人的文学"，并认为它包括两种类型，即"（一）是正面的，写这理想生活，或人间上达的可能性；（二）是侧面的，写人的平常生活，或非人的生活，都狠可以供研究之用。"①对于后者的必要性和重要性，他在文中明确指出，是为了"明白人生实在的情状，与理想生活比较出差异与改善的方法"。② 郑振铎的小说和新诗创作即属于通过描写真实生活，反映出现实社会中的"非人"和"非人的生活"，同时记录了在这种状态下人类的感觉与情感类型，是"人的文学"的侧面表现。

郑振铎之所以在新文学创作中选择直接揭露社会现状，表现人与人之间的不正当关系和负面情感，主要有以下几方面原因。首先，作为一名在"五四"新文化运动背景下成长的文学青年，郑振铎始终以社会改造为己任，自觉担负起改造国民精神、重塑新人新道德的职责。他1919年初入文坛时所从事的文学活动、社会活动和关注的思想运动都是以服务社会、改造社会为核心，这促使他对民众的生存现状和精神状况都有着高度的敏感性与责任感，能够认清现实社会中存在的种种问题，并自觉以启蒙者和觉醒者的身份在文论与创作中揭露与反映。其次，随着新文化运动逐渐进入落潮期，"五四"新文学陷入沉寂，新文学家们一度处于悲观、苦闷、彷徨的境地，对社会改造不再抱有浓厚的兴趣和信心，而是将眼光逐渐转向文学史研究或其他方面。与此同时，旧文学营垒日益活跃，黑幕文学与消遣文学卷土重来。青年郑振铎改造社会的抱负与理想在这种现实环境中难以施展，其内心的失望与苦闷只能通过创作得以抒发。他在1921年8月4日致周作人的书信中将这种

---

① 周作人：《人的文学》，1918年12月7日作，《新青年》第5卷第6号，1918年12月15日。

② 周作人：《人的文学》，1918年12月7日作，《新青年》第5卷第6号，1918年12月15日。

心迹表露无遗，面对有党见的人对《学灯》的攻击，他感到"吃惊而且悲哀"，并在信中写道"人类到现在还是没有觉悟，国界种界的界限已经把人类隔离到如此，还要再用党界来隔离自己，真是可以痛哭不已！我因此痛苦了好几天……"①在1921年11月3日致周作人的书信中又坦白了对新文学前途的担忧，"写至此，觉得国内尚遍地皆敌，新文学之前途绝难乐观，不可不加倍奋斗也"。② 最后，不同于周作人能以个人主义为中心，建立一个理想的文学世界，并开辟出"自己的园地"，对社会改造满腔热血且性格爽直的郑振铎始终以人类主义为出发点，对社会问题关注密切，这使他难以避开现实的黑暗做出实现理想"人间"的"蔷薇色的梦"③，所以在这一时期(1919—1922年)他不得不把对现实的直接感受表现在个人的创作中，而仅将理想与希望寄放在儿童身上和译介外国作品中。

(一)"非人"与"非人的生活"

周作人在《人的文学》和《新文学的要求》等文章中对"人"和"人的生活"作出了重新定义和诠释。他认为"人"是从动物进化的灵肉一致的生物，既有一切正当自然的生活本能，又能够在内面生活中"达到高上和平的境地"④，脱离人的兽性。与之相对应，"人的生活"是以个人和人类作为单元，打破国家、种族、阶级等种种界限，只承认"大的方面

---

① 鲁迅研究室手稿组选注：《胡适、刘半农、陈独秀、钱玄同、郑振铎、傅斯年、陈望道、吴虞、孙伏园书信选》，《中国现代文艺资料丛刊(第五辑)》，上海文艺出版社1980年版，第249页。

② 鲁迅研究室手稿组选注：《胡适、刘半农、陈独秀、钱玄同、郑振铎、傅斯年、陈望道、吴虞、孙伏园书信选》，《中国现代文艺资料丛刊(第五辑)》，上海文艺出版社1980年版，第353页。

③ 周作人：《〈自己的园地〉旧序》，1923年7月25日作，《晨报副镌》1923年8月1日。

④ 周作人：《人的文学》，1918年12月7日作，《新青年》第5卷第6号，1918年12月15日。

有人类，小的方面有我，是真实的"。① 在人类关系上是将个人作为人
类的一员，要求实现"利己而又利他，利他即是利己"的生活；在道德
上是要"革除一切人道以下或人力以上因袭的礼法，使人人能享自由真
实的幸福生活"。② 周作人所提出的"人"和"人的生活"是在正视个人的
自然本能与自由发展需求的基础上，要求实现人与人之间的正当关系。
对这一人生诸问题加以记录研究的"人的文学"不仅包括周作人主倡的
理想的"人""人的生活"，还包括与之相对应的"非人""非人的生活"，
而郑振铎的小说创作即属于这种"人的文学"类型的侧面表达。

　　郑振铎早期的小说创作包括《惊悸》③（1920 年 9 月 17 日《晨报》）、
《平凡地毁了一生》④（1920 年 10 月 3 日《晨报》）和《一个不幸的车
夫》⑤（1921 年 1 月《铁路管理学校高等科乙班毕业纪念册》），他通过这
三篇小说真实详尽地展示了"五四"初期的社会生活现状和民众的精神
状态，也反映了他在该时期的现代人道主义社会改造观。《惊悸》和《平
凡地毁了一生》分别创作于《人的批评》（1920 年 9 月 25 日作）前后，
《人的批评》是继《人道主义》之后郑振铎再次直接表述其现代人道主义
观念的重要文章。他在文中所倡导的"'人'的眼光""人道的态度""人

---

　　① 周作人：《新文学的要求》，1920 年 1 月 6 日北平少年中国学会讲演，《晨
报·副刊》1920 年 1 月 8 日。
　　② 周作人：《人的文学》，1918 年 12 月 7 日作，《新青年》第 5 卷第 6 号，
1918 年 12 月 15 日。
　　③ 郑振铎：《惊悸》，1920 年 9 月 8 日作，《晨报》1920 年 9 月 17 日。注：经
查证《郑振铎全集·1》标注该文章"原载 1920 年 9 月 8 日《晨报》"的说法是错误的。
　　④ 郑振铎：《平凡地毁了一生》，1920 年 9 月 30 日作，《晨报》1920 年 10 月
3 日。注：经查证《郑振铎全集·1》标注该文章"原载 1920 年 9 月 30 日《晨报》"的
说法是错误的。
　　⑤ 《一个不幸的车夫》载于 1921 年 1 月 10 日《小说月报》第 12 卷第 1 期，作
者慕之。注：陈福康在《郑振铎年谱》中根据《北京铁路管理学校高等科乙班毕业纪
念册》内所收郑振铎小说《一个不幸的车夫》判断这是郑振铎的作品，《郑振铎全
集·1》与此观点一致。但此前及之后的文章中未见郑振铎使用慕之的笔名，且
1929 年《成美校刊》创刊号上署名江志直的文章《一个不幸的车夫》与这篇文章内容
相同。本书仍沿用《郑振铎年谱》和《郑振铎全集·1》的观点。

的批判""人的时代"①的观点是其早期文艺创作的重要标准，郑振铎正是以此为参考评判现实社会状况和民众的精神状态，积极呼吁社会服务，并在此过程中产生对"非人"和"非人的生活"的愤怒、悲哀与失望，这些内容在他的三篇小说里都有着全面地表现，是他"五四"初期现代人道主义观念的文艺实践。

《惊悸》所描写的是"我"白天在街上看到军队枪毙青年而引发的内心惊悸，并由此在晚上梦见自己成为被押解者等待处刑而被惊醒。现实与梦境的互相映衬将"我"内心中的恐惧无限放大，在梦中"我"所处的场景是"一片广场，除了几丛高粱，只有起伏的黄土堆。双手反剪着。神魂摇筑筑的，……只觉着四周围着许多张口舞爪的虎豹，等时候一齐扑来"。②该梦境可以看作"人间"生活在"我"潜意识中的表现，"人间"是豺狼虎豹横行随时会将众人吞噬的现状，在此个人最基本的生存权利被特权阶级任意剥夺，难以自由平等幸福地生活，这与理想的"人的生活"相差甚远。"我"在梦中被吓醒，出了一身冷汗，但内心里却说不出什么，只是"软柔柔"的。"软柔柔"一词在这部短篇小说中多次出现，它代替了"我"无法表达清楚的感受，这种感受是意识到自己在现实中的生存处境是"非人"世界后的惊悚、恐惧与悲哀。"非人"体现在进步者和革命者被武力镇压夺取生命，同情者与之感同身受但却无力改变现状，沉默而不知反抗的"看客"无形中充当了施暴者的帮凶。这样黑暗、冷漠、毫无希望的"人间"与理想的"人的生活"相差甚远，与作者期待通过社会改造实现人与人精神上的联合与正当关系的愿景也大相径庭，所以当"我"在最后反问两手沾满鲜血的兄弟们"你们心里也软柔柔的吗?"，只留下无奈的叹息。《一个不幸的车夫》依旧是以第一人称的叙述视角描写了"我"在上学路上的所见所闻，小说除了反映出底层生活者生存环境的恶劣与社会地位的卑贱之外，更主要是透过围观者的

① 郑振铎：《人的批判》，1920 年 9 月 25 日作，《民国日报·批评》第 1 号，1920 年 10 月 20 日。

② 郑振铎：《惊悸》，1920 年 9 月 8 日作，《晨报》1920 年 9 月 17 日。

谈话，展现出民众愚昧与麻木的精神状态。小说围绕一位五十余岁名为"老四"的人力车夫被汽车撞倒的事件展开，"我"在人力车夫们的交谈中了解到这一底层群体的生活现状，他们需要终日凭借苦力才能挣得微薄的收入养活全家老小，不仅如此，还要随时承担在工作中被汽车夺取生命的风险。"你知道现在北京城里汽车一天一天的多，横撞直冲，我们拉车的不是常有给他撞死的么？"①他们在社会中的地位又极其卑贱，其生命的价值甚至抵不上有钱人的一顿饭，这使他们在阶级差别面前毫无生存的尊严，仅剩苟活的余地。即使车夫们在这种社会环境中拼命挣扎，所得收入也难以够全家果腹，"一个铜子也没有了。昨天晚上还没有吃东西。不拉，今天吃什么？"②"我"听到其他车夫的谈论后感到了人间的"凄惨与恐怖"，现实社会阶级差异带来的不公和职业毫无自由尊严，生存的艰辛和社会地位的低下使底层民众无法实现个体的自由发展，而理想的"人的生活"在此也看不到希望。

如果说底层民众的生存状况让"我"对"人的生活"感到失望，那看客们麻木而愚昧的精神状况则让我对这现实的"人间"彻底绝望。当车夫被汽车撞倒后，围观者边看边热闹地交谈："这样宽的一条大路还躲不开，难道他是聋子，听不见汽车的叫笛响么？""这一定是他命里注定，应该是死在汽车的轮子底下。"③"我"在这里所感到"凄惨与恐怖"的是社会中普遍存在的"非人"，他们麻木地生存在社会底层中，受到"人道以下或人力之上"礼法和权威的压迫而不自知，不知道"人"要有基本的生存自由和追求幸福生活与理想道德的权利。这种不具备独立自觉的个体意识，也无法对其他个体的遭遇感同身受的人，不属于周作人提倡的具有现代人道主义意识的"人"。所以当"我"以"人"的标准关照现实中民众的生存现状和精神状态时，感到彻底的绝望。这是文中"我"也是作者郑振铎的感受，因为他自觉以现代人道主义者的身份要

---

① 慕之：《一个不幸的车夫》，《小说月报》第 12 卷第 1 期，1921 年 1 月 10 日。
② 慕之：《一个不幸的车夫》，《小说月报》第 12 卷第 1 期，1921 年 1 月 10 日。
③ 慕之：《一个不幸的车夫》，《小说月报》第 12 卷第 1 期，1921 年 1 月 10 日。

求打破阶级界限，目标是担负起实现人类理想的将来和改造社会的职责，他是"听不过压在社会下层的同胞的痛苦的呻吟，所以牺牲一切，来负这个创造光明，维持人道的使命"①。但现实与理想之间的巨大差距，以及民众精神的麻木与愚昧都让热血满腔的新文化运动者不得不产生深深的挫败感与无力感。

与《惊悸》和《一个不幸的车夫》相比，郑振铎在《平凡地毁了一生》中将眼光从社会民众转移到了"五四"青年身上。小说描写了一个自认为迫于学校与家庭所限而无法实现个人理想的青年，在从事社会服务和社会改造中获得了精神上的愉悦和人道的同情与理解，但此后又因经济压力和小家庭繁杂的琐事不得不牺牲服务的精神，并最终为生活所累，在平凡中死去。小说所展现的个人理想意志与家庭社会之间的冲突是"五四"时期青年所面临的重要问题，文中的主人公一开始想做很多事，他想做外交官、想去法国勤工俭学、想开精神病院挣钱，但这些计划最终都被"学校里可恶的功课和他的专制的父亲"所妨碍，未能一一实现。作者在这里点明了"五四"时期个人与家庭之间的冲突，并对此种环境下青年的迷茫与庸碌有所批判。直到主人公接触到社会服务，才认识到"人是社会的一分子"，个人不应该放弃改造社会的神圣责任，他在社会调查与社会服务过程中"很能发挥出博爱、人道的精神"。提倡社会服务是郑振铎现代人道主义社会改造观的重要内容，他最初将其看作促进民众觉醒、培养"同类意识"、实现人与人之间的联合、达到社会改造目的的唯一方式，《平凡地毁了一生》呼吁青年从事社会服务是"五四"初期郑振铎这一社会改造观的直接体现。但是在父亲去世和组建小家庭后，主人公便因经济压力放弃了社会服务，将所有的精力都花费在照料繁琐的家事上，并一天天消磨了他"大而高尚的志向"，最终死于劳苦带来的疾病。② 郑振铎认为是平凡消磨摧毁了主人公的一生，而他

---

①　西谛(郑振铎)：《新文化运动者的精神与态度》，《新学报》第2期，1920年6月1日。

②　郑振铎：《平凡地毁了一生》，1920年9月30日作，《晨报》1920年10月3日。

所反对的"平凡"是指青年漠视逃避社会现状和自身担负的社会改造职责，没有立足于全人类与全社会的远大志向，仅将精力放在个人生活琐事上的生活方式。这与他现代人道主义观中的人类意识和人道精神相违背，也脱离了他改造社会的理想，所以当郑振铎看到有志青年放弃自己的理想，重新投入封闭式的封建小家庭，并以此过完庸碌的一生时，他为此感到深切的无奈与担忧。这种感情在他的新诗创作中不断被加深延展，表现出了更为丰富的情感类型。

（二）"非人"的感觉世界、情感世界

　　周作人在《人的文学》中不仅对"人""人的生活"进行了定义，还在其创作中为塑造和构建国人新的感觉世界与情感世界树立了典范。他在创作中确立了以人类兄弟间"爱"的联系为核心的新的感觉和情感类型，包括正反两个方面。① 作为"人的文学"文艺实践的组成部分，新诗是郑振铎现代人道主义观和"人的文学"文艺观的集中表达，其诗作的感觉和情感类型以 1922 年为分界线，前后时期具有明显的转变。他在 1922 年之前创作的《我是少年》《灯光》《生命之火燃了！》等诗作充满了昂扬的斗志与激情，虽有先觉者的孤独但仍担负启蒙和改造的使命，新诗的整体基调积极向上，对理想生活充满期盼与实现的信念。这一情感类型的诗歌在郑振铎"五四"初期的新诗创作中仅占小部分。随着新文化运动进入落潮期，"五四"新文学陷入沉寂，黑幕文学卷土重来；社会改造运动不断遭遇阻力，青年对此不再抱有浓厚的兴趣与希望。新文学家们面对这种现状充满了挫败感，他们将内心的苦闷与失望集中表现在文艺创作中，文坛在 1922 年左右呈现出低沉、忧闷与伤感的氛围。郑振铎在这一时期创作了大量新诗抒发内心的愤怒、悲哀、空虚、孤独等情感，这种感觉和情感类型构成了他"五四"初期新诗的主基调，与他在小说中对"非人"和"非人的生活"的侧面描写相呼应。其中，他在

---

　　① 周作人所塑造的"人间感"的不同类型详见于《"人的文学"："五四"现代人道主义与新文学的发生》第三章第二节《"人间感"的觉悟》。

1922 年的新诗创作中所塑造与表现的感觉与情感类型又可以分为四类，即主要表现为对特权阶级的憎恨，个人内心的烦闷、忧愁与失望，对社会底层的同情以及对"人"和理想"人间"的期盼。

首先，郑振铎在 1922 年之前发表的诗作主要有《我是少年》（1919年 11 月 1 日）、《灯光》（1919 年 11 月 11 日）、《追寄秋白、颂武、仲武》（1920 年 10 月 25 日）、《生命之火燃了！》（1921 年 7 月 16 日）、《在电车上》（1921 年 8 月 15 日）、《微光》（1921 年 8 月 30 日）这六首，这些诗作能够鲜明反映出郑振铎作为"五四"初期的先觉者自觉担负的启蒙与改造职责，他将自己看作想要打破一切权威的热血少年，看作在黑暗中挑灯前行的引路人，他反抗压迫，追求自由与光明，高唱革命之歌，要求打破沉寂的现状以实现理想的生活，这是郑振铎早期社会改造观中人道的精神、昂扬的斗志和实现理想社会信念的集中表述，此后在其他诗作中难以再见这种情感。

《我是少年》是郑振铎的第一首新诗，诗中直接呈现了他在"五四"初期意气风发的少年形象和壮志满怀的激情，也是他现代人道主义精神的重要展现。全文如下：

（一）

我是少年！我是少年！

我有如炬的眼，

我有思想如泉。

我有牺牲的精神，

我有自由不可捐。

我过不惯偶像似的流年，

我看不惯奴隶的苟安。

我起！我起！

我欲打破一切的威权。

（二）

我是少年！我是少年！

我有沸腾的热血和活泼进取的气象。

我欲进前！进前！进前！

我有同胞的情感，

我有博爱的心田。

我看见前面的光明，

我欲驶破浪的大船，

满载可怜的同胞，

进前！进前！进前！

不管它浊浪排空，狂飙肆虐，

我只向光明的所在，进前！进前！进前！①

作者在开头便高呼"我是少年！我是少年！"为整首诗奠定了昂扬的基调，他在诗中所描写的少年是"五四"新青年的典型代表，作者也借此呼吁新青年们应以自身的行动打破权威，追求自由、光明的理想生活。其中"牺牲的精神""同胞的情感""博爱的心田"等现代人道主义观念是郑振铎在"五四"初期社会改造观的重要内容，他欲以借此打破人与人之间的隔膜，培养对其他同胞的同情心与精神敏感性，促进民众精神上的觉醒与联合，并最终实现理想社会改造的目标。郑振铎在社会改造过程中将重点放在了"五四"新青年身上，青年具有自由与牺牲的精神和人道的同情心，他们敢于冲破一切阻碍，为了全人类的幸福而奋斗，这一思想与精神上的觉悟是"五四"新青年特有的品质，也是郑振铎从社会改造目的出发极力赞赏与期盼的。

郑振铎 1922 年之前的诗作除了以积极乐观的情感类型为主之外，也透露出他作为先觉者和启蒙者的孤独感。郑振铎在诗作《灯光》中塑造了一个在黑暗的荒野里挑灯前行的开路者，他没有同伴独自行走，在黑夜的寒风中感到"无限的凄凉、感伤"，即使偶遇到在荒野中乱闯的

---

① 郑振铎：《我是少年》，《新社会》旬刊第 1 期，1919 年 11 月 1 日。

行人，自愿充当探路的拐杖也被他们驱赶离开，因为他们"嫌他的灯光耀眼"。① 郑振铎所写的在黑夜中挑灯前行者是"五四"时期先觉者和启蒙者的化身，他们自觉担负起培养新人和实现理想社会改造的职责，对社会中的"人类的一员"抱有同情心，企图以身作则唤醒尚未觉悟的民众，带领他们从黑暗的现实走向光明理想的"人间"。但是当先觉者身处黑暗的"荒野"里，他们对社会生活和民众精神现状的清晰认知，都会使他们产生独行的孤独感和不被理解的无奈与凄凉。这种负面情感虽与其早期改造社会的激情和信心相伴随，却并不会影响郑振铎1922年之前诗歌积极昂扬的整体基调，即他在黑暗中继续前行，在孤独和无奈中仍旧坚信光明终会到来。

其次，1922年之后郑振铎在新诗中的感觉与情感类型发生了明显的转向，由此前的积极乐观转为以烦闷、愤怒、悲哀、惆怅为主的负面情感。该情感类型的诗作在郑振铎早期新诗创作中占据了主要篇幅，构成了其"五四"初期新诗的主要基调，直接反映了他在社会改造过程中的情感心理。而他在1922年之后的新诗创作中所塑造与表现的感觉与情感类型又可以分为四类，即主要表现为对特权阶级的憎恨，个人内心的烦闷、忧愁与失望，对社会底层的同情以及对民众觉醒联合反抗的期盼。

一是对特权阶级的憎恨。郑振铎的新诗中所涵盖的特权阶级主要包括持有武力的警察与军队、恃强凌弱的富人等，他认为这"人间"种种的权势、贫富、悲惨无法通过外在的方式消除，只有通过死亡才能够消除差别使众人平等，所以作者在憎恶与不满的情感之外又包含着无奈与绝望。《有卫兵的车》表达了"我"对持有武器的卫兵的厌恶与愤怒。

> 一辆汽车极快极快的冲过去，
> 车沿上站了四个全副武装的卫兵。
> 我全身为愤怒所占领了。

---

① 郑振铎：《灯光》，《新社会》旬刊第2期，1919年11月11日。

> 只要有武器呀——
>
> 就如我这样懦弱的人
>
> 也要一试了。①

在这特权阶级占主导地位的"人间"，个人在社会中的地位并非由其自身能力决定，特权阶级依靠武器对其他个体进行压迫与凌辱，这种与现代人道主义精神内涵相违背的"非人"让郑振铎感到愤怒与悲哀。与此相似，郑振铎还在面对这一阶级与社会现状时流露出了痛苦与无奈，他在《灰色的兵丁》里坦言自己看到兵士们的刺刀，会"不觉地引起灰色的生的感慨"。② 这种由"灰色的生"引发的痛苦在无辜同胞被特权阶级伤害后达到了顶点。

1922年黄爱、庞人铨被赵恒锡斩首于长沙城外，死状极为惨烈，郑振铎听到消息后非常愤怒，写《死者》悼念二人，并希望能够点燃同胞内心的怒火，以冲破现实的黑暗，反抗特权阶级的统治。他在每段开头反问"谁杀了我们的兄弟呢？""悲痛与愤怒，充塞了我们的心腔了。——/但只是悲愤而已么？"这种痛苦与愤怒交织的情绪使作者无法再做到宗教教义中的"宽恕一切，爱我们的敌"，③ 他所呼吁的是联合反抗，是为了同胞以武力对抗特权阶级的统治。这种由痛苦与愤怒而转化的恨的根由仍是郑振铎的现代人道主义观念，他是出于对同胞的同情，对"非人"与"非人的生活"现状的愤怂与悲哀，对理想"人间"仍存的一丝期盼才在新诗中将内心的痛苦与恨意表露无遗。郑振铎在诗后再次重申了自己的痛苦与无奈，以及对民众联合反抗的呼吁和期盼，他写到"不要让最初流血者的鲜红的血无谓的流去呀！""我们怕——这实在

---

① 郑振铎：《有卫兵的车》，《雪朝》，商务印书馆1922年版，第147页。

② 郑振铎：《灰色的兵丁》，《雪朝》，商务印书馆1922年版，第149页。

③ 郑振铎：《死者》，《诗》第1卷第5期，1922年10月。注：经查证《郑振铎全集·2》中标注"原载1922年5月15日《诗》第1卷第5号"的说法是错误的。此外，《郑振铎全集·2》对郑振铎1922年发表在《诗》上的诗作所标注的时间都是错误的。

是可怕的——但是为了兄弟，这也是无法的。人世间的幕本就是由千万年来的'悲惨'与'恐怖'织成的。""只要是'人'，是一个'人'，谁忍加这种刑罚在他的兄弟的身上呢？"①郑振铎站在现代人道主义的立场上，抒发了对同胞悲惨遭遇的愤怒与同情，他高呼联合反抗，希望民众能够吸取血与泪的惨痛教训，认清所处的社会现状，并力求以培养对人类兄弟的同情心实现其精神上的觉悟，达到改造社会，实现理想"人间"的期望。

但是郑振铎对这一群体的憎恨与厌恶并非从狭隘的阶级立场出发而产生的个人情绪。他针对的是特权阶级依靠自身地位和外力做出的非人道行为，特权阶级对同胞的漠视与侮辱是郑振铎在新诗中描写最多、最具批判性的方面。与此同时，郑振铎以现代人道主义为立足点，自觉超越阶级的局限，仍然将这一群体中的个体当做"人类的一员"和同胞平等看待，对他们也抱以宽恕和同情。他在 1922 年 3 月 12 日发表于《晨报副镌》的诗作《两件故事》和《厌憎》中记述了自己在津浦归途中的所听所感。《两件故事》分别记述了一个兵丁和一个宪兵的听闻，作者据此了解到他们作为士兵不得不长期离家，忍冻挨饿，在战争中遭受痛苦和死亡的威胁。而车厢里的宪兵虽然在向人夸耀他剿匪的战绩，但是也已经意识到敌我之间对立的不确定性，他对敌人抱以同情，认为自己如果没有当兵，为了生存也会成为被打死的土匪。这种存在于特权阶级个体中的人道主义思想让作者感到惊异和愧疚，他写道："我凝视他们的粗率而无知的脸，/宽恕与同情，屡次闪耀在我的心上。"②作者为此前对这一群体的强烈憎恶而感到愧疚，他觉得自己成了"偏狭的小人"。从这一醒悟和认识上来看，郑振铎仍然遵循周作人的"大人类主义"观念将每个人看作独立的个体和"人类的一员"，跳出阶级的局限对其抱以同情和理解，以避免个人感情的狭隘与偏激。

二是内心的烦闷、忧愁与失望。这是郑振铎 1922 年的新诗里表现

① 郑振铎：《死者》，《诗》第 1 卷第 5 期，1922 年 10 月。
② 郑振铎：《厌憎》，《晨报副镌》1922 年 3 月 12 日。

最为突出的情感类型，与他此前乐观自信、激情满怀的情感形成了鲜明对比。他多次在诗中直呼"我的心是空虚的""空虚的心除了惆怅与彷徨与寻求以外，/还能做些什么事呢?""我的心呀，/你还不如死了的好!"①空虚、烦闷的情绪在郑振铎1922年的新诗里随处可见，它就像是"日光下的人影"难以驱遣，又随时出现，这种看似毫无缘由的情绪并非仅出现在郑振铎的诗作中，而是1922年左右文坛的普遍现状。新文化运动进入落潮期后伤感、烦闷的情绪席卷了整个文坛，"五四"青年逐渐丧失了对社会改造的兴趣与信心，着重于在文艺创作中抒发内心的愁苦与忧闷，他们一改此前昂扬向上的精神状态，陷入了低沉伤感的情绪中。郑振铎在新诗《忧闷》中对这种情绪的描述可以看作1922年文坛整体精神状况的代表。他认为"忧闷无端，谁也不知道它从哪里来"，它又像是影子"息息不离地随了我们走"，这种随时会潜入人心的忧闷所带来的影响是"便使勇敢者懦弱了，/活泼的人沉滞了，/便使少年的高昂直视的颈低垂了。"②尽管郑振铎对青年人普遍低沉消极的精神状态有清晰的认识，但他却找不到能够战退这种情绪的方法，这种清醒认知下又无能为力的境况加重了郑振铎的忧闷感。

郑振铎的空虚与烦闷并非因为个人，而是他在现代人道主义立场上对"人间"的黑暗现状、民众生存处境以及精神状态的不满与担忧。他对贫困者的饥寒、受侮辱者的痛苦、孤寂者的啜泣甚至是兵丁的劳苦都充满深深的同情，始终从大人类主义出发平等看待每一个个体。社会改造的责任感使他对民众的生存现状和麻木愚昧的精神状态无法置之不问，但理想与现实的差距让他对社会改造的前景和个人能力充满担忧和疑惑，他将这种复杂的情感在新诗中坦率地表达出来，展现了一个充满道德感与责任感的"五四"新文学家对社会的关注与忧虑。

除了在诗中直接抒发对"人间"现状的失望之外，郑振铎还常以动物和植物的视角观察人世间，从侧面入手不加掩饰地讽刺"人间"的黑

---

①　郑振铎:《空虚之心》,《雪朝》,商务印书馆1922年版,第157页。
②　郑振铎:《忧闷》,《小说月报》第13卷第4期,1922年4月10日。

暗与冷漠，并对这种现状表以深切的忧虑和悲哀。郑振铎诗中的自然万物与泰戈尔笔下从一朵花中见到爱，从一弯月中看到情的自然宇宙截然相反，他所描写的动物在人类的杀戮下满是恐惧与惊怖，而这些动植物眼中的人类世界又毫无希望与光明。他在诗中写到清香的荷花因人类的贪婪而战栗，荆棘因情人之间的虚伪而鄙夷嗤笑（《荆棘》）；林间的白兔、松鼠、松柏、小溪都因见到人类而逃避和绝望，即使他不过是一个过路的旅客（《旅程》）；在燕子的眼里人世间满是杀戮与悲哀，植物被采摘砍伐、家畜被宰杀享用，所以它只能"择一所无人之地住着"（《燕子》）。通过这些诗作，郑振铎间接传达出对所处"人间"的不满与悲哀，他对人，对人与人之间的正当关系都难以再抱有希望和信心，因此只能跳出人类的范围以这种方式发泄出内心郁积的悲哀与失望。

　　三是对社会底层民众的同情。郑振铎将底层民众也看作"人类的一员"，他以平等的眼光为欺压弱者而愤怒、为底层民众生存的艰辛而感到同情，同时又因为"恨其不争"而无奈与悲哀，这些感情迸发的出发点是他站在"人"的立场对其他个体的胞与之情，即认为人与人之间都是相互平等的兄弟，能够对他人的遭遇和精神状态感同身受。如在《脆弱之心》中，"我"本坐在人力车上，但不忍车夫辛苦而选择下车步行，同时又因看到其他拉着重物的独轮车夫而生发苦闷，意识到这种情形的普遍存在和难以改变。"这个车夫的汗滴与迫切的呼吸声，/终于迫我下车步行了。/我很安逸地在马路上走着。"这种心理在"五四"较为普遍，新青年们怀抱"自由""平等"的观念，要求消除阶级的不平等，将个体看作"人类的一员"、自己的兄弟同胞，认为乘坐人力车是对他人劳力的压迫。虽然"我"选择了下车步行，并因此感到内心轻松舒畅，但看到其他人力车夫仍然在卖力从事这种具有压迫性质的工作时，沉重感又再度袭来。"旁边推过了一辆独轮车，/车上堆着一人高的货物。/车夫的耶许声与车轮的'依押'声相应。/我的呼吸因此沉重了。"①"我"为其他底层劳动者不能免于受苦，仍以劳力拼命挣扎在生活边缘而痛

---

①　郑振铎：《脆弱之心》，《雪朝》，商务印书馆1922年版，第146页。

心，也为未觉醒的个人不能以切身行动使别人免于压迫，凭一己之力难以改变现状而失落。虽然作者心中怀有对底层民众的同情，但因看不到现实状况何时会得到改善，人与人之间的正当关系何时能够实现，"人间"现实中兄弟间"爱"的联系是否能够达成而产生的沉重感一直萦绕在作品中，成为该阶段新诗创作中的主要感情基调。

对底层民众的同情是郑振铎现代人道主义观念的重要体现，他以"大人类主义"为出发点，将个体看作"人类的一员"，看作自己的同胞兄弟，对其悲惨遭遇感到深切的同情与愤怒。他们在黑暗的社会中任人欺压，毫无反抗的余地；他们为了维持最基本的生存，不得不牺牲尊严，以"非人"的方式苟活于社会角落中。这群如蝼蚁一般默默活着的人被郑振铎以"人"的眼光重新发现和关注，在新诗创作中详尽地展示了他们的生活状况和精神状态。在《悲鸣之鸟》中郑振铎面对"人间"的黑暗沉寂，回顾以往社会改造中"人"的成绩，不禁悲叹到"在现在寂沉沉的世间，连一个为自己的生命与权利与自由而奋斗的人也没有了。"同时，在这"寂沉沉的墟墓的人间"诗人看到了底层民众恶劣的生存条件，一个"明眸皓齿的孩子"在荒野中无处可逃也无人相救，最终被饿狼拖倒吃掉；为饥饿所迫而夺取富人家的"腐粟"和"生了绿绣的钱"的工人被判处死刑，围观的群众没有人敢施以援手；一群"驯善如绵羊的人"被士兵夺取家园和财产，并被押解驱赶到石壁下走向死亡。诗人借悲鸣之鸟凄惨的唱声表达了自己内心的悲痛与愤怒，他在诗后写到"这也许不是诗。但不管它，只当是我一瞬间的热泪流注在报纸上的痕迹罢了"。他的流泪是因为看到同胞的悲惨境况而生发出的对底层民众的同情与怜悯，也是他作为一名现代人道主义者对国家前途人民命运的忧虑。

四是对"人"和理想"人间"的期盼。郑振铎对"人"和理想"人间"的期盼延续了他1922年之前对社会改造的信念，但经历过社会改造失败与新文化运动落潮的郑振铎，已经不再是当初高唱要打破一切权威的热血少年，他在"五四"初期的激情与斗志也在现实的打击下逐渐被悲哀无奈笼罩，此时他却没有完全放弃对社会改造理想的期盼，直到1923

年主编《小说月报》后对社会改造的热情才慢慢消退，将视线全部转移到编辑、翻译和文学史研究上。这种对理想"人间"的信念与期盼在郑振铎1922年的新诗创作中分量很少，因而它在新诗忧闷、愤怒与悲哀的情感主基调中显得尤为珍贵。这表明郑振铎虽然对现实状况和民众的精神状态不满，认为"人间"充满黑暗与绝望，但他仍然没有放弃对民众觉醒的呼吁和对人与人联合反抗的希冀。他相信通过培养对他人遭遇的同情与理解力实现人与人精神的联合，并以此作为打破现状实现理想的"人的生活"的途径。这种现代人道主义观念在他的新诗中有明显的表现，1921年郑振铎与耿济之、瞿世英一起坐人力车经过东交民巷时，他的车夫因无意间碰触到一位奉天人的身体而遭到对方的辱骂与耳光，郑振铎对此事记忆深刻，写下《侮辱》一诗。在诗中他让被侮辱的人不要哭，因为施暴者听不到，因为相同遭遇者有很多，因为希望还在。他呼吁弱小的个体要认清现实的黑暗，把相互间的团结联合当作冲破黑暗的一线希望。他在诗中写道：

> 现在虽黑暗，
> 天气终究会清朗的。
> 黑雾虽弥漫四塞，
> 只要太阳一来，它们就会散开的。
> 被侮辱的人，
> 不要哭吧！
> 让我们做太阳，
> 让我们做太阳光的一线。
> 只要我们把无数线的太阳光集在一起，
> 就可以把黑雾散开了。①

　　作者在"非人的生活"中仍然没有放弃对未来的希望，并把实现理

---

① 郑振铎：《侮辱》，《雪朝》，商务印书馆1922年版，第148页。

想生活的途径放在了社会最下层受侮辱者的身上，他认为个体要具有独立的觉醒意识，敢于为个人基本的生存权利和更高的向上的幸福生活的实现而联合；要更够对他人的处境和遭遇感同身受，将其看作同等的"人类的一员"，以人与人之间的"爱"的联系反抗现实的黑暗，最终实现自由幸福的理想"人间"。

二、《儿童世界》与《飞鸟集》：理想的"生之所"

尽管郑振铎在新诗和小说创作中对"非人""非人的生活"以及人类的感觉和情感类型表达了不满与担忧，但他并未放弃通过文学教育改造国民精神世界，达到实现理想"人间"的希望。针对黑幕文学在文坛上死灰复燃并再度受到青年追捧的现状，郑振铎在1921年9月3日致周作人的信中写到："至于欢迎他们这种小说(?)的青年，自然是堕落的人，不过我们却应该可怜他，不应过分的责骂，因为他们还是彷徨于歧路之中，而没有作恶的目的的。"(问号原文已有，论者注) 至于挽救的方式他认为可以通过教育和文学为青年提供指导，而不应该将其弃之不顾。"办教育的人似乎不应该弃之不顾，而应该设法以救其已失的灵魂。但我们也应该有一部分的责任，就是指导迷途，供给滋养品。"①(着重号原文已有，论者注) 然而当面对社会黑暗和民众的麻木愚昧，理想与现实之间的差距让郑振铎无法再继续怀着美好期望而漠视真实的生活，他站在现代人道主义的立场上直面揭露与抨击在现实中的所见所感，内心充满了烦闷、忧虑与悲哀，这是青年郑振铎在创作中表现出的主要情感。但是作为在"五四"新文化运动时代背景下成长起来的文学青年，郑振铎在进入文坛时所怀揣的实现社会改造和理想"人间"的希冀并没有被现实磨灭，他将这一理想以别种方式转移和传达到其他文学

① 鲁迅研究室手稿组选注：《胡适、刘半农、陈独秀、钱玄同、郑振铎、傅斯年、陈望道、吴虞、孙伏园书信选》，《中国现代文艺资料丛刊(第五辑)》，上海文艺出版社1980年版，第351页。

创作中，即主编《儿童世界》和译介泰戈尔的诗作。

(一)《儿童世界》："人"的萌芽与希望

"五四"新文学中"人"的发现成就之一就是儿童的发现，即将儿童看作独立的"人"，而不是将其当做"父母的所有品"或者直接将他看作"具体而微的成人"①，忽略了儿童的心性与正当需求。在"五四"特殊的时代背景下，以周氏兄弟为核心的现代人道主义者将改造国民精神的希望放在了儿童身上，他们认为儿童是"'人'的萌芽"②，儿童尚未被社会沾染的心理与初民的心理最接近，教育好儿童即是实现国民精神改造、理想的"人"和"人的生活"的彻底方式。郑振铎非常重视儿童的心理与精神教育，他认为儿童应当是天真可爱而善良的初民，是世间理想的"人"的代表。所以当他见到一个孩子高喊"外国瞎子，外国瞎子!"并把手里的扫帚撩过朋友 E 君的头上时，愤怒与悲哀便一起涌上心头，他想原谅孩子无礼的行为，但又因这理想的"人"在现实中竟然也并不存在而感到凄凉。所以他说："荒地!/四面都还是凄凉的荒地呀!"③原以为儿童是"人间"唯一的希望，谁知他们在这"非人的生活"中也会被同化为"非人"。所以郑振铎在改造国民精神的过程中一方面是呼吁民众的觉醒、联合与反抗，另一方面是通过加强对儿童的教育与引导。

郑振铎在 1922 年 1 月主编了我国第一本儿童文学专刊《儿童世界》周刊，在他任职的整整一年里几乎每期都发表了自己创作的童话作品，并在此后译介了《安徒生童话》《印度寓言》《莱森寓言》等外国童话作品，成为我国现代儿童文学的奠基者之一。在《〈儿童世界〉宣言》中郑振铎认为以往儿童教育的弊端是注入式的教育模式，忽略了对儿童兴趣的培养和启发，且以往几乎没有适合的儿童读物，所以《儿童世界》的

---

① 周作人：《人的文学》，1918 年 12 月 7 日作，《新青年》第 5 卷第 6 号，1918 年 12 月 15 日。

② 唐俟(鲁迅)：《随感录二十五》，《新青年》第 5 卷第 3 号，1918 年 9 月 15 日。

③ 郑振铎：《同了 E 君》，《诗》第 1 卷第 4 号，1922 年 4 月 15 日。

出版就是为了弥补以上不足。《儿童世界》旨在通过故事、歌谣、寓言、插画等符合儿童心性的内容"使他适宜于儿童的地方的及其本能的兴趣与爱好""养成并且指导这种兴趣及爱好""唤起儿童已失的兴趣与爱好"①。《儿童世界》周刊所践行的是周作人"儿童本位"的宗旨，周作人反对将儿童看作"缩小的成人"，认为儿童是有自己内外两面生活的独立个人，儿童文学要充分考虑到儿童自身的心理发达程度和内外两面的需求，培养儿童的想象力与文学趣味。至于儿童文学的标准，周作人认定它除了"儿童本位"之外并没有什么标准，在此观念指导下儿童文学不仅会满足儿童生活与文学上的需要，还能顺其自然地收获副产物，即"与儿童将来生活上有益的一种思想或习性"②。周作人的"儿童的文学"是其"人的文学"在儿童文学领域内的延伸与具体阐释，他的"儿童本位"理念标志着中国现代儿童文学的理论自觉，对"五四"新文学家们的儿童观乃至当代儿童教育都产生了直接深刻的影响。郑振铎所作的《〈儿童世界〉宣言》几乎是周作人《儿童的文学》的翻版，他对中国以往儿童教育的认识、儿童文学宗旨的确立、儿童心理的判定都与周作人的儿童文学观如出一辙。他反对将儿童看作"小大人"，并清晰地认识到中国旧式教育的目的是维护传统的权威和伦理观念，以成人的道德教育方式将儿童培养成"洁身自好的良民""驯良的奴隶"和"孝子顺孙"，这种抹杀儿童心性和否定"人"的奴隶教育是在加速国家的灭亡。他认为儿童在社会活动上有自身重要的价值，尤其是在"非常时"的社会中，

---

① 郑振铎：《〈儿童世界〉宣言》，1921 年 9 月 22 日作，《东方杂志》第 18 卷第 23 号，1921 年 12 月 10 日。注，该宣言最早在《东方杂志》发表时并不完整，文章仅刊到"有经验的教师们如有什么见教或投稿，我们都非常欢迎"。《郑振铎年谱》(书目文献出版社，1988)中所认为的《宣言》载 1921 年 12 月 28 日《时事新报·学灯》并不是最早的时间。而《郑振铎全集·20》认为《宣言》原载上海《时事新报》《学灯》副刊 1922 年 12 月 28 日，其原载的说法和时间都是错误的。此后该宣言还载于 1921 年 12 月 30 日《晨报副镌》、1922 年 1 月 1 日《妇女杂志》第 8 卷第 1 期、《出版界(上海)》1922 年第 61 号第 8-10 页。

② 周作人：《儿童的文学》，1920 年 10 月 26 日在北京孔德学校的演讲，《新青年》第 8 卷第 4 号，1920 年 12 月 1 日。

儿童是"有其单独的活动的使命的"。① 郑振铎所说的"单独的活动的使命"应是指在"五四"救亡保种的民族危机时期,儿童作为独立的"人"的萌芽,其自身所担负的希望与价值是挽救国民精神危机,培养理想"人"的实现。所以郑振铎创办《儿童世界》的目的不只在于提倡以简单易懂寄寓美好理想的故事培养儿童的兴趣爱好,补充儿童文学的不足与缺憾,更是希望通过对儿童进行符合其心性教育和引导,能够使他们避免受到"非人"文学的影响,成为理想"人"的希望所在。

《儿童世界》除了起到教育和引导儿童的作用,也是郑振铎寻求精神安慰、塑造理想的"人的生活"的阵地之一,这与他译介泰戈尔诗作的目的具有内在的一致性。他自称喜欢安徒生童话的原因是安徒生美丽的文字能使他从烦闷、黑暗的现实中得以解脱,将他带到"美丽平和的花的世界、虫的世界、人鱼的世界里去;能使我们忘了一切的艰苦的境遇,随了他走进有静的方池的绿水、有美的挂在黄昏的天空的雨后孤虹等等的天国里去"。② 安徒生构建的童话世界与泰戈尔在诗作中所描绘的自然界都是一种理想的"人间"。那里没有成人的贪婪与利益争夺,人与人之间并非冷漠而隔绝,与自然不是处于互相对抗的关系,那里是儿童的天国,是重温孩童时代嬉戏打闹自由玩耍的游乐场。郑振铎在创作童话和译介外国儿童文学时也将这一过程当做暂时的"避世",仿佛自己随创作思绪脱离现实的烦恼融入了儿童世界,感受到心灵上的轻松与愉悦。

(二)《飞鸟集》译介:"我相信你的爱"

根据郑振铎1923年的回忆,他很早便已通过许地山接触到泰戈尔的作品,"我对于泰戈尔(R·Tagore)的诗最初发生浓厚的兴趣,是在第一次读《新月集》的时候。那时离现在将近五年,许地山君……很神

---

① 郑振铎:《中国儿童读物的分析》,1936年6月7日作,《文学》第7卷第1号,1936年7月1日。

② 郑振铎:《〈新月集〉译者自序》,1923年8月22日作,《文学》周刊第83期,1923年8月27日。

秘地在黄昏的微光中，对我谈到泰戈尔的事"。① 他初次听到泰戈尔的事迹时便有一种神秘感，这种感受在他阅读和翻译泰戈尔诗作的过程中始终存在，如同温柔的光芒笼罩其全身，使他能够凭借一双魔术般的翅膀跳出现实的苦闷，"飞翔到美静天真的儿童国里去"。在 1919—1922 年郑振铎分别选译了泰戈尔的《新月集》《偈檀伽利》《采果集》《飞鸟集》，并于 1922 年 10 月由上海商务印书馆出版了译作《飞鸟集》，作为"文学研究会丛书之一"。1923 年 9 月又继续出版泰戈尔的《新月集》，并在其主编的《小说月报》第 14 卷第 9 期、第 10 期上开设"太戈尔号"，对泰戈尔及其作品在中国的传播贡献了自己的力量。

　　与该阶段的小说和新诗创作相比，郑振铎的译作具有明显的差异。但这并不意味着翻译在表达其思想与情感方面的重要性逊色于小说和新诗，翻译也是一种创作，它寄寓着郑振铎在该时期的另一种文学情感表现。作为译介泰戈尔诗作的代表，《飞鸟集》集中表现了郑振铎在1919—1922 年对理想"人间"的渴望。泰戈尔在《飞鸟集》中所描写的儿童的天真、母爱的温暖、万物的自由等都是郑振铎在现实社会中求而不得的，作品中所蕴涵的安静、睿智、向善、平等的精神也让他在烦闷与担忧时能够获得一丝解脱和安慰。正如他在《〈春之循环〉序一》中所写："我烦闷，我在生命之途中摸索而行；我只有悲观，只有消极的厌世。但自我读了春之循环后，我的生命之火竟复燃了。一线新的光明照耀在我的心里。"②因此郑振铎是在对现实清醒认知的前提下，把阅读和翻译泰戈尔的作品当成了心灵慰藉，希望于此找到一方乐土，实现自己在寂沉沉的"人间"难以达成的理想与期盼。郑振铎 1922 年 6 月完整翻译的《飞鸟集》共有 326 首短诗，囊括了自然万物的灵性和日常生活的哲学，这些短诗体现的泰戈尔人生智慧，与青年郑振铎的理想抱负相契合，因而不仅抚平了他在现实中的焦虑与失望，也是他借此表达"人的文学"

　　① 郑振铎：《〈新月集〉译者自序》，1923 年 8 月 22 日作，《文学》周刊第 83 期，1923 年 8 月 27 日。
　　② 郑振铎：《〈春之循环〉序一》，1921 年 9 月 12 日作，商务印书馆 1922 年版，第 1 页。

文艺观念的特殊形式。

郑振铎向往的理想"人间"存在于泰戈尔的《飞鸟集》中。泰戈尔十分注重对自然的描写，他对自然生命有极强的感受力并赋予其某种神秘的哲理，在他的笔下雨滴、花朵、鸟儿、鱼虫等万物都充满了灵性，自由生活在天地之间。这正是郑振铎所向往期盼的理想"人间"，他的新诗创作题材也包括自然界的植物与动物，但自然与人类是相对抗的关系，自然界的生命因遭到人类的砍伐或屠杀而感到恐惧和悲哀，在人与人之间冷漠而疏离的现实中这种广泛意义上"爱"的联系更没有实现的希望。但是在《飞鸟集》中，自然界的万物以其原初的方式而自由生存，且每一个生命都被作者赋予了"爱"，能够感受到自然与人类之间的和谐、愉悦、彼此共存的相处方式。"绿树长到了我的窗前，仿佛是喑哑的大地发出了渴望的声音。""瀑布歌唱道：'虽然渴者只要少许的水便够了，我却很快活地给与了我全部的水。'""山峰如群儿之喧嚷，举起他们的双臂，想去捉天上的星星。"①自然万物在泰戈尔笔下被拟人化，都具有各自的情绪与感受。作者的目的也并不是为了自然写自然，他笔下的自然与人类是相契合的，一方面，自然的广博开阔给生命带来的自由是人类所向往而不可达到的理想状态。但自然与人类精神的相通与联合又使这种疏离感被缩减，达到某种程度上的和谐。此类广泛意义上的"爱"与感受力的培养也是"五四"现代人道主义者所关注的层面，其中周作人在创作中表现出了自己作为万物中的一员与其他生命之间的联系，为这种具有神秘性的"人间爱"的书写提供了典范。与周作人相一致，郑振铎翻译《飞鸟集》所表达的即他对人类与万物之间正当和谐的联系的期盼与寄托。

萦绕在《飞鸟集》中持续不变的"爱"也是郑振铎选择译介泰戈尔作品的主要原因。它不仅为郑振铎在现实中的苦闷提供了温暖与光明，更是作为弥补"人间"的不足、打破人与人之间的界限与隔膜、促进"人""人的生活"得以实现的主要力量。泰戈尔在作品中写到："有一次我们

---

① 泰戈尔：《飞鸟集》，郑振铎译，商务印书馆1922年版。

梦见大家都是不相识的。我们醒了，却知道我们原是相亲相爱的。""在黑暗中，'一'视若一体；在光亮中，'一'便视若众多。"他认为人类之间原本是存在"爱"的联系，是相亲相爱的，这种互相之间的联系可以促使人与人之间的联合，为打破黑暗改变现状而团结成一体，这与郑振铎在新诗中面对现世的悲哀、民众的麻木而呼吁个人的觉醒和联合的思想一致。除此之外，《飞鸟集》也描写了日常生活中"爱"，如"我是一个在黑暗中的孩子。我从夜的被单里向您伸出了我的双手，母亲"。"白天的工作完了。把我的脸掩藏在您的臂间吧，母亲。让我入梦吧。"①其对母爱的歌颂和让郑振铎直接感受到了理想的"人间"生活和"人间"关系，这与他在创作中揭露和批判的现实形成了鲜明对比，是他对实现理想"人间"和人与人之间正当合理感情不灭的追求和希望。

正如泰戈尔所说"我相信你的爱"，一个由"爱"联结形成的"人间"是可以打破界限、冲突与隔膜的理想世界，他在作品中传达了对万物平等包容的"爱"，这也是郑振铎寻求改造国民精神和实现社会改造的根本方式。译介泰戈尔的作品为郑振铎提供了一片抚平精神创伤的园地，更让他借此感受到了人道主义理想得以实现的慰藉与信心。

创办《儿童世界》和译介泰戈尔的诗作寄寓着现代人道主义者郑振铎对理想的"人"和"人的生活"的美好期盼，他将改造国民精神、实现人与人之间"爱"的联系的社会理想投注于儿童身上，希望通过对这一"人"的萌芽教育和引导实现国民精神的彻底改变。其中，"爱"是打破人与人之间的隔膜，促进这一理想实现的主要力量，因为相信"爱"的存在，郑振铎在对现状失望与烦忧时仍然没有放弃对美好"人间"的希冀，他在主编《儿童世界》和翻译泰戈尔诗作中构建了自己心中理想的"生之所"。

---

① 泰戈尔：《飞鸟集》，郑振铎译，商务印书馆 1922 年版。

第三章　解放区土改中的权势转移与文学书写

　　20世纪上半叶以来，中华大地战乱频仍，政权更迭频繁，国家权力不断向下渗透，致使乡村社会长期成为各方势力激烈角逐的场域。而经过了抗日战争，尤其是解放战争之后，中国共产党及其建立的基层政权成功驱逐各方势力，成为这场角逐的唯一胜者。而中共取得乡村革命最终胜利的关键就是土地改革。土改"最直接的作用就是粉碎农村中原有的控制农民的权力网络"①。在土改革命话语中，这些"原有的"其他政权或组织建立的"权力网络"及其代理人，往往被称为"封建势力"，或"旧势力"。而随着"旧势力"的土崩瓦解，一大批由中共政府所授权的新基层政治精英——村干部逐步走上了乡村政治舞台。土改期间，"旧势力"与村干部之间的权势转移深刻地影响着基层地方的权力结构与政治秩序，并成为20世纪40、50代土改文学创作的一个重要历史语境。

第一节　土改中的"旧势力"与阶级斗争叙事
——重读《太阳照在桑干河上》

　　丁玲的土改小说《太阳照在桑干河上》(后文一律简称《桑干河

---

　　①　张凯峰：《土地改革与中国农村政权》，《二十一世纪》(香港)2002年11月1号。

上》），讲述了农民如何通过阶级斗争战胜"旧势力"的故事。作为"旧势力"代表，作者选择了"一个不是很突出"却能凭着"那种封建势力"压得农民"抬不起头来"的"钱文贵"形象。因为她从自身生活经验及工作经历出发，"知道最普遍存在的地主，是在政治上统治一个村"。从她已经土改过的几个村子，"和华北这一带的地主，也多是这类情况"。①可以看出，丁玲尤其注重表现斗争对象"政治"上的表现，此处"政治上统治"应该与单纯的经济上的"剥削"相区分，它一方面表现为"旧势力"与农民之间严重的人身依附关系；另一方面则表现了"旧势力"的政治"反动性"，即显示其在新政权统治下的走向失败的必然性。但是，丁玲在小说中并没有将这种创作设想概念化，"不是赤裸裸地暴露作者的主观"②，而是通过对取自现实的具体生活、具体事件人物的描写来表现与传达。严家炎曾高度评价《桑干河上》的这种"革命现实主义"，因其体现了"大气、有胆识，敢于直面生活，积极干预"的创作特色③。因为只有反映现实、尊重现实，才能实现干预现实，指导实践的社会效益。不仅如此，丁玲并不满足于只反映土改现实境况，而是希望借由某一村或某一地的土改斗争叙事来"写一部关于中国变化的小说"④。事实上，通过小说来反映"一个社会制度在历史过程中的转变"⑤，也是丁玲1932年写作长篇小说《母亲》以来一以贯之的文学追求。那么，在此意义上，基于社会史视野对《桑干河上》进行重读，不仅能够为重新阐释与理解这一土改文学经典提供一个新向度，而且可以寻幽土改这一

① 丁玲：《关于〈太阳照在桑干河上〉的写作》，《人民日报》2004年10月9日。
② [日]中岛碧：《丁玲论》，《丁玲研究资料》，袁良骏编，知识产权出版社2011年版，第446页。
③ 严家炎：《〈太阳照在桑干河上〉与丁玲的创作特性》，《北京大学学报》2008年第2期。
④ 丁玲：《生活、思想与人物——在电影剧作讲习会上的讲话》，《丁玲研究资料》，袁良骏编，知识产权出版社2011年版，第141页。
⑤ 丁玲：《致〈大陆新闻〉编者的信》，《丁玲全集》第12卷，人民文学出版社2001年版，第8页。

现代革命形式如何潜入乡村社会内部打击"旧势力"，进而引爆"中国之变"的。

一、"马车进村"前后："旧势力"威慑下的乡村权力格局

在论及土改小说《暴风骤雨》时，海外学者唐小兵剖析了其开篇风景描写所蕴含的政治隐喻：在原本一个和谐的农家情景中，一辆载有土改工作队的大马车，突然驶入，并"搅乱了四下的平静"。这辆马车的到来"隐喻了新'象征秩序'的强行插入"，"表达这一新'象征秩序'的行为，正好是对田园景色所传达的和睦平静的否定，是唤起'暴风骤雨'……维系这一新'象征秩序'的则是暴力"。[1] 如果排除现实因素，仅从叙事效果观之，唐小兵的解构事实上触及了小说叙事中一个难以自恰的矛盾，即为了突出党的决定作用，将马车的到来视作"元茂屯"历史的正式开端，却同时潜隐着取消土改合法性的叙事风险。毕竟在乡村社会革命前后的两相对比中，一个是"和睦平静"一个是"暴风骤雨"。进而言之，小说难以言明发动土改是乡村共同体的内生性矛盾，还是外部势力"唤起"这一革命话语的"暴力"运作使然。从小说极力铺陈乡村尖锐的阶级矛盾来看，它显然想要说明的是前者，却由于过于急切运用党的意识形态逻辑"暴力"改造历史元素，导致其叙事效果溢出了作者自身的主观意图与写作初衷，出现了倒向后者的叙事罅隙。问题的关键在于，土改叙事该如何安放"农民"在革命中的位置？如何在保证党的领导地位的前提下，而不至于取消农民的革命主体性？

巧合的是，小说《桑干河上》的开头也是以"马车进村"预示土改运动的开启，但丁玲却能恰如其分地避免周立波的叙事"尴尬"。与《暴风骤雨》中载有党派来的土改工作队的马车不同，《桑干河上》中驾马车和

---

① 　唐小兵：《暴力辩证法——重读〈暴风骤雨〉》，《再解读：大众文艺与意识形态》，唐小兵编，北京大学出版社2007年版，第120页。

坐马车都是"民"，具体来说，驾车的是富农顾涌，坐车的是他回暖水屯娘家的大女儿。马车上所载对象的政治身份差异也预示了两篇小说叙事视角与叙事主体的不同，如果说前者更多的是以土改工作队的行动为线索，侧重于表现现代政党如何进入并改造象征"自然"秩序的乡村社会，而后者则透过农民的眼光来审视乡村社会的变化，侧重于表现乡村社会在微观层面是如何接受和"落实"党的政策的。在《桑干河上》中，土改工作队到第十一章才出现，前十章则沿着"马车进村"引起的"风波"，写到土改前暖水屯不同阶级及阶级内部之间错综复杂的政治社会生态。

小说开头，从八里屯到暖水屯，顾涌驾着马车载着女儿一路走来，父女二人一边攀谈，一边欣赏两岸的风景。作为地道的庄户人，映入顾老汉眼帘的是丰茂喜人的庄稼图景：密密的稻穗、又肥又高的谷子、遮断一切的高粱、又黑又湿的泥土、款款流淌着的水渠以及深绿浅绿的菜畦。车上的大女儿却在童趣的回忆中，突然联想到了一桩关于梨树的"纠纷"，她的话打断了顾老汉"发家致富"的思绪：

　　　　她皱着眉，问道：

　　　　"钱二叔的那棵柳树锯掉没有？"

　　　　老头子没有答应，只摇了一摇头。她的声音便很粗鲁的说道："哼！还是亲戚！你就不知道找村干部评评，村干部管不了，还有区上呢。"

　　　　"咱不同他争那些，一棵树穷不到哪里去，别地方多受点苦，也就顶下了。莫说压折了一半，今年还结了不少的梨呢。唉。"前年春天顾老汉的儿子顾顺挖水渠的时候，稍稍动了下钱文贵的长在渠边的一棵柳树，后来刮大风，柳树便倒下来，横到渠这边，压在顾家的梨树上，梨树压折了半边。钱文贵要赔树，还不让别人动他的树。依顾顺要同他论理，问他为什么不培植自己的树？可是老头子不准，全村的人也明白，都看着那棵梨树一年年死下去，都觉得可惜,可是谁也只悄悄的议论,不肯管这件闲事。①

这段看似漫不经心的"纠纷"叙事除了揭示钱顾两家不平等的社会关系,还间接涉及了村里"旧势力"威迫下的权力格局。其一,引文中提到了村里人对这场"纠纷"的反应,他们明白顾家是受了钱文贵的欺压,却也"只悄悄的议论,不肯管这件闲事"。这一方面表明了不只是顾家,而是全村人都惮于钱文贵的威势。另一方面,受欺负的顾涌就以"一棵树穷不到哪里去,别的地方多受点苦,也就顶下了"聊以自慰,而村里人将其视为别人家的"闲事"也不肯管,他们都幻想可以关起门来过好自己的光景(事实上,村里人都受过钱文贵不同程度的压迫),而无法团结起来发展为抵抗钱文贵的力量。其二,文中写到顾涌的小儿子曾要求去找钱文贵"论理",却被顾涌阻止。如今大女儿也责备父亲为什么不找村干部,顾涌不但不以为然还哀叹她"年纪也不小了,还是不懂世道"。可以看出,年轻一代的农民与前辈农民在社会认知上存在差异,前者更具有反抗意识,他们更有意于依靠中共建立的新政权来维护自己的利益,后者更追求稳定,他们倾向于在强大的"旧势力"面前选择"隐忍"。在顾涌眼里,子女们"不懂世道","世道"就是时势,换句话说,他们还没有审时度势的能力,现在的"势"还在钱文贵一边,只有理而没有势非但论不到理,反而会给自己招致灾祸。那么,看清"世道"的顾涌等人的"隐忍"能否一直"安然"地应对咄咄逼人的钱文贵,能否一直压制住下一代的斗争意志?这也是叙事者抛给潜在读者的一个问题。总而言之,小说开头关于一场小纠纷的叙事就初步点明了土改前暖水屯的社会并不"平静",它已然埋藏了"新"与"旧""势"与"理"的斗争线索。

与《暴风骤雨》中作为意识形态"空白地区"的元茂屯不同,《桑干河上》中的暖水屯在土改前已有了中共的政权及组织基础。早在日据时

---

① 丁玲:《太阳照在桑干河上》,《丁玲全集》第2卷,人民文学出版社2001年版,第6-7页。

期，中共就在此秘密建立了地下党组织和村政权，这在小说中有明确的时间线索。而在中共占领此地之前，暖水屯的行政由在日本政权底下当甲长的江世荣负责。江世荣是"村上的一个尖"，他凭着会巴结上级得到了地方甲长的职务，他借日本人压榨了老百姓，又假借八路军的名义来勒索，"已挣到了一份不错的家私"。1945年夏，八路军在暖水屯发动了改选村政权的大会，江世荣被斗倒了，贫穷能干的赵德禄被选为村长。这样一来，赵德禄连同第一个党员张裕民等就在暖水屯建立起了新政权组织，从此"暖水屯的老百姓当了权"。抗战胜利以后，张裕民带领穷人们进行了清算复仇。值得注意的是，抗战之后的反奸清算是中共从抗战时期的"减租减息"政策转向"耕者有其田"的土改政策的重要举措，它既是"群众性的打击日伪汉奸及其统治者基础的政治运动"，又是"初步的土地斗争"，即通过清算的方式迅速触及了地主阶级的土地。① 小说中的暖水屯进行了两次清算，第一次是在抗战胜利后不久，斗争了曾当过大乡长的许有武，许有武逃到了北京，他的财产被村子没收。第二次是1946年的春天，没做过伪职的侯殿魁也被斗争了一百石小米，最后小米被折成四十亩地分给二十多户人家。正是有了这两次清算，老百姓才对中国共产党有了更深入的认识，才对土地改革的到来充满了新的期待。

　　暖水屯经过了村政权改选与两次清算，虽然初步发动了群众，打击了压在人们身上的"旧势力"，但依然留有"旧势力"的痼疾。一方面，老百姓并没有真正动员起来，许多人的革命决心并不坚定，内心都有"变天"的思想，害怕"旧势力"报复。在村政权改选的时候，因为天黑看不清面孔，又见江世荣被绑着，老百姓们才敢在人群中吐露怨恨，伸出拳头。就连刚被选为村长的赵德禄也"怕村子上的旧势力来搞他"。这种思想也存在于两次清算过程中，第一次清算时，是因为大地主许有武全家事先全都逃跑了，老百姓才敢站出来没收他家的财产。第二次清

---

　　① 参见赵效民：《中国土地改革史（1921—1949）》，人民出版社1990年版，第307页。

算时,大家只是挑了个"比较软"的侯殿魁来斗争,他是个躺在床上的老头子,家里也没什么人。但即便如此,也只有几个积极分子"跳脚、出拳头","却都悄悄的拿眼睛看蹲在后边的钱文贵"。另一方面,几次清算过后,"旧势力"的代表、"村子上八大尖里面的第一尖"钱文贵却没有受到斗争。他让儿子参加了八路军,又找了村治安员做女婿,明着是支持共产党,但背地里压迫穷人,希望"国军"早点打进来。

正是有了民主政权的建立、有了"清算复仇"的群众基础、有了亟待解决的诸多问题,所以当顾涌的马车带来邻屯的土改消息后,老百姓"复仇的火焰"再一次被点燃:

> 他们屈指数着那边有名的坏人名字。当他们听到某些恶霸被惩罚的时候,当他们听到去分散那些坏人家财的时候,他们并不掩藏他们的愉快。他们村子上曾有过两次清算,有些人复了仇,分得了果实,但有些人并不满意,他们有意见,没有说出来,他们有仇恨,却仍埋在心底里。也有人感谢共产党,但也有人埋怨干部们,说他们欠公平,有私心,他们希望再来一次清算,希望真真能见到青天,他们爱谈这些事。一伙一伙的人不觉的就聚在一团,白天在地里,在歇晌的时候,晚上在街头巷尾,蹲在那里歇凉的时候。①

与普通老百姓的"焦急"相对应的是村干部们的"分歧"。当土地改革的任务下派到村里来的时候,村干部们却"各有各的想法"。"容易接受新事物而又缺乏思考"的李昌认为本村的土改"轻而易举",他"教条"地将村里具体的人划为地主、富农、中农。有着丰富工作经验的程仁认为分配土地应该联系实际情况,要分得公平是"非常不容易的问题"。领导过两次清算斗争的张裕民将问题看得最深,"他只考虑到一个问题,这就是他们究竟有多少力量,能够掌握多少力量,能否把村子上的

---

① 丁玲:《太阳照在桑干河上》,《丁玲全集》第 2 卷,人民文学出版社 2001 年版,第 32 页。

旧势力彻底打垮"。但对于如何动员老百姓自觉团结起来进行彻底翻身，却没有很大的信心，因此他催促上级早点派人下来帮助他们进行土改。显然，小说的主线脉络就是按照张裕民的设想发展的。

《桑干河上》详细讲述土改前夕老百姓的"焦急"和村干部的"分歧"，就颇为明确地点出了一个道理，土改的开展首先起源于老百姓对于土地的渴求和对压迫势力的仇恨，而非党和政府自上而下的"包办"。与此同时，当政策下达到村子的时候，带有农民气质的村干部无法独立带领老百姓完成土改任务，土改的深入开展离不开党的组织、动员和领导。简言之，土改连接了党和群众，体现的是一种双向互动关系。冯雪峰在当时就指出了小说的这一优点，"把党的领导和农民自身的斗争相结合，当作农民之阶级的要求及其革命力量成长的历史条件来写的；这样，就是说，党的领导就不会被写成为对于农民没有内在的历史联系的外在力量了"。① 正是在老百姓的"千呼万唤"中，《桑干河上》第十一章，有几个穿制服的人背着简单的行李到了暖水屯。

二、斗争叙事的展开：从"分谁地"到斗"恶霸"

在正式推行土改政策之前，暖水屯村民对土改的认识基本都是建立在"分地"思想之上的。② 当土改消息传来的时候，最紧张害怕的是地最多的地主李子俊和富农顾涌。李子俊怕被斗争，日夜躲在自家果园里不敢进家，顾涌一家人都内心"惶惶的"不得安生。穷人们知道要土改以后，则高兴地认为，"共产党又来帮穷人闹翻身，该有钱人倒霉了"，例如，贫穷的妇联会主任董桂花希望通过土改来填一下自家买地留下的"窟窿"。作恶多端但地不多的钱文贵也认为，"土地改革，咱不怕，要是闹得好，也许给分上二亩水地"。对于村干部们来说，如何确定斗争

---

① 冯雪峰：《〈太阳照在桑干河上〉在我们文学发展上的意义》，《文艺报》1952 年第 10 期。

② 值得注意的是，土改中的"分地"往往并不单指分土地，也包含了分土地之外的其他财产形式，一般称其为"分浮财"。

对象落实土改政策是不可绕开的问题。在村干部内部讨论会上，地最多的顾涌和李子俊首先被提出来作为斗争对象，但这一提议很快遭到其他人的反对，农会主任程仁认为顾涌不同于李子俊，他的土地是"一滴汗一滴血"省吃俭用赚来的，分他的土地难以服众。合作社主任任天华又提出，李子俊是一个没有生活能力的人，拿了他的土地等于让他去讨饭。这样一来，由于只考虑"分地"，土改在现实中遭遇到了的困难。接下来的讨论就尝试性地"打开"土改的新方向：

> "今年是只分地嘛，还是也要闹斗争？"赵全功也跟着问。
> "按土地改革，就是分地，只是——"程仁想起了孟家沟的大会，又补充道："也要斗争！"
> "当然罗，不斗争就能改革了？"李昌满有把握似的。
> "只是，孟家沟有恶霸，咱们这里就只有地主了；连个大地主也没有。要是像白槐庄有大地主，几百顷地，干起来多起劲，听说地还没分，多少好绸缎被子都已经放在干部们的炕上了。"逐渐腐化了的张正典，对于生活已经有了享受的欲望……①

这样，大家在讨论中就区分了"分地"与"闹斗争"的差异，因为邻村孟家沟的"闹斗争"就不是建立在"分地"基础之上的，而是斗争了恶霸。虽然钱文贵的女婿张正典有意包庇钱文贵为其开脱，但是他也指出了一个基本事实，即暖水屯没有大恶霸地主。孟家沟的许武是一个出了名的恶霸，他打人、强奸女人、买卖鸦片、私藏军火，无人不知。钱文贵却很不同，他虽然平时欺压百姓，但也多是一些"强行摊派""包揽词讼"般的"小事"，更重要的是他作恶都是以一种隐蔽间接的方式进行的。他不做抛头露面的事，不做官，不当乡长、保长，也不做买卖，很难被抓住把柄。因此，在抗战期间，"最出面"的保长江世荣最先被斗

① 丁玲：《太阳照在桑干河上》，《丁玲全集》第2卷，人民文学出版社2001年版，第52页。

争，"更阴险"的钱文贵却安然无恙。会议上，村干部们没有一个人公开提出斗争钱文贵，其中还有一个重要原因在于担心"上下不讨好"。区里派来的干部对于如何搞土改没有具体的指导，反而造成了村干部思想的进一步混乱。区工委会主任老董一开始就大谈"土地改革是消灭封建剥削大地主"，土改小组长文采就只会说大而空的理论，讲一些老百姓听不懂的新名词。再加上钱文贵抗属的政治身份，就连最进步的张裕民也害怕犯了"左"倾错误。除了上级领导的支持不够，下边的老百姓也发动不起来。一来，钱文贵的地不多只有几十亩地，不像白槐庄的大地主有几百顷。二来，除了刘满之外多数人都不敢主动招惹势大的钱文贵，即便都吃过他的亏，也像顾涌一样怀着"别的地方多受点苦，也就顶下了"的侥幸心理。三来，老百姓对村干部不够信任，因为连村干部内部都有钱文贵的女婿张正典和本家兄弟钱文虎。

由于深受十九世纪欧洲现实主义的影响，丁玲能够以接近原生态的方式来反映乡村现实，以生活的逻辑来勾画钱文贵形象。在塑造这一形象上，她是颇为自觉的而且"费了很多考虑"，她认为乡村中有各种各样的地主，一种是恶霸地主像陈武那样的强奸，杀人；一种是像钱文贵这样的地主。相对于前者，后者"不是一个很突出的地主"，"但是在封建制度下，即使他不是恶霸，只那种封建势力，他做的事就不是好事，他就会把农民压下去，叫人抬不起头来"。而"在某种意义上，他比恶霸地主还更能突出地表现了封建制度下地主阶级的罪恶"。① 为什么说钱文贵更能突出地主阶级的罪恶？相比之下，钱文贵比陈武那样"大奸大恶"更奸诈也更难防范，"你吃了亏还不知道这事从哪儿说起"。他过得"比一般人都要舒服，都有排场"，但"还不足以富到离开村庄到镇里去生活"②，无法像许有武一样逃到大城市。他扎根在乡村，也最能摸清老百姓的心思。他既可以撺掇着胆小怕事的地主李子俊充任伪甲长"当大头"，也能凭借着一桩"压折梨树"的纠纷压得富农顾涌"抬不起

---

① 丁玲：《生活、思想和人物》，《人民文学》1955 年第 3 期。
② 费孝通：《中国绅士》，中国社会科学出版社 2006 年版，第 117 页。

头",对农会主任程仁也声称"那程仁几根毛咱也清楚",他巧妙利用程仁与侄女黑妮的恋人关系,让程仁不敢公开反对自己。作为一种"封建势力",他无论是在国民党统治时期,还是日据时期都与上层有拉拢,以至于村里人"都似乎不大明白"他的出身了。共产党占领暖水屯以后,他见风使舵地将女儿嫁给了治安员张正典,又将儿子钱义送去当八路军,前者成为他安插在村干部内部的"眼线",后者是悬在村干部和老百姓头上的重大隐患(村里人都知道,钱义参军之前说谁要是敢欺负他爹,等他回来就给谁"黑枣"吃),用张正典的话说就是,说不定过两年钱义就能在八路军中混个一官半职的。"后知后觉"的张裕民只悔当初不该让钱义去参军。

但与此同时,缠绕在钱文贵身上的复杂问题也造成了小说中"斗地主"的叙事难题。从第十二章村干部的"分歧"算起,直到县宣传部长章品出现的第四十一章,斗争钱文贵始终无法在村干部乃至土改小组内部形成共识。有学者认为,"《太阳照在桑干河上》里的'斗争地主'场景实际上一直在被延宕,而延宕的过程恰恰是农民成长的展示"。① 突出农民的成长是小说的一个叙事重点及特色,它揭示了阶级斗争的复杂性,且能为最后的"斗争地主"蓄势。从情节来看,最能体现农民成长的是两件事,一件是分十一家地主家的果树:

> 大伙儿都下了水,人人有份,就没有什么顾忌,如今最怕漏掉自己,好处全部给人占了啦!这件事兴奋了全村的穷人,也兴奋了赵德禄张裕民几个人,他们满意着他们的坚持,满意着自己在群众中增长起来的威信,村上人说他们办法好咧。他们很自然的希望着这末顺利下去吧,这总算个好兆头。他们不希望再有什么太复杂、太麻烦的事。②

---

① 刘卓:《光明的尾巴?——试以〈太阳照在桑干河上〉谈土改小说如何处理"变"》,《现代中文学刊》2014年第6期。
② 丁玲:《太阳照在桑干河上》,《丁玲全集》第2卷,人民文学出版社2001年版,第194页。

另一件是分江世荣的财产：

> 像张裕民他们，也觉得出乎意料，过去虽然有过斗争大会，但那总不像今天这样的无秩序，那是在一呼百应的情况下完成的，而今天却是乱嚷嚷，干部常常是在群众调动之下办事，连文采也只得依从大家，要不立即去贴封条，说不定不等命令就动手了。①

从引文来看，这两次运动的动员规模都超过了前面的几次清算，除了少数地主富农外，村民们几乎都发动起来了，他们争先恐后地分果子，甚至在分江世荣财产的时候，走在了干部的前面。村干部为大家积极热情的自发行为所惊讶和满意，进而开始展望光明的未来。那么，按照这个趋势土改是否像村干部想的那样可以"顺利下去"？紧接着村里发生的一次冲突，给前面的"胜利"蒙上了一层阴影。事情要从土改之前的"讹地"风波说起，治安员张正典听了钱文贵的挑唆，想要通过劫水来讹诈刘满的一亩半水地，刘满"受气不过，就找村干部交涉"，由于村干部听信了张正典的一面之词，认为刘满是"硬要换地"，后来他又因为和张正典打架，被停了党籍。刘满知道张正典是借了钱文贵的"势"，让他吃了"哑巴亏"，眼看地里的高粱因为缺水长不好，就一直怀恨在心。这次土改分果子，眼看钱文贵的果树园没有被统制，刘满就开始指桑骂槐地骂村干部做了人家的"狗尾巴"，"治安员给治到汉奸窝里去了"，等等，村里人"谁也不敢附和他，却有些人暗暗鼓励他"。张正典为此和刘满动了手，还想利用治安员的身份捆了刘满，没想到其他村干部对此事态度冷淡，因为此时他们自身的处境也陷入了困顿。刘满和张正典的这次冲突表面上只是个人之间的恩怨，本质上却不仅揭示了农民群体与钱文贵等"旧势力"的矛盾不可调和，而且也宣告了村干部

---

① 丁玲：《太阳照在桑干河上》，《丁玲全集》第 2 卷，人民文学出版社 2001 年版，第 207 页。

幻想通过悬置"斗恶霸"难题来"闹土改"的失败，"恶霸"不除老百姓就不能真正信任村干部。

现在再来"回溯"分果子和分江世荣财产的叙事片段，就不免读出了些许"反讽"意味。分果子时，村干部为了规避困难减少矛盾，没有把钱文贵的果园统制起来，村民们都只顾着瓜分胜利果实，害怕"好处全被别人占了"。分江世荣家财时，村民们也都热情高涨，劲头很足，甚至曾与江世荣勾结破坏土改的女巫白银儿也打算"分一杯羹"。如此看来，促进农民动员起来斗争的除了被唤醒的阶级意识，更是混杂着对财产的私人占有欲，而后者使得农民群体的斗争力量变得不那么纯粹而易于涣散。文本中，叙事者更是直接参与进来，用讽刺的口吻来写文采"沾沾自满于"对江世荣的胜利，"他并不懂得，这只是激动了群众的情绪，这还不能说，群众已完全觉悟，形成了一个运动"。小说中的文采一直被当作"小丑"来塑造，这次斗江世荣的行动他确实有不可推卸的失察之罪，但对当时"胜利"沾沾自满的又岂止他一个人。而随着张正典与刘满冲突事件的发生，"清算江世荣的火"随时熄灭，而"曾经使人多么兴奋和欣悦的对果子的统制和发卖，现在却陡的失去了兴致。"为什么会这样？刘满被塑造成了"皇帝的新装"寓言中的"小孩"，只有他敢于公开直面斗争钱文贵问题，谴责村干部对恶霸的包庇。刘满的勇敢行为也让一些村民认识到了只顾"分财产"的浅薄，他们从"分果子"的兴奋和对村干部的由衷赞美中"醒悟"过来，静静地等待事情的处理结果。但村干部并不十分了解群众的心理，又对斗争钱文贵的问题顾虑重重，因而土改再次进入僵持阶段。

三、边"下乡"边创作：叙事困境的"政策性解决"

1946年5月，丁玲的《桑干河上》在大约写到第40章时遇到了困难，不知道该如何写下去。① 从小说情节来看，此时的钱文贵暗中破坏、步步为营，而反观"我方阵营"内部也因"诓地"风波而阵脚大乱、矛盾重重，村民的愚懦自私、村干部的犹疑不决和土改小组成员不团结等问题缠绕扭结在一起，工作陷入停滞。从当时丁玲的写作经历来看，她是在"边土改边写作"的状态下进行的，接下来的土改工作将如何开展，就不仅是文本内在的叙事难题，而且勾连着文本之外的土改现实及作者丁玲的现实体认。1947 年 5 月，丁玲搁笔前往冀中参加土改复查工作，她希望这次经历对接下来的创作提供帮助。出发前夕，他在给陈明的信中写道："这次决定去冀中搞土地改革是有意义的，尤其对我的未完成之作。……我去搞土地改革的中心是了解熟悉走群众路线的干部作用。这是我文章中最需要的。"② 由此可见，丁玲已经在心中提前设定了接下来问题的解决方案，即发挥"群众路线的干部作用"，而此次参加复查就能有针对性地补充这方面的写作材料。

丁玲将 1947 年 5 月 15 日到 29 日半月之久的冀中土改之行写进了日记，取名《东行日记》。从日记内容来看，她这次只能算是走马观花式的"巡查"，并没有亲身参加实际的基层土改工作。后来她回忆说："我明白这段生活对我全是有用的，但写这本小书能用的实际材料却不多。"③ 在这次冀中之行中，丁玲印象最深刻的是土改复查中出现的严重"左"倾，她在 5 月 16 日的日记中写道："区委报告了一般的情形，县区干部还没有很好明白群众路线的精神，而村子上一下子就干起来了。群众中的积极分子推开了落后的村干部。杀人、打死人之风很盛行。"④ 又在 5 月 27 日的日记写道："据云，刘（刘少奇——引者）说路西土改

① 王增如、李向东：《丁玲传》（上），中国大百科全书出版社 2015 年版，第 369-370 页。
② 丁玲：《致陈明》，《丁玲全集》第 11 卷，人民文学出版社 2001 年版，第 36 页。
③ 丁玲：《写在前面——〈太阳照在桑干河上〉前言》，《丁玲研究资料》，袁良骏编，知识产权出版社 2011 年版，第 103 页。
④ 丁玲：《东行日记》，《丁玲全集》第 11 卷，人民文学出版社 2001 年版，第 331 页。

有严重的左的错误。"①这些土改中新出现的严重"偏差"当然不宜直接作为材料写进作品中，但却有利于丁玲及时把握土改政策的最新动向，而这又关涉着《桑干河上》文本中"斗地主"叙事难题的解决。

1946年秋冬，中共各解放区党委在总结土改工作时都发现了还存在各种问题，进而提出了土改复查的要求。相对于1946年春季颁布的《五四指示》，土改复查具有鲜明的"激进化"色彩。1947年4月6日，晋察冀中央局要求各区各地"继续大胆放手，全面贯彻土地改革，深入复查，进一步满足无地少地农民的要求"。② 1947年5月5日，冀晋行政公署颁发了《关于彻底实现耕者有其田进一步进行土地复查的指示》，尤其注意的是，该《指示》提出要"对地主恶霸豪绅，应发动群众进行彻底的清算斗争，斗争越彻底越好。"同时，"对地主成份的抗、干、烈属应同样进行复查清算"，以及对胜利果实，"抗干烈属不能分得太多"，等等。③ 这表明了冀晋地区对"地主恶霸豪绅"进行彻底斗争的态度，弱化或否定了《五四指示》以来对中小地主及抗干烈属等群体的照顾政策。丁玲在5月17日的日记中就记录了曲阳县一些小地主及富农身份的干属被斗争的情形，"城工部各地主富农家庭出身的干部，都纷纷致信家中，嘱其坦白"，就连"贫农出身的干部及勤杂人员，亦均去信云可以斗争，有意见可提"。④ 在土改复查的大潮之下，即便是在外做官的中共干部也无法祖护家里人免受斗争，只能写信劝告家人认真坦白其"罪行"，以免受"皮肉之苦"。返回到《桑干河上》文本，到了土改复查阶段，钱文贵"抗属"身份的"免死金牌"实际上已经失效了。此外，为

---

① 丁玲：《东行日记》，《丁玲全集》第11卷，人民文学出版社2001年版，第335页。

② 中国土地改革编辑部等：《中国土地改革史料选编》，国防大学出版社1988年版，第353页。

③ 河北省档案馆编：《冀晋行政公署关于彻底实现耕者有其田进一步进行土地复查的指示》，《河北土地改革档案史料选编》，河北人民出版社1990年版，第180页。

④ 丁玲：《东行日记》，《丁玲全集》第11卷，人民文学出版社2001年版，第332页。

了更彻底地斗争地主，各解放区已将解决村干部问题作为土改复查的重要内容。冀中区党委在总结《五四指示》的执行情况时，曾列举了地主破坏土改的种种手段，其中就包括利用美人计、财产来拉拢收买村干部，"操纵一二个干部挑拨干部不团结"。① 在复查中，许多干部因此受到批评教育、撤职或开除党籍等处罚。而《桑干河上》中的张正典就是被地主拉拢和操纵的村干部中的典型。

1947年5月底，丁玲返回阜平抬头湾继续进行未完成的创作。同年6月6日，她在给儿子蒋祖林的信中提到，"我到冀中跑了一圈，现在又回到抬头湾了。这一月中土地复查的变动很大，我为着文章不得不又赶着回来"。② 可见，她在冀中土改期间一面亲身感受着土改政策发生的重大变化，一面时刻在心中装着那部未完成的小说。当她返回创作重新面对"斗地主"的叙事难题时，她创造出了一个推动情节发展的关键人物——章品。虽然丁玲曾回忆说，章品的小说人物原型是桑干河护地队的一个领导人，但当时关于这位原型的具体事迹我们已不得而知。而从小说的创作实绩来看，章品可算是丁玲冀中土改之行的一个重要收获。丁玲曾在《东行日记》中记录了一次地方干部会议，会上各地总结了执行土改政策时的一些问题和经验，其中一条便是："县区干部仍不能掌握复查精神，县长说：'有好的干部领导的村，工作就做得好。'他很怕没有多大能力的人，无法掌握群众，闹出事来。"③根据这条经验，掌握复查精神的有能力的县区干部是推进乡村土改工作的关键所在。显然，丁玲在小说中吸收了这条经验，在之前的暖水屯，区上派来的干部无论是文采、杨亮、胡立功，甚至是区工委的老董，他们都各有各的缺点和想法，无法统一各方力量推动土改政策贯彻落实。在此情况下，

---

① 《冀中区党委关于执行中央五四指示的基本总结》，《晋察冀解放区历史文献选编(1945—1949)》，中央档案馆等编，中国档案出版社1998年版，第381页。

② 丁玲：《致蒋祖林》，《丁玲全集》第11卷，人民文学出版社2001年版，第37页。

③ 丁玲：《东行日记》，《丁玲全集》第11卷，人民文学出版社2001年版，第331页。

"打桑干河涉水而来"的县宣传部长章品，仿佛是个从天而降的英雄出现在暖水屯老百姓面前。

章品是推动故事情节发展的关键性人物，他的出现使得暖水屯新旧势力的对抗出现了实质性的逆转，小说的叙事节奏相比之前有了明显的加快。实际上，章品能够坚决而快速解决问题的关键在于，他熟悉掌握着新的土改复查政策，换言之，他是复查精神的忠实传达者和有力推行者。小说在介绍他时写道，土改中有人主张给"开明地主"多留一些地，他就坚决不同意，认为顶多留个"上贫农"标准，土地改革就只有一条，满足无地少地的农民，使农民彻底翻身。对于富农，他主张不仅要拿地，而且要拿好地。在暖水屯，章品依然保持着"明快"的工作作风，一进村他通过走"群众路线"掌握了村子里的土改现状，并很快锁定了斗争对象。他解释说："像这种新解放区，老百姓最恨的是恶霸汉奸狗腿，还不能一时对这种剥削有更深的认识，也看不出他们是一个阶级，他们在压迫老百姓上是一伙人，哪怕有时他们彼此也有争闹。所以第一步还是要拔尖，接着就得搞这些人。"①章品的这段话显示了此次土改彻底"斗地主"的决心，一方面，对钱文贵这类老百姓最恨的"恶霸汉奸狗腿"进行毫无妥协的斗争，即所谓的"拔尖"。另一方面，也不能放松对另"一伙人"的斗争，这"一伙人"既包括了逃跑地主李子俊的老婆和他的兄弟李英俊，也包括了之前与江世荣有"勾搭"的女巫白银儿。换句话说，地主家属及与斗争对象有关联的人也很可能被归入"恶霸汉奸狗腿"一类里，这样一来，斗争对象的范围大大地扩展了。而这种斗争的彻底性是《五四指示》的初期土改所不能包括的，恰恰体现了复查阶段的激进化与彻底性的特点。

土改复查以来，村干部中斗争不积极，与地主有拉拢的、腐化的异己分子都成为各解放区的重点教育与改造对象。在小说中，章品认为闹土改如果"撇开了干部，不进行干部教育在这个村子上是不合适的"。

① 丁玲：《太阳照在桑干河上》，《丁玲全集》第2卷，人民文学出版社2001年版，第234-235页。

为此，他将当晚原计划的农会改为党员干部大会。在大会上，几个主要的村干部打通了思想，张裕民带头对自己的"变天思想"进行自我检讨，程仁开始对自己的不坚决不勇敢感到羞愧难当。值得一提的是，"坏干部"张正典被控制扣押起来。张正典本也是穷苦出身，早在土改之前就加入了共产党，因为他能吃苦敢说话，表现积极，遂被推选为治安员。自从暖水屯解放以后，他便更得了势。后来他经受不住钱文贵女儿"美色"的诱惑，又贪恋丰厚的陪嫁，便做了钱文贵的女婿。土改时，逐渐腐化了的张正典不但希望通过土改多获得一些私利，还仗势欺压贫农刘满想讹了他的地。复查阶段，许多像张正典这样的村干部因为思想不纯、与地主有勾结等受到严厉整治。

在章品的主持领导下，恶霸钱文贵被民兵扣押起来，这件事着实激动了全体老百姓的心。有些人说："昨天县里的老章下来了，别看人长得嫩，到底是拿枪杆出身，在咱们地区混了不少时候，经过场面。办这些事，文绉绉就不行。""文绉绉就不行"显然暗讽的是区土改小组长文采，甚至是所有"知识分子气"的土改干部。面对比自己更年轻更权威更得人心的县干部，文采保守而略显幼稚的斗争路线被彻底否定了。总而言之，章品只用了一天的时间，便廓清了存在于村干部、群众和土改小组之间的问题和矛盾，并将他们的力量统合起来形成了斗争恶霸钱文贵的合力。

丁玲后来回忆说："只写章品出场一节，就花费了一个多礼拜，在院子里走来走去，因为他是作为一个优秀的共产党员出现的。在写作过程中，常常发生一些苦恼，有时把自己脑子里和箱子里的'材料堆'都翻光了，也凑不上来，因为自己还不够熟悉。"①虽然丁玲在写"章品出场"上颇费了一番心力，但效果也是可观的。可以说，通过塑造章品这一形象，丁玲的土改书写与现实土改实现了衔接，并通过复查精神的"道成肉身"解决了困扰自己已久的"斗恶霸"难题。当然，这种"政策

———————

①　丁玲：《关于自己的创作过程》，转引自李向东、王增如：《丁玲传》，中国大百科出版社 2015 年版，第 371 页。

性"解决问题的方式也有其内在弊端。其一，对章品"优秀共产党"形象的"定性"刻画，使得人物形象过于公式化、概念化、扁平化。从情节来看，只用了差不多一天的时间就理清了暖水屯沉积已久的枝枝蔓蔓的问题，也缺乏生活的真实性。当然，极有可能是丁玲对此次土改的体验不深、材料不足所致，再加上赶稿的时间紧迫，部分小说情节只能勉强靠"凑"出来。其二，此次"斗恶霸"依赖的是"强力"县干部自上而下的组织领导，其背后依据的是土改复查的政策逻辑，但村干部和群众的主体光芒却遭到了遮蔽，这违背了"群众路线"的工作方法。或许正是为了缓解这一矛盾，丁玲才在"决战"前夕安排了章品的"离开"，将斗争恶霸的权力重新交到群众手中。

四、现实境况与政治远景："旧势力"倾覆下的"中国之变"

在经过了前面一切的描写、铺垫以后，斗争钱文贵部分达成了小说叙事的最高潮。与之前的几次斗争不同，这次斗争大会最大限度地动员了各家各户，甚至是各个阶级的人群。除了农会会员之外，人群中，有穿戴整齐，表情"慎重"的人；有"戴绅士帽"的买卖人；有涂脂搽粉、"扭扭捏捏"躲在后面的女人；还有深居简出、行动不便的穷老头老婆。村干部原先准备的农会，由于非农会会员的大量涌入，被迫改成了群众大会。这一细节描写用以表明，斗争钱文贵才真正践行了土改的统一战线精神，即"保持农村中百分之九十以上人口和我党一道"①反对封建旧势力。暖水屯几乎所有人都受过钱文贵的欺压，当他头戴"封建势力"的高帽被押解到台上时：

> 人们只有一个感情——报复！他们要报仇！他们要泄恨，从祖宗起就被压迫的苦痛，这几千年来的深仇大恨，他们把所有的怨苦

---

①　中央档案馆编：《中共中央关于土地问题的指示》，《解放战争时期土地改革文件选编(1945—1949年)》，中共中央党校出版社1981年版，第5页。

都集中到他一个人身上了。他们恨不能吃了他。①

　　显然，这段文字中的"人们"并不单指文本中暖水屯的农民，也涵括了千百年来中国所有受奴役、受压迫的人们。同理，斗争对象钱文贵也就成了中国历史上所有压迫者的代表，文中的"他们把所有的怨苦都集中到他一个人身上了"分明是作者自己的声音。当然，丁玲写作这部小说的初衷，也不是单为了展现某一地方乡村的阶级斗争历程。她在写作之前已有"明确的思想"，就是"写一部关于中国变化的小说"，而中国变化的重要方面是农村及农民的变化，如果作品反映了这些变化将是"一件很有意义的事情"。② 如此说来，正在参加土改的丁玲，已敏锐预言了土改势必将在中国农村引发一系列前所未有之变革，而这部小说将记录这项改变中国命运的伟大运动。遗憾的是，寄托作者宏愿的这部《桑干河上》却是一部未竟之作。原来，小说原计划写"斗争""分田""参军"三个阶段，但在现实书写过程中，《中国土地法大纲》的发布和平分土地的新任务使她不得不有所调整，事实上她只完成了原计划的第一阶段——"斗争"。③ 由此推之，如果说土改是改变农村、农民，乃至改变中国的大事，那么，"斗争"则是土改运动的开端。

　　从叙事主线来看，小说呈现了农民群体与"旧势力"彼此争斗较量的历程，而以斗倒钱文贵作为"斗争"成功的标志。那么，钱文贵，一个地不多的"恶霸"，何以成为斗争对象的"典型"？同时，关于暖水屯的个别的土改故事，又何以成为具有现实指导性的典范阶级斗争叙事？

　　在《桑干河上》的"斗争对象"选择上，丁玲的"自信"主要来自她对个人出身、生活经验及"下乡"经历的切身体认。1954 年，她在谈及《桑

---

　　① 丁玲：《太阳照在桑干河上》，《丁玲全集》第 2 卷，人民文学出版社 2001 年版，第 271 页。

　　② 丁玲：《生活、思想与人物——在电影剧作讲习会上的讲话》，《丁玲研究资料》，袁良骏编，知识产权出版社 2011 年版，第 141 页。

　　③ 丁玲：《序〈桑干河上〉》，《丁玲全集》第 9 卷，河北人民出版社 2001 年版，第 45-46 页。

干河上》的创作经验时提到："因为我的家庭就是一个地主，我接触的地主也很多，在我的经验中，知道最普遍存在的地主，是在政治上统治一个村"，包括工作过的"几个村"，"和华北这一带的地主，也多是这类情况。"①这段话里的关键点并不是中心词"地主"——一个土改小说中必须有的角色，而是其前面的定语"政治上统治"。对于"政治上统治"，其意涵溢出了阶级理论对"地主"在一般意义上的解释，前者侧重于表达对农民的人身压迫与控制，后者首先指向的是生产资料的大规模私有，即所谓经济上的"剥削"。在小说中，丁玲特别强调这二者的区分，"政治上统治"对应的是"势"，是恶霸，是压得百姓抬不起头的钱文贵②；经济上的"剥削"对应的是"物"，是地主，是全暖水屯地最多的李子俊。为了彰明这种区分，作者在预设人物时还特地弱化了双方另一方面的属性，例如钱文贵的势大但他家的人均地亩只有中农水平，而李子俊虽然地多却是个胆小的窝囊废。在小说情节演进中，这种区分，是在根深蒂固的"分地"思想与眼下急切的"斗恶霸"思想的反复博弈之中呈现出来的。张裕民被塑造为"正确"思想路线的持守者，土改消息一到来，他就认准解决土地问题的关键是如何将"旧势力"打垮。虽然一再遭受挫折，但他很清楚，"老百姓希望得到土地，却不敢出头。他们的顾忌很多，要是不把旧势力打倒，谁也不会积极"。除了张裕民，土改队员杨亮也是作者所倾心塑造的一个角色，他认为，"像李子俊那样的封建地主，应该被清算的，而且应该很彻底，农民还没有阶级觉悟以前，他们不清楚恶霸地主的相互关系，他们恨恶霸比恨地主更甚，如果不先打倒这种人，他们便不敢起来"。③杨亮的话与后来章品所说的，"老百姓最恨的是恶霸汉奸狗腿"，"他们是一个阶级"，形成了一种呼

---

① 丁玲：《关于〈太阳照在桑干河上〉的写作》，《人民日报》2004年10月9日。

② 我们注意到，在《桑干河上》中，钱文贵作为头号阶级敌人，文中指称他时常常用"恶霸""旧势力""封建势力"等词，而几乎不用"地主"名之。

③ 丁玲：《太阳照在桑干河上》，《丁玲全集》第2卷，人民文学出版社2001年版，第178页。

应。由此而知，只有分清恶霸与地主的关系，先集中大家力量对付恶霸，解除"旧势力"的压迫，土改的局面才能真正打开。严格来说，土改小说中我们所熟谙的"斗地主"叙事在《桑干河上》中已被置换为"斗恶霸"叙事。

表面来看，占据主体的"斗恶霸"叙事背离了典范的阶级斗争叙事，但在某种程度上却暗合了作者所无法言明的土改现实境况。土改初期，在华北乃至整个北方的农村，大地主并不多见，而有的村子甚至没有地主。在土改实践中，如果仅以"分地"为标准便无法"激发农民对整个地主阶级的仇恨"，"而在没有地主的村庄中，干部把反恶霸的运动作为动员农民支持的起点"。① 值得注意的是，《桑干河上》中，除了重点讲述暖水屯，还侧面提到了一个没有地主的村庄的土改斗争。这一段情节几乎被研究者忽视了。小说中，这个村庄是由区工会主任老董负责的，一个叫里峪的小村子，总共只有五十来户，没有地主，只有几户富农，可分的土地又实在太少。最后经过多次讨论，斗争了一个叫"杨万兴"的富农，四十九家斗一家，理由是他是个"坏家伙"。至于这个"坏家伙"如何"坏"，小说并没有另外加以交代。这样的评判及定位看似相当随意，却可能在实践中成为土改动员的有效突破口，甚至比分得"二亩地"更能点燃大家的斗争热情。秦晖在对关中农村的研究时也发现，"整个关中在土改时都有'冷分地、热反霸'的特点。农民对分地多不感兴趣（因为没有多少可分之地），但对'恶霸'则恨之入骨"。在关中，"有产者（生产资料，主要指土地）与无产者的对比模糊，而有权（身份性特权与政治权力）者与无权者的对立突出"。② 这便是著名的"关中无地主"与"关中有封建"之说的由来。可以说，通过这种"斗恶霸"的置换，文本逻辑与现实逻辑再一次实现了对接。

---

① ［美］胡素珊：《中国的内战：1945—1949 年的政治斗争》，王海良译，中国青年出版社 1997 年版，第 302 页。

② 秦晖：《封建社会的"关中模式"——土改前关中农村经济研析》，杨念群编：《空间·记忆·社会转型——"新社会史"研究论文精选集》，第 297 页、第 299 页。

将丁玲所谓的"政治上统治"与"中国之变"结合起来，可以推知，她所关注的不会只是乡村土改本身的斗争策略及现实境况，而是藉由土改叙事表达了彻底改造乡村社会，以及重构中国基层政权的政治愿景。

土改以前，中国乡村的政治空间已经走向全面恶化的边缘。在传统中国乡村社会，"皇权不下县"，乡绅是远离于中央的地方特权阶层，"他们是唯一能合法地代表当地社群与官吏共商地方事务参与政治过程的集团"。① 一方面，"国家默许乡绅对乡村某种形式上的实际控制"②，乡绅承认并维护国家的权威，保障国家权力的行使。另一方面，乡绅毕竟居于乡村，不是在职官员，为了个人及家族利益，他们也常常扮演地方保护者的角色，通过"一切社会关系"，"把压力透到上层"③，对政府权力进行一定的限制。可以说，乡绅的存在促进了国家政权与地方自治之间的动态平衡，稳定了乡村社会的政治秩序。然而，这一情况在近代以来随着国家权力不断下移的进程而发生了根本性变化。美国学者杜赞奇认为，20世纪前半期，区别于之前时代的一个特征在于，"国家竭尽全力，企图加深并加强其对乡村社会的控制"。④ 先是，20世纪初，清政府为挽救危局，强化地方控制，实行一系列的现代化改革，其中对乡绅阶层"命运"影响最大的无疑是科举制的废除。传统的士绅阶层主要由拥有科举功名的生员和非在职的官员组成。参加科举考试是获得士绅身份最主要和最常见的途径。1905年，清政府废除延续了一千多年的取士制度，这不仅隔断了许多传统读书人的仕进之路，而且也破坏了士绅阶层正常的继替常规。在此之后，出于前途的考虑，再加上乡村秩序的混乱、近代都市的崛起等综合因素作用下，一大部分能力强的且目

---

① 瞿同祖：《清代地方政府》，法律出版社2003年版，第283页。

② 张鸣：《乡村社会权力与文化结构的变迁（1903—1953）》，广西人民出版社2001年版，第39页。

③ 费孝通：《乡土中国·生育制度·乡土重建》，商务印书馆2011年版，383页。

④ ［美］杜赞奇：《文化、权力与国家——1990—1942年的华北农村》，王福明译，江苏人民出版社1995年版，"前言"第1页。

光长远的乡村精英开始离开乡村，去往大城市寻找新的出路。他们有的去经商，有的去参军，有的去接受新式教育从事报刊、文化、教师、秘书等各种各样的新式职业。这样一来，"原来应该继承绅士地位的人纷纷离去，结果便只好听滥竽者充数，绅士的人选品质自必随之降低，昔日的神圣威望乃日渐动摇"。① 一些品行较差、能力不强、颟顸自负的"社会渣滓"趁机填补了精英离开后留下的权力真空，在此背景下，作为"一乡之望"的乡绅阶层出现了"劣化"倾向，形成了所谓的"土豪劣绅"——"封建制度的社会崩溃分化出来的一种光怪陆离人物"②。长期盘踞于地方的"土豪劣绅"成为现代政党及其组织向乡村渗透、延伸的政治障碍。

在土改以前，"旧政权"的"国家政权建设"运动非但没有消灭地方固有势力，甚至助长了他们的"合法伤害权"。20 世纪 20 年代中期以来，国共两党在国民革命时期曾就铲除"土豪劣绅"地方势力等方面有过短暂合作。对于共产党而言，"在农村里有一个是资产阶级，一个是无产阶级，绅士阶级便是代表资产阶级的利益的乡村政府"。③ 从阶级角度出发，中共必然要将人口占绝大多数的农民作为革命"同盟军"，而将少数作为统治阶级的劣绅土豪作为斗争对象。对于国民党而言，除了强化政权建设，试图扩大对基层地方的控制之外，还有与中共争夺社会资源的意图。在两党的政策引导和鼓动下，国内农民运动高涨，关于"打倒土豪劣绅"的话语口号在大小报刊中急遽增加。随着运动的顺利开展，土豪劣绅在政治、经济和文化方面都遭受重创。令人遗憾的是，"大革命"其兴亦遽其亡亦速。蒋介石"清党"以后，国共合作"打倒土豪劣绅"的运动惨遭夭折。20 世纪 30 年代中期，南京国民政府放弃了"乡村自治"政策，在全国各地普遍推行保甲制。十户为一甲，十甲为一

① 史靖：《绅权的继替》，《皇权与绅权》，《民国丛书》第三编第 14 册，上海书店 1991 年版，第 171 页。
② 方汉斌：《劣绅土豪与农民》，《广西农民》1927 年第 2-3 期。
③ 克明：《绅士问题的分析》，《中国农民》（广州）1926 年第 10 期。

保，"保甲制度是把自上而下的政治轨道筑到每家的门前"①。这一制
度的设置初衷是为了强化对乡村社会的控制，防范共产党在地方的发
展，但在实际执行过程中，选择"依靠那些蜕变了地方精英进行统
治"②，结果壮大了这些压迫百姓的"旧势力"。担任地方保甲长的往往
品德不高，中饱私囊者大有人在，优秀贤达人士退避三舍。③ 1948 年，
费孝通发文称，保甲制的推行，致使乡绅丧失了代表地方利益的社会功
能，"唯一的自下而上的轨道就淤塞了"，"在政治结构上破坏了传统的
专制安全瓣，把基层的社会逼上了政治死角"。④ 总而言之，从清末新
政到国民党的保甲制，统治者抱着极端功利主义的目的改造乡村社会，
不但没有实现预期的政治目标，反而使得基层政治社会面临崩溃。

从基层政权变迁的角度来看，《桑干河上》中的江世荣、钱文贵等
就是近代以来基层政治社会崩溃下的产物。江世荣是保甲制下的"余
孽"，他借助甲长的身份压榨百姓，而且能够在多种势力之间斡旋，为
自己捞取大量钱财。而钱文贵更是长时间以来，成为村里权势最大的一
个，他时常与"反动政权"保持着千丝万缕的联系，"同保长们都有来
往，称兄道弟。后来连县里的人他也认识。等到日本人来了，他又跟上
层有关系"。⑤ 日本人走后，又盼着"中央军"早日执政，以延续自己对

---

① 费孝通：《乡土中国·生育制度·乡土重建》，商务印书馆 2011 年版，第
385 页。

② 张鸣：《乡村社会权力与文化结构的变迁(1903—1953)》，广西人民出版
社 2001 年版，第 122 页。

③ 国民党内政部称，"近年(1936 年——引者)以来，乡村优秀分子多集中都
市，其比较公正之士绅，复相率规避，不肯承冲，因之一般保甲长程度每苦低下，
人品亦至为不高。"(内政部：《保甲统计》，《战时内务行政应用统计专刊之二》
(1938 年)，第 8 页。)转引自王先明：《乡绅权势消退的历史轨迹——20 世纪前期
的制度变迁、革命话语与乡绅权力》，《南开学报》(哲学社会科学版)2009 年第 1
期。

④ 费孝通：《乡土中国·生育制度·乡土重建》，商务印书馆 2011 年版，第
386 页。

⑤ 丁玲：《太阳照在桑干河上》，《丁玲全集》第 2 卷，人民文学出版社 2001
年版，第 12 页。

村政的实际操控。他隐藏很深，是"嵌入"到乡土社会里的，被称为"唱傀儡戏的提线的人"。总之，江世荣、钱文贵这些仗势欺人、为害乡里的人物，是不可能为中共新政权所容纳的。海外学者胡苏珊认为："土地革命的基本环节就是推翻现存的农村精英阶层。至于这个阶层是否真的封建，是否由每个村庄的地主组成，这些都不是问题。关键在于这场斗争运动通过斗倒许多斗争对象，摧毁了统治阶层的政治与经济垄断，这是创建一个新的农村权力机构的必要步骤。"①因而，从更深层次讲，土改就不仅是"分地"，实现"耕者有其田"，也是运用阶级斗争的方式清除"旧势力"，清除这些旧政权的"神经末梢"和统治基础。中共从建立地方基层政权开始，就采用了与过去"旧政权"不一样的政治管理模式。近代以来的专制政体运用强制性手段对乡村社会进行统制，由于不是出自农民内在需要，乡村本身是被动和消极的，基层行政不可避免变得僵化，乡里政治空间趋于恶化。与此相反，中共则紧紧依靠广大农民，立足于满足农民的需求，激发农民斗争生产的热情，提升农民的阶级主体意识。小说《桑干河上》就在阶级斗争叙事之外，展现了一个"新中国"基层政治的美好开端。从"马车进村"到成功斗倒恶霸钱文贵，农民们走出了胆怯愚懦的心理阴影，走出了"分地"的自私思想，走出了不问世事的私人领域，进入了公共领域，实现了在阶级框架之内人人参与、群策群力的政治理想。

第二节　解放区小说中"村干部"的文学形象

1946年5月4日，中共中央发布《关于清算减租及土地问题的指示》（简称《五四指示》），决定将抗日时期实行的减租减息政策，改为没收地主土地分配给农民的政策。此后，各解放区正式开展土地复查及土

---

①　[美]胡素珊：《中国的内战：1945—1949年的政治斗争》，王海良译，中国青年出版社1997年版，第360页。

地改革运动。丁玲、周立波、赵树理、孙犁等一大批解放区作家受党中央号召,作为土改工作者深入广大农村指导土改工作。他们不但是这场土改运动的参与者和见证者,而且是它的历史记录者和叙述者,创作了迄今为止难以超越的土改题材杰作。此时,解放区作家已明确树立了"工农兵文学"的实践意识,他们的土改小说叙事与党的土改政策保持着内在的一致性,肩负着反映现实及指导现实的双重文学使命。在解放区"土改小说"研究中,人们多关注农民"翻身"及土改"下乡干部"的叙事研究,而土改小说中的"乡村干部"叙事却较少关注。乡村干部是党在各个革命历史时期培养起来的农民"党员",既是乡村农民运动的"领头羊"又是党在乡村政治体系中的"代言人"。乡村干部作为从农民中成长起来党的基层干部,因文化及思想水平低、政治素养不够等局限,往往难以摆脱乡村社会传统的影响及束缚,常会把党所授予的"印把子"异化为谋取个人私利的"方便"权力,常会把党的革命方针及路线政策等误读成为"歪经"。在解放区土改时期,就出现村干部"多吃多占"现象,引起广大翻身农民的不满。因此,解放区土改小说的村干部叙事就具有文学象征意义,既反映了村干部作为农民的"领头羊"在土改中的重要作用,又反映了他们身上存在的一些现实问题。大致说来,解放区土改小说塑造了两类村干部形象,一种是自觉以党员标准要求自己而不断超越的成长理想型形象,一种是利用权力不断侵害群众利益的腐化型形象。

一、成长理想型村干部形象

1979年12月,丁玲《太阳照在桑干河上》由人民文学出版社重新出版,此时距这部土改小说的初版时间已达31年之久。在它的重印"前言"中,丁玲依然深情地描述了这部小说创作的过程,其中,特别谈到这部小说中支书张裕民和农会主任程仁两个农民干部形象。她说"我爱这群人,爱这段生活,我要把他们留在纸上,留给读我的书的人",但

"不愿意"把他们写成"了不起的人"即社会英雄①。丁玲这番由衷之言或别有一层深意,仿佛表达了对文本之外另一个权威主体"先验"要求的不满。如果说这种带有无奈感的"不愿意"暗含了创作主体与权威主体之间的矛盾,那么,"他们可以逐渐成为了不起的人"就蕴涵了丁玲对乡村干部的自我认识,其潜台词就是乡村干部身上存在着一些必须克服的缺点。在这种意义上,丁玲在《桑干河上》中摸索到了叙述乡村干部的文学方式,这种方式事实上成为大多数土改文学作品的叙事方式。

社会学家艾森斯塔德说,农民"通常是最为消极、最无精致目标、最少组织性的阶层",他们很少在政治上表现积极。② 作为生长及生存在乡村的农民干部,他们在政治"成熟"前也与其他农民一样深受传统社会中"旧伦理""旧道德""旧习气"的影响,其思想尚带有着"旧社会"的"污血"。《桑干河上》中暖水屯"第一个党员"张裕民就满身带着流氓习气;而农会主任程仁在土改斗争过程中,也常顾及与钱文贵侄女黑妮的关系而不想直接斗争恶霸钱文贵,生怕自己因此把黑妮得罪了。阮章竞叙事诗《圈套:俚歌故事》③中,农会主席李万开既碍于母亲的"强烈要求"为地主"开了后门",又因为"革命意志"不坚定中了地主提前设好的"圈套"。孙犁中篇《村歌》里的双眉是土改复查中新当选的妇女队长,她敢说敢做、斗争积极,却不经意犯了"过去的毛病"——官僚主义和强迫命令工作作风,天天提着"粗粗的青秫秸"指挥和命令大家工作。马加的《江山村十日》④是一部反映《中国土地法大纲》颁布以后东北解放区土改情形的长篇小说。小说中的武委委员李大嘴,好吃懒做又"好要钱",自私自利,工作作风"粗暴",曾因为输钱"赌气"放走了"海蜊马"险造成人命事故。总之,乡村干部身上存在的这些旧伦理、旧道

---

① 丁玲:《〈太阳照在桑干河上〉重印前言》,《丁玲研究资料》,袁良骏编,天津人民出版社1982年版,第165页。

② [以]S. N. 艾森斯塔德:《帝国的政治体系》,阎步克译,贵州人民出版社1992年版,第211页。

③ 参见阮章竞:《圈套:俚歌故事》,文艺杂志(太行)1947年第3卷第1期。

④ 参见马加:《江山村十日》,东北书店(长春)1949年5月版。

德、旧习气等，势必影响到土改运动的顺利进行，也将是他们成为合格乡村干部的障碍。

乡村干部的精神成长就是不断克服其"旧灵魂"的自我超越历程，以达到党对农民党员和农村干部的政治要求。土改小说叙事中经常出现村干部参加政治学习的情景："张裕民和程仁曾经到区上拿回了一本石印的小书。这是县委宣传部印发的。他们两人都识字不多，到了夜晚便找了李昌来，三个人挤在一个麻油灯底下逐行逐行的念着。李昌还把一些重要的抄在他的小本子上。"①这种学习虽是为了弄明白、弄清楚党的土改政策及方针路线，但也象征着乡村出身的贫农干部走向政治成熟的途径，即通过自觉、认真学习党的革命理论及政策路线，才能成长为党在农村社会"合格"的代言人及农民的带路人。乡村干部也经常从"下派干部"那里获得教育及思想提高。在土改小说中，常见到村干部、土改积极分子会向土改干部"屋子"跑的叙事，也常出现土改干部培养土改积极分子、教导村干部的叙事。康濯《我的两家房东》②中，"我"是下乡的机关干部，而我的"旧房东"栓柱是一个青年村干部，他把"我"当成先生，经常跑到"我"屋子里学习"先进"思想，还央求"我"替他买一本小字典因为他苦于自己的识字水平连《晋察冀日报》还看不下"。洪林《莫忘本》③讲村长朱元清自私自利，做工作不讲民主，经过下乡的区指导员老于"启发"才逐渐"觉悟"。此外，乡村干部的土改政策学习使其话语发生鲜明变化，其嘴里的剥削、翻身、革命等话语成为村民既陌生又喜用的"新名词"。这种政治性话语隐含了乡村干部的思想意识向党的期待方向前进。

乡村干部更重要的是要成为农民"翻身"的带头人及组织者。政治理论家阿伦特认为："我们以言说和行动让自己切入人类世界，这种切

---

① 丁玲：《太阳照在桑干河上》，《丁玲全集》第2卷，人民文学出版社2001年版，第42页。

② 参见康濯：《我的两个房东》，周扬主编：《解放区短篇创作选》，华东新华书店总店1949年版。

③ 参见洪林：《莫忘本》，《李秀兰》，浙江新华书店1949年版。

入就像是人的第二次诞生，在其中我们亲自确认和承认了我们最初的身体显现这一赤裸裸的事实。"①在一个表象的政治空间里，个人只有通过言说和行动才能使自我从人群中凸显出来。土改叙事作品中营造的最为壮观的政治空间，恐怕要数成千上万贫苦农民踊跃"诉苦"的场景。在这个仪式化的政治空间中，凡是敢于最先冲上台"清算"甚至打骂地主的都可被视为英雄人物。《江山村十日》里的雇农吴万申在贫雇农大会上最先"挑头"诉说自己从小到大被地主高福彬剥削的苦痛经历，他斗争积极、头脑冷静，被选为农会主任。《桑干河上》叙事中的"决战时刻"，老百姓们面对现已被缚在台上的地主钱文贵时反而都沉默了，此时，"忽然从人丛中跳上去一个汉子"冲到钱文贵面前怒骂并命令他"跪下"，这个汉子就是生着"两条浓眉""一对闪亮的眼睛"的农会主任程仁。孙犁《王香菊》里的贫民姑娘王香菊无论是诉苦大会还是斗争大会都坐在全村妇女的最前面，她带头诉苦、斗争成为妇女中的领袖。香菊原来像大多数农村姑娘一样容易红脸害羞，但是在经历了土改"翻心"以后她也获得了"疾风暴雨的进步"，"她从不敢说话到敢说、敢喊，从好脸红到能说服别人和推动组织。"②孙犁重视塑造"进步"的"翻身"女性形象，除了前面提到的《村歌》里的双眉，《王香菊》里的王香菊，还有《王香菊母亲》里的香菊母亲，《诉苦翻心》里的郭瑞兰和瑞兰母亲，《小陈村访刘法文》里的刘法文，《秋千》③里的大娟等。与一般土改作品的"翻身女性"不同，她们不再是顾虑重重自私自利的"拖油瓶"，也不是甘愿"委身"于男性村干部身后的"帮手"，而是堂堂正正地成为了土改中的主角及英雄。孙犁的创作补全了乡村干部形象的性别版图，隐喻了解放区土改是一次彻底的全面的"翻身运动"。自古以来，世代生

---

① 汉娜·阿伦特：《人的境况》，王寅丽译，上海人民出版社 2017 年版，第 139 页。

② 孙犁：《王香菊》，《农村速写》，《孙犁全集》第 2 卷，人民文学出版社 2004 年版，第 176-177 页。后文提到的《王香菊母亲》《诉苦翻心》《小陈村访刘法文》均创作于 1947 年，皆被收入作品集《农村速写》。

③ 参见孙犁：《秋千》，《人民文学》1950 年 1 月第 1 卷第 5 期。

活在故土之上的中国农民，天然缺乏一种主动行动的革命意识，他们相信"天命""报应"等宿命观、道德观，把政治参与及阶级斗争视作畏途。晋冀鲁豫解放区农民对土改就存在着"八大怕""三十二小怕"等心理①，而解放区土改小说也多描述农民的这些胆怯心态。《江山村十日》里的农民曾担心"中央军"来了"割脑袋"，不敢接受"斗争果实"。束为的《红契》②中，佃户苗其海害怕地主报复，竟然瞒着老婆和村干部将刚赎回的十垧地退还给地主。鲁琪《"龟盖"的故事》③中，在斗倒地主后，农户们因为迷信怕自己"福薄命浅"谁都不敢动地主家"又好又近"的"龟盖地"。因此，解放区土改小说都把村干部塑造成为"勇敢"的英雄人物，以打破乡村民众渴望土改而又不愿"出头"所产生的僵局，从而带领村民开展土改"斗争"及把翻身推进到"彻底"。

　　周立波的《暴风骤雨》④与丁玲的《桑干河上》都获得过斯大林文学奖并代表了解放区土改文学的最高艺术成就，但二者在艺术表达上又略有差异。如果说《桑干河上》塑造的乡村干部尚带有明显缺陷的话，那么，《暴风骤雨》塑造的乡村干部则堪称模范。模范型村干部与一般村干部不同之处，就在于他们身上几乎没有旧社会的"污血"并真诚为民众谋幸福、积极献身党的革命事业。因此，模范村干部为了实现党的期待而必须克服及超越自己安身立命的血缘宗族伦理观念，《暴风骤雨》中塑造的赵玉林、郭全海两位就属于"正派"的土改村干部。赵玉林是受地主压迫及剥削最为沉重而成为元茂屯最穷的农民之一，但他虽为穷人却守着穷人的骨气、庄稼人的本分，既不偷、不劫也未向谁低过头。在斗争地主韩老六后分配"浮财"，他虽被评为一等一级，但作为农会主任的他心想着其他群众而选择了三等三级的东西。郭全海也是如此，

　　① 董志凯：《解放战争时期的土地改革》，北京大学出版社1987年版，第65页。

　　② 参见束为：《红契》，《人民时代》1946年8月1日第2卷第3期。

　　③ 参见鲁琪：《"龟盖"的故事》，《东北日报》1948年9月30日。

　　④ 《暴风骤雨》上卷与下卷分别于1948年4月、1949年5月由东北书店（佳木斯）出版。1952年4月，合并本《暴风骤雨》由人民文学出版社（北京）出版。

他从一个贫困佃农成长农会干部后，工作既精明、认真又大公无私，"分马"时毫不犹豫拿自己分得的好马去换别人家的劣马，"征兵"时又不顾新婚妻子而积极报名参军。如果说"换马"仅是调解乡村内部的利益关系，那么，"参军"则涉及农民与党的革命之间的关系，则要求乡村干部要有革命整体性观而不能局限于农民的"本位主义"。除了《暴风骤雨》之外，白朗的《孙宾和群力屯》①刻画了农会主任孙宾公而忘私不怕牺牲的英雄形象。在土改的"煮夹生饭"阶段，姜恩屯的农会主任孙宾为了群众翻身不怕得罪人，抓捕了"人面兽心"的地主恶霸姜恩和"投机分子"姜文飞(姜恩的儿子)。姜文飞诡计多端，靠拉拢干部"取保出狱"，他唆使一些地痞流氓将孙宾抓捕囚禁，并要求他放了姜恩。孙宾誓死不从，即使被毒打半死也没有服软。后来，在鲁区长和群众的帮助下，孙宾获救。孙宾的遭遇激发了大家对地主的仇恨与愤怒，姜恩父子被迫招供伏法。为了感谢这位土改英雄，群众讨论决定给他双份"斗争果实"，并且将屯名改为"孙宾屯"。孙宾拒绝了群众的好意，他决定"果实""一点不要"，建议把姜恩屯改为"群力屯"。陆地的《好样的人》②写农会主任尹闻学起早贪黑为大家伙谋福利的故事。尹闻学出身贫苦，从小就当长工被地主剥削，后来靠着自学能写会算，村里记公粮账写文书都摊在他身上也从不叫苦。妻子骂他"死心眼"，他反驳妻子是"护己"。他舍小家顾大家的精神得到了群众的一致拥护，在贫雇农干部选举大会上，有人甚至在一张票上写他两个名字。模范性的村干部就不仅是农民中间生长起来的"新人物"，而且成为党的形象、真正的乡村干部形象，并自觉以"无产阶级意识"要求自己、塑造自己。

总体来说，解放区土改文学塑造的成长型乡村干部，都具有"贫农"(出身好)和"阶级观念"(觉悟早)两个重要特征，它们都彰显了党的阶级斗争理论在乡村社会的政治实践。即是说，乡村干部都是接受党的教育和培养而成长起来的农运先进分子，都是党在农民运动中造就的

---

① 参见白朗：《孙宾和群力屯》，《东北文艺》1947 年 9 月 1 日第 2 卷第 3 期。
② 参见陆地：《好样的人》，《好样的人》，群益出版社 1950 年版。

农民党员。土改文学中凡是"正"的村干部几乎毫无例外都是贫农，可以说，这些村干部曾经是乡村社会中最贫穷、最低贱的一群人，但在共产党来了以后，他们受党的教育和培养而成为农民翻身的领头羊，并因此掌握乡村新生政权的"印把子"。这种乡村干部的成长叙事具有双重象征性，既象征着农民革命意识与革命精神生成的社会根源，又象征着党的政治引导是农民实现翻身的必要途径。毛泽东在延安文艺座谈会《讲话》中指出，革命文艺应根据生活创造出各种各样人物来"帮助群众推动历史的发展"[1]。解放区土改文学中所塑造的成长型/模范型乡村干部就是"帮助群众推动历史发展"的文学形象。他们不仅阶级意识觉悟早而走在一般受压迫民众的"前头"，而且觉悟高能够成为与贫苦农民"一心""一气"的群众"主心骨"。

二、"腐化"型的村干部形象

随着土改运动的不断深入，乡村社会的权力秩序被彻底颠倒过来了，地主士绅们被打倒在地，一些穷人掌握了村政大权。与此同时带来的问题是，这群"翻身干部"该如何适应自我角色的巨大改变？他们是否只甘愿作为国家意志的代言人和国家政策的执行者？在缺乏有效监督的情况下，村干部是否有演化为新特权阶层的可能，以至于做出欺压百姓、贪污腐化的行为？

《桑干河上》《暴风骤雨》等土改小说，都涉及土改时期中个别村干部腐化变质的问题。在《桑干河上》中，"腐化"的村干部仅有治安员张正典，他是恶霸地主钱文贵的女婿，在"土改"中逐渐腐化而"对于生活已经有了享受的欲望"。在《暴风骤雨》中，腐败的村干部不再是个人而是形成一个小团体，绰号"张二坏"的张富英专擅钻营取巧、拉帮结派，当了副主任后便将他的一班"三老四少"、朋友相好召进了村干部队伍，

---

[1]　毛泽东：《在延安文艺座谈会上的讲话》，《毛泽东选集》第3卷，人民出版社1991年版，第861页。

把持了村政大权而开始他们的放纵生活。这些新生民主政权中的腐败乡村干部，既使群众敢怒不敢言，又使群众深感"闹翻身"却"翻肥了流氓。"然而，这两部小说对乡村干部的腐败叙事都显得"小心翼翼"，似乎腐败干部仅是"暴风骤雨"般农民革命中的一段不起眼的小插曲。

正视及批评解放区村干部腐败问题的要数赵树理的"问题小说"。赵树理是一个具有现实主义创作精神的作家。他说，在工作中遇到非解决不可而又不是轻易能解决的问题就变成"所要写的主题"，而这种"在工作中找到的主题"也容易产生"指导现实的意义"①。1947 年 8 月 20日前后，赵树理与新华书店人员组成工作组开始在晋冀鲁豫边区的赵庄进行土改动员工作。② 1948 年下半年，他将自己在赵庄土改中遇到的新问题写成《邪不压正》。这篇小说以中农女儿软英的婚恋为叙事主线，叙事却涉及了斗争地主、穷人翻身、干部腐败、错斗中农、整党纠偏等"土改"过程，但软英的叙事仅是这篇小说的"一条绳子"，其叙事重点则是"挂在它身上"的土改故事，最引人注意的是一些不良分子混入干部和积极分子中并在群众面前"抖威风"③，小旦和小昌这两个形象就代表着村干部中的腐化问题。

小旦是个典型的流氓投机者。地主恶霸刘锡元势大时候，他情愿做他的"狗腿"；刘锡元被"清算"时，他因在斗争中立了大功并被评为积极分子。得势后他又主动向土改中的"新贵"小昌靠拢甘愿"帮虎吃食"，逼迫王聚财将女儿软英嫁给小昌儿子。作为革命队伍中的"投机分子"，小旦这一文学形象的渊源远可以追溯到茅盾《动摇》中的胡国光，近可追溯到赵树理《小二黑结婚》中的兴旺和金旺。不同的是，小旦不像胡国光那样有着显赫社会地位，也不似兴旺金旺兄弟那般恶贯满盈，按阶级划分标准来看也属于贫农阶层。他在几次"清算"中都安然无恙且还

① 赵树理：《也算经验》，《赵树理研究资料》，黄修己编，知识产权出版社2010 年版，第 84-85 页。

② 山西省史志研究院：《赵树理传》，当代中国出版社 2009 年版，第 96 页。

③ 赵树理：《关于〈邪不压正〉》，《赵树理研究资料》，黄修己编，知识产权出版社 2010 年版，第 87-88 页。

获利不少，被赵树理视为土改中最不易防范、最会"钻空子"的人，以致法庭不好给他定罪，"整党会"只能令他给以前得罪过的人"赔情道歉"。赵树理认为这种不太起眼的社会流氓值得重视，他说："在土改前期，忠厚的贫农，早在封建压力之下折了锐气，不经过相当时期鼓励不敢出头；中农顾虑多端，往往要抱一个时期的观望态度；只有流氓毫无顾忌，只要眼前有小利，向着那方面也可以。"①总之，在赵树理看来，土改中最先走在群众前头及最先翻身的人，并非"忠厚"的贫农和"顾虑多端"的中农，而是那些"毫无顾忌"且见利就趋的流氓无产者，他们的先"翻身"及混入新生的村政权中，不仅背离了党的土改目标和广大农民的愿望，而且逐渐成为压迫广大民众的"土皇帝"并"异化"了村政权。进而言之，在赵树理那里，仿佛村干部的腐化变质不是偶然现象而是社会必然现象。在众多土改小说中，叙事者也多涉及村干部和土改积极分子身上存在的或多或少的"痞气"。《桑干河上》中的支书张裕民，原先就是一个带有流氓"习气"的农民；《暴风骤雨》里的村主任张富英，则是一个彻头彻尾的乡村流氓。马加《江山村十日》中的刁金贵是恶霸地主高福彬"跑腿学舌的人"，他原本是从山东来的一个流民，"做过买卖，抽大烟，耍大钱，跳大神"，但就这么一个"乌七八糟"的人竟然"联络一些穷户"顶替了原来正派的小组会会长邓守桂自己做了会长。当然，他当会长的真实目的是给高福彬做"耳目"，并打算与"八大家"里应外合"收拾穷棒子"。工作组沈洪经过调查之后，召开贫雇农大会"罢黜"刁金贵，同时选举了一批新的村干部。从积极分子中选举上来的武委会委员李大嘴也是一个不折不扣的"二混子""街流子"。他靠着"嗓门高""胆子壮""敢说敢干""又和工作队接近"，得到大家认可。他与刁金贵不同，曾在斗争地主过程中发挥过积极的影响，但那也只是满足他个人的利益要求。比如在领果实的时候，"他抢到前头来了"，为了和另一个村干部争夺一件"日本黄大衣"不惜当众与之吵得不

---

① 赵树理：《关于〈邪不压正〉》，《赵树理研究资料》，黄修己编，知识产权出版社2010年版，第87页。

可开交还差点动手。像李大嘴、张富英、小旦等投机分子也将是推动土改"左"倾错误作风的重要根源。李大嘴因为相中了中农陈二端子家的海骝马，就一心想要带头扩大斗争范围。张富英一伙人也曾"没收"了中农刘德山家的牲口。在《邪不压正》中，小旦尽管不是真正意义上的村干部，但他却发挥了村干部般的政治影响。在"填平补齐"动员大会上，他鼓动其他干部和积极分子斗争中农，结果干部们中的"中间分子"就被小旦引向了错误路线，一些无辜的中农(如王聚财)甚至贫农(如小宝)因此遭受连累。有人认为小旦这个形象的塑造是"基本成功的"①，而这种认识逻辑就是建立在解放区土改过程中乡村"现实性"基础上。

小昌属于掌权后就走向腐化的"典型"村干部形象。他原先是恶霸地主刘锡元家中的长工，在斗争地主大会上挺身而出给刘锡元"抹了一嘴屎"，因斗争积极、勇敢而顺利当选为村农会主任。他在土改中仗着农会主任身份多分了土改果实，在"填平补齐"中还要求再分一杯羹。《邪不压正》没有交代小昌"发迹"前的情景，但我们可以从赵树理另一部小说《李有才板话》中找到些许线索，陈小元这个人物形象就和小昌属于同一谱系。小元原是老槐树底下"小字辈"中一员，但他阴差阳错当选为武委会主任后就逐渐不适应老槐树底下的生活，最终搬进舒适的院落而且经常指使昔日伙伴替他劳动。小元和小昌虽然"发迹"时间略有差异，但他们由从受压迫的农民逆转成为村干部后就"忘本"了。无独有偶，洪林的《莫忘本》，写了一个放牛娃朱元清，当过二十年的长工，曾领着民兵打过三年鬼子，接着带头斗争恶霸地主，可是自从当了村长后，他"渐渐的有点变样"，不光服装、说话腔调、生活作风变了，连对老百姓的态度也变了。他滋长了官僚主义作风，开展工作不讲民主，有人提意见，他说："什么民主不民主，大家都说，就成了乱主了。老百姓天生奴隶性，不带点压迫就办不成事。"②土改的时候，朱元

---

① 竹可羽：《评〈邪不压正〉和〈传家宝〉》，《赵树理研究资料》，黄修己编，知识产权出版社 2010 年版，第 192 页。

② 洪林：《莫忘本》，《李秀兰》，浙江新华书店 1949 年版，第 4 页。

清以村政的名义私占田产，却还让其他农会会员帮他自家"收谷子"。村民不无感慨地说："小鸽子喂饱了——忘了本了"。只不过最后他在区指导员老于的教育启发下"改邪归正"。赵树理对乡村干部的"忘本"现象有着独到的见解，他认为这是乡村社会传统对党的新生干部的潜在影响，"在运动中提拔起来的村级新干部，要是既没有经常的教育，又没有足够监督他的群众力量。品质稍差一点就容易往不正确的路上去，因为过去所有当权者尽是些坏榜样，稍学一点就有利可图"。① 由此可见，赵树理没有简单以阶级视角来认识及想象村干部，而是以乡村社会传统角度审视村干部"忘本"的历史根源，并以"问题小说"的形式引起人们重视及正视村干部劣化变质的可能性及政治危害性。

以《邪不压正》为代表的"问题小说"深刻地揭示了基层组织中的腐化现象，周扬说："赵树理在作品中描绘了农村基层党组织的严重不纯，描绘了有些基层干部是混入党内的坏分子，是化装的地主恶霸。这是赵树理同志深入生活的发现，表现了一个作家的拙见与胆识。"②然而，当《邪不压正》在《人民日报》上发表后也招致一些批评，其中，最严厉也最具代表性的是党自强的观点，他认为这篇小说"把党在农村各方面的变革中所起的决定作用忽视了"。③ 显然，这是站在文学的政治"抒情"角度所做出的批评，反映了"文学权威"对土改小说叙事的渴望及要求。事实上，赵树理的这篇小说乃至解放区时期创作的诸多小说，"几乎很少表现一种现代思想的'外来'输入"④，而是从广大农民群众立场及乡村传统角度审视村干部问题，希望以"腐化"的村干部形象使

① 赵树理：《关于〈邪不压正〉》，《赵树理研究资料》，黄修己编，知识产权出版社2010年版，第87页。
② 周扬：《〈赵树理文集〉序》，《赵树理文集》第1卷，工人出版社1980年版，"序言"，第2页。
③ 党自强：《"邪不压正"读后感》，《人民日报》1948年12月21日。
④ 贺桂梅：《赵树理文学的现代性问题》，《再解读：大众文艺与意识形态》(增订版)，唐小兵编，北京大学出版社2007年版，第104页。

"土改中的干部和群众读了知所趋避"①。

三、历史与叙事：村干部的思想改造

《五四指示》的颁布与实施一般被视为解放区土改正式开始的标志，它旨在通过没收地主土地来满足人民群众获得土地的要求。由此观之，土改的最大意义就在于通过资源的再分配实现"耕者有其田"。然而，从历史与现实来看，土改的意义从来都不只是经济方面的，美国学者亨廷顿认为，土地改革不仅在于满足农民的经济需求，"而且涉及一场根本性的乡村权力及地位的再分配"②。杜润生甚至认为，对于向来被视为"一盘散沙"的农业大国来说，后者的意义尤为重大。现代乡村社会的变迁基本趋势，呈现出国家政治权力不断向乡村延伸及渗透，共产党人也借助"农民运动"即"翻身"实现了对乡村旧政权的改造及重建。一些原处于底层的贫雇农由此走进了新生的民主政权体系，不仅成为国家政治体制中的基层政治精英，而且成为党在乡村社会的代言人和执行者。中共在农民革命运动中培养起来的村干部，原是传统乡村权力格局中最为底层的贫雇农，其政治威望的建构既缘于党的政治"授权"又要缘于与群众"一心""一气"。但问题是，乡村干部作为出身社会底层的乡村政治精英，普遍存在文化知识水平低、政治觉悟水平不高，不仅队伍内部成分复杂而且多难"超克"乡村社会传统的影响。因此，党对村干部的政治教育乃至政治规训仍是一个必要而长期的任务。解放区土改时期党对村干部的教育，可分为温和性的政治思想教育和强制性的整党运动。

刘少奇在《五四指示》中强调，各地在土改时应该加强对基层干部的教育，"发挥共产党员为人民服务的精神"，不要利用手中的权力获

---

① 赵树理：《关于〈邪不压正〉》，《赵树理研究资料》，黄修己编，知识产权出版社 2010 年版，第 86 页。

② ［美］亨廷顿：《变化社会中的政治秩序》，王冠华等译，生活·读书·新知三联书店 1989 年版，第 273 页。

得"过多的利益"。① 自从根据地建立以来，党中央就一直积极引导党员干部们"打通思想"，克服私心，树立"集体主义"世界观。丁玲在延安时期创作的短篇小说《夜》②，就叙述了乡村干部何明华以政治理性战胜个人欲望的故事。何华明是一位三十来岁的乡村指导员，"干部"身份对他而言非但不再是谋取个人利益的资本，反而像是一份"沉重"的责任，因忙于公务而没空料理自家的田地，因碍于身份而不能放纵自己的爱欲。他老婆是一个"只能烧三顿饭，四十多岁了的女人"，已经"引不起他丝毫的兴趣"，但面对邻居女干部侯桂英的诱惑却表示了拒绝，劝告她并警醒自己说"咱们都是干部，要受批评的"。对于何华明这样尽心尽责的村干部来说，身上的权力、责任与个人的私欲出现了冲突，也带来了自我被压抑的心理苦恼。进而言之，何明华这个乡村干部形象具有象征性，它揭示及呈现了乡村政治精英在"私家"与"公家"的思想游移图景。在这种意义上，丁玲《夜》就描绘了党的乡村干部在"艰难中"成长、前进的心理历程。何明华凭借自觉的思想挣扎，竭力把自己塑造成为一个标准及先进的"公家人"。他身在最穷的小村而常常为村里有二十八个共产党员而骄傲，为自己能够拒绝女性的诱惑而"觉得很满意"。《夜》从侧面说明，政治思想教育在规范解放区村干部方面起到很大作用，尽管还存在一些不彻底的地方。骆宾基认为这篇小说的写法"圆润""透明"，表现了"那些产自客观的现实生活里的人物的自然性和社会性的矛盾"③。但这种村干部的文学形象及"写法"在后来的土改小说中不多见了。

1947 年 7 月，人民解放军由战略防御转入战略反攻，在新形势下，中共中央决定进一步推动土改的发展，以加速革命胜利的步伐。在干部

---

① 刘少奇：《中共中央关于土地问题的指示》，《解放战争时期土地改革文件选编(1945—1949 年)》，中共中央党校出版社 1981 年版，第 6 页。
② 参见丁玲：《夜》，《丁玲全集》第 4 卷，河北人民出版社 2001 年版。原载《解放日报》1941 年 6 月 10 日。
③ 参见骆宾基：《大风暴中的人物：评丁玲〈我在霞村的时候〉》，《丁玲研究资料》，袁良骏编，知识产权出版社 2011 年版。

教育方面，温和的常规性政治思想教育，越来越不能适应风云变幻的革命形势。一方面，随着党政组织的不断向下延伸，党员干部队伍飞速壮大。据调查，1937 年到 1947 年的十年间，党员人数从几万人增长到了二百七十万。① 其中，地方党员干部占有很大的比重。至 1947 年，仅晋冀鲁豫区，"民兵小队长、农会小组长、村政委员、闾长、支部小组长以上区村干部有 100 万"。② 另一方面，中共力量空前增强的同时，许多"异己分子"混入党组织和干部队伍中造成了极大的混乱，这成为党彻底解决土地问题的主要障碍。曾亲历土改的美国人韩丁在其纪实文学《翻身：中国一个村庄的革命纪实》中，记录了少数党员干部在土改中令人瞠目结舌的丑恶行径。在晋南山区的张庄，以王雨来、李洪恩、王满喜、肖申兴等为代表的党员干部不但贪图享乐、逃避公役、多占果实，而且徇私枉法、欺男霸女。例如，农会副主席兼治安员王雨来曾相中了一个叫申仙娥的漂亮女孩，想让她嫁给自己的儿子，而这遭到了仙娥父亲申喜则的严词拒绝。"横行霸道"的王雨来以治安员的身份给申喜则扣上了"特务"的帽子"抓起来吊打"，被逼无奈的申喜则只好同意这门婚事。婚后的申仙娥又受尽了公公的调戏和丈夫的虐待。③ 此处，申仙娥及其父亲的遭遇俨然成了小说《邪不压正》中"软英"及其父亲"王聚财"被村干部逼婚的现实写照，他们的命运甚至更为悲惨。

土改中存在的干群、党群矛盾引起了中共中央领导的高度重视。1947 年 9 月，刘少奇在全国土地会议上指出，基层组织中存在着成分不纯、官僚主义、宗派主义、强迫命令及贪污自私等问题。少数干部成为"新恶霸"，"脱离群众最甚者，常为村中五大领袖，即支书、村长、

---

① 王一帆、陈明显：《中国共产党历次整党整风》，黑龙江人民出版社 1985 年版，第 76 页。

② 薄一波：《关于执行中央"五四"指示的基本总结及今后任务》，《河南解放区的土地改革》，中共河南省委党史工作委员会编，河南人民出版社 1991 年版，第 31 页。

③ 参见［美］韩丁：《翻身——中国一个村庄的革命纪实》，韩倞等译，北京出版社 1980 年版，第 251-271 页。

武委会主任、治安员、农会主任"。① 时任西北局书记的习仲勋认为，在老区处于领导层的贫民团成员中，有四分之一是"因为吃、喝、嫖、赌，不务正业而致贫者"，这样的贫民团喜欢"向中农身上打主意"，造成了"左"的错误倾向②。1947 年 12 月，毛泽东在会议中提出："有许多地主分子、富农分子和流氓分子乘机混进了我们的党。他们在农村中把持许多党的、政府的和民众团体的组织，作威作福，欺压百姓，歪曲党的政策，使这些组织脱离群众，使土地改革不能彻底。这种严重情况，就在我们面前提出了整编党的队伍的任务。"③这成为土改时期全面整党的主要依据。整党便是要整顿党组织和干部队伍中存在的成分不纯、作风不纯和思想不纯等问题。在各解放区召开土改会议之后，土地改革是和整党运动同时进行。对于那些"腐化"的党员干部，要促其反省并把多占的"果实"退还给贫困户。事实上，土改小说关于"腐化"乡村干部的叙事也是在全国土地会议之后集中出现，这既反映了土改叙事作品对国家政策的快速跟进，也体现了部分解放区作家对乡村社会新情况新问题的敏锐体察。由于《桑干河上》只记录了全国土地会议之前土改初期的情况，也就部分解释了它为何对"腐化"乡村干部的描写如此之少。《暴风骤雨》的上下两部分别反映的是全国土地会议之前和之后的土改状况，而张富英一伙"腐化"村干部就出现在下部。当然，这并非巧合，最明显的例子还是赵树理及其《邪不压正》。1947 年 8 月，赵树理到达赵庄工作一个月左右，全国土地会议在西柏坡召开并颁布了《中国土地大纲》。同年年底，他参加了晋冀鲁豫边区的土地会议并进行了代表发言。④《邪不压正》叙事的重心便是此阶段突出的村干部队

---

① 刘少奇：《刘少奇关于土地会议各地汇报情形及今后意见的报告》，《解放战争时期土地改革文件选编（1945—1949 年）》，中共中央党校出版社 1981 年版，第 73 页。

② 习仲勋：《关于分三类地区进行土改问题给毛泽东的复电》，《习仲勋文选》，中央文献出版社 1995 年版，第 47 页。

③ 毛泽东：《目前形势和我们的任务》，《毛泽东选集》第 3 卷，人民出版社 1991 年版，第 1253 页。

④ 戴光中：《赵树理传》，北京十月文艺出版社 1996 年版，第 257 页。

伍不纯问题，教育和提醒人民如何防范这些"害群之马"。不过遗憾的是，小说在如何处置这些"坏"干部上轻描淡写。在现实层面上，各地对"腐化"党员及干部整治是相当严厉的，不少党员、村干部或被批评警告或被撤职、退党。① 整党加强了国家对于乡村政治精英即村干部的政治规训，有效防止了乡村党员及干部偏离党的政治愿景，使其不能再像土豪劣绅那般欺压、鱼肉百姓。如果说土改初期解放区小说中出现的理想型村干部叙事多属于文学"抒情"，那么，整党以后解放区小说中理想型村干部的叙事就接近于"现实"了。

解放区乡村干部往往同时兼有公家干部、传统农民和个体生产者等多重身份特征。作为干部，他们要履行公家人的职责，执行党的任务；作为传统农民，他们只是乡土社会中的一员，不能完全无视旧有的乡村伦理和风俗习惯；作为个体生产者，追逐利益是他们与生俱来的生存本能。在解放区土改小说中，成长型村干部多侧重表现他们作为公家人的大公无私，而腐化型村干部则主要揭露了他们作为传统农民和个体利益追求者的"落后"与"罪恶"。从审美的角度看，成长型村干部和腐化型村干部的文学形象分别象征了"激昂"和"嘲讽"两种美学色彩，因为"着眼于民族的新生的辉煌远景，着眼于历史目标的明确和迫切的作家，倾向于引发出一种理想化的激昂；着眼于民族灵魂再造的艰难任务，着眼于历史起点严峻的'先天不足'的作家，倾向于用冰一样的冷嘲来包裹火一般的忧愤"。② 只不过在20世纪40年代末中共解放区的特定时空中，这两种写作风格都处于"未成熟"的状态，前者体现在许多解放区作家并未完全融入组织化的集体创作之中，创作个性仍有"剩余"，比如丁玲。后者体现在具有现实批判精神的解放区作家囿于阶级斗争的理论框架而无法"大显身手"，比如赵树理。随着新政权的建立和土改的

① 参见张鸣：《乡村社会权力和文化结构的变迁(1903—1953)》，陕西人民出版社2008年版，第228-229页。

② 黄子平、陈平原、钱理群：《论"二十世纪中国文学"》，《文学评论》1985年第5期。

完成，土改题材的文学作品开始从文坛主流中淡出，黄子平说："革命每前进一步，斗争目标就发生变化，关于'未来'的景观也随之移易，根据'未来'对历史的整理和叙写也面临调整。"①曾经风光一时的土改英雄，像《三里湾》的范德高、《创业史》的郭振山、《艳阳天》的马之悦和《金光大道》里的张金发等纷纷"坠落神坛"，从革命者沦为被改造者，同时，一批"高大全"的社会主义新英雄被树立起来。

　　从 20 世纪 40 年代后期的解放区文学至中华人民共和国成立后的社会主义新文学，文学创作始终无法脱离阶级斗争理论，无法表现更为丰富的社会现实。随着十一届三中全会的召开，革命神话的面纱才开始逐步褪去。80 年代登上文坛的作家们在追溯和反思土改这段历史的同时，也对宏大历史叙事产生了怀疑。解放区土改小说中象征"贫雇农方向"的灵魂人物被解构、质疑、批判、否定，甚至成为赤裸裸的人性丑恶的形象展示，如乔良《灵旗》里的黑廷贵、张炜《古船》里的赵多多、刘震云《故乡天下黄花》里的赵刺猬和赖和尚等。值得一提的是，尤凤伟《小灯》中的胡顺。他原本是一名土改积极分子，可是当他看到许多地主富农被激烈斗争后，心里不免对他们产生了人道主义的同情。后来，地主女儿小灯彻底唤起了胡顺内心的善念，他牺牲自己生命释放了行将被斗争的地主及其家属。作者尤凤伟对胡顺的"反叛行为"表示由衷赞赏，"土改当中的一个例外，人性之光在瞬间微弱的一闪。"②此外，小说中工作队杨队长在动员村里最贫穷的胡发时却遭到了他的拒绝，胡发认为自己的穷是"因为残疾不能劳动"，分地主财产是"不义"之举，小说从人性善恶及传统伦理角度对阶级斗争理论进行了重构。新时期的土改叙事侧重于以"新历史主义"的写法来重现被宏大叙事所边缘化的个别人、事、物，为我们填补了解放区土改小说中村干部形象所缺失的个体话语和民间传统话语。而且，"人性的视角更切近文学的独特本质，所对人

---

① 黄子平：《"灰阑"中的叙述》，上海文艺出版社 2001 年版，第 30 页。
② 尤凤伟：《关于〈小灯〉》，《中篇小说选刊》2003 年第 4 期。

性弱点、同情心和悲悯主题的思考，将深化我们对历史本身和民族精神等方面的探索，也能提升我们的文学品质"①。只有将解放区土改小说与新时期土改题材小说结合起来看，土改村干部，一个兼具党性、人性和社会性的立体的人物形象才在我们面前越来越清晰起来。

---

① 贺仲明：《重与轻：历史的两面———论中国当代文学中的土改题材小说》，《文学评论》2004 年第 6 期。

第四章 青年动员："结婚自由"叙事中的 "个人"与"集体"

　　1950年《婚姻法》第一章原则第一条提出："实行男女婚姻自由、一夫一妻、男女权利平等、保护妇女和子女合法权益的新民主主义婚姻制度。"①"婚姻自由"也成为中华人民共和国成立后至今坚持的主要婚姻法精神。"实行婚姻自由，是包括结婚自由和离婚自由两个方面的。"②而本章主要讨论"自由结婚"问题。"结婚自由"的观念从何而来？据学者考证，早在1874年就有西方传教士在向中国传播基督教教义的同时，将西方婚俗传入中国，同婚俗一同传入的，还有西方式"自由结婚"的观念。③ 但是"自由结婚"的传入，到成为全民甚至意识形态的共同认知，是在中国轰轰烈烈的革命变革过程中逐渐落地的。晚清"家庭革命"者借用"自由结婚"的观念分离青年个体和旧式大家庭，意图打破"广家族繁子孙"的宗法婚姻制度，以"为国破家"，振兴中华。"五四"时，思想界更意图通过"自由结婚"，树立青年的'自立'精神，以产生"良善社会"。"自由结婚"观念的传播和接受，始终与"个人主义"相伴相生。思想界意图通过"结婚自由"中的"个人主义"阐扬，让青年人和大家庭分离，以拯救民族的危亡。直到"五四"后期，民族国家的危亡

---

① 《中华人民共和国婚姻法》，中央人民政府法制委员会编：《婚姻法及其有关文件》，新华书店1950年版，第1页。

② 邓颖超：《关于中华人民共和国婚姻法的报告》，《党的文献》2010年第3期。

③ 夏晓虹：《从父母专婚到父母主婚——晚清的婚姻自由》，《读书》1999年第1期。

冲抵了"个人""婚姻自由"的需要，"个人主义"走向边缘，但并未完全消逝，而一直潜存在婚姻制度变革之中。中华人民共和国成立时，中共中央骨干分子多数为参与过"五四"运动的积极分子，因此在婚姻制度的变革态度上，继承了"五四"以来所流行的性道德观念，主张婚姻的建立要以"爱情为基础"，反抗父母包办、家族买卖的新民主主义婚姻制度。在中共主导的婚姻制度变革中，也呈现出了一条脉络性的婚姻制度变革思路，从"五四"后期中共中央确立时同步于"五四"激进的个人主义"婚姻自由"；到解放区农村社会温和的"婚姻自主"为主导话语的法律实践；再到中华人民共和国成立后第一部法律《婚姻法》"婚姻自由"的激进用词中可以发现：在结婚问题上，接管了城市和乡村的中华人民共和国，其婚姻制度变革一定程度上摒弃了解放区更为温和的以"自主"为核心精神的婚姻法律实践，共享和"复兴"了"五四"时期个人主义话语主导的"婚姻自由"观念。在宣传"结婚自由"的文学叙事中，通过教会青年们通过"自由"话语来对抗父权和旧式家庭，使用"抗婚"这样激进的"个人主义"方式解离青年和旧式家庭的情感联系，并试图以此对青年群体进行"原子化"动员，使他们进入"新中国"政权这样的"集体"宏大叙事中来。

第一节　自由结婚的实施及其文学叙事生成

一、"结婚自由"与"个人主义"的联结和发展

陈顾远《中国婚姻史》言，自周朝建立宗法社会以来，婚姻的目的主要"以广家族繁子孙为主"。婚姻的目的之一既为"广家族"，那婚礼的形式则须"布席于庙，以告祖先"，以显示"上以事宗庙而下以继后世"①。

---

① 陈顾远：《中国婚姻史》，商务印书馆 2017 年版，第 8-10 页。

婚姻是"宗法"之继的主要方式，那年轻人的婚姻，势必就要承"父母之命"，为了"宗法"之"有序"，还得承"媒妁之言"，而无选择之权利。瞿同祖也说："婚姻的目的只在于宗族的延续及祖先的祭祀。完全是以家族为中心的，不是个人的，也不是社会的。"①

正是青年对婚姻选择的受限，促成了晚清"家庭革命"的兴起。"家庭革命"的出发点，正是要将中国婚姻不属于"个人"和"社会"的"家族主义"，改造为"个人"和为"社会"的"自由主义"和"个人主义"。在晚清天崩地裂的政治痛楚中，晚清学人认为正是国人在婚姻家庭事宜上没有选择的权利，导致了"家族思想"太盛而缺乏"国家思想"，"家族制度"太重而"愚钝麻木畏服顺从和无自由"。正是家庭对青年个人发展的压抑，成为"个人效忠国家的障碍"。② 因此誓要"为国破家"，"拔出吾数千万青年于家族之阱，而登之于政治之台也"③。家庭被视为国家的负累，被称为"万恶之首"。④ 与此同时，1903 年严复将约翰·穆勒的《论自由》译为《群己权界论》，此书成为第一本将"自由主义"和"个人主义"引进中国的译著，但"'自由'在中国的有效实践，不在政治领域，却在日常生活及社会习俗的'结婚'上"。⑤ "自由主义"和"个人主义"成为破除家庭的最佳工具，晚清思想界发起"家庭革命"，提出极为激进的"毁家"和"不婚"主张；"家庭灭，纲纪无，此自由平等博爱之实行，人道幸福之进化也"。⑥ 而如何彻底地实施"毁家"，则"人人所能行者，则不婚是也"。⑦ 但晚清的"家庭革命"发出的"毁家"口号过于激进，难以实践，其所造成的影响更多在思想观念上，不过却开始树立了

---

①　瞿同祖：《中国法律与中国社会》，商务印书馆 2010 年版，第 103 页。
②　罗志田：《序》，赵妍杰：《家庭革命——清末民初读书人的憧憬》，社会科学文献出版社 2020 年版，第 VII 页。
③　《家庭革命说》，《江苏》1904 年第 7 期。
④　《毁家论》，《天义报》1907 年第 4 期。
⑤　杨联芬：《浪漫的中国——性别视角下激进主义思潮与文学 1890—1940)》，人民文学出版社 2016 年版，第 21 页。
⑥　《三纲革命》，《新世纪》1907 年第 11 期。
⑦　《毁家谭》，《新世纪》1908 年第 49 期。

家庭的负面形象。

晚清学人中，也有寻求较为实际的婚姻家庭解决方案的学人，金天翮《女界钟》就没有采用“不婚”的极端主张，而是认为应当学习西方，将“自由”和“结婚”深度捆绑，他认为夫妻关系是“人道之大经”，而维持“人道”的长久，正在于被宗族社会轻视和否认的“爱”。中国当下的婚姻被“媒妁”“卜筮”“金权”所困，婚礼仍保留着“野蛮时代之习惯”，没有“欧洲之进化”而陷入“堕落”，要改善这一困局，就在于“婚姻自由”，金天翮所期待的“婚姻自由”，是“尊亲如父母，不能分毫干涉。居恒选择，必于同学之生、相交之友，才智品德、蠢灵妍丑较量适当，熟习数年，爱情翕合，坦然约契，交换指环”。这种夫妇关系，才能真正体现“自由平权”的“君子之道”，才能造就“新国民”，去追逐“社会主义”的祖国前途①。可以发现，金天翮在叙述中建立了“婚姻自由”到“自由平权”，再到“社会主义”的正向逻辑链条，认为“婚姻自由”与国家的发展有极大的关联。这不仅是金天翮的认知，而且是晚清思想界的共同认知。

进入“五四”，舆论界的关注点已经转移到更为实际的“旧家庭如何可以破坏，新家庭如何可以建设”②的问题上来。“婚姻自由”作为摆脱旧家庭，缔造“新家庭”的唯一路径，被视为为“婚姻革命”的首要。高学瓒就对当时的青年毛泽东说：“我近见法国家庭之和乐，非先改革家庭不可，欲改革家庭，非先改革婚姻制不可。”③毛泽东更撰文：“中国子女对于婚姻无自决权，由家庭而贻害社会，百事均伏坏根于此，而子女对于婚姻应有其自决权，又已成天经地义。”④而“结婚自由”又是“婚姻自由”之先：“以伦理思想之变更，生计之压迫，吾国之旧家庭制，

---

① 金天翮：《女界钟》，陈雁编校，上海古籍出版社2003年版，第67-80页。
② 顾诚吾：《顾诚吾启事》，《新潮》第2卷第1期，1919年10月30日。
③ 《罗学瓒给毛泽东》(1920年7月14日)，《新民学会资料》，人民出版社1980年版，第118页。
④ 毛泽东：《省宪法草案的最大缺点(一)》，《大公报》1921年4月25日。

在势不能不有所改革，而结婚问题，实谋家庭改革者所首及。"①

　　"五四"时，学人认为自由的"个性"和"个人"的确立，最先要从对"自由结婚"的追求开始。胡适根据留学美国的观察，认为西方婚制具有其优越性，他认为美国男女自主的婚姻关系，更容易养成"自立"之人格，因此认为中国需要家庭革命，归国后向青年大力鼓吹"自由结婚"，认为理想的结婚状态就是两个精神"自立"男女的结合："自由结婚的根本观念就是要夫妇相敬相爱，先有精神上的契合，然后可以有形体上的结婚。有了这种'自立'的结合，有了这些'自立'的男女，自然产生良善的社会。……所以我所说那种'自立'精神，初看去，似乎完全是极端的个人主义，其实是良善社会绝不可少的条件。"②随后，胡适更作话剧《终身大事》，以田亚梅对大家庭包办婚姻的反抗愤而'出走'，联动易卜生的《玩偶之家》中娜拉对小家庭的出走而风靡一时，"出走"代表着青年男女对"家庭制度"反叛，成为婚姻家庭问题领域，也是当时文学创作领域势头最为强劲的名词之一。虽然有研究者指出田亚梅所走出"大家庭"与娜拉所走出的"小家庭"，"其结果确实是不能完全等同的"。③ 但二者的"出走"之间，却始终有所谓"个人主义"在进行联动。"自由结婚"与"个人主义"相联系起来，并非胡适的独创，在"五四"时期，始终有一股激烈的"个人主义"思潮在牵领着"婚姻自由"问题的讨论。

　　为何"个人主义"能和"婚姻自由"捆绑？这在易家钺的《社会主义与家族制度》中得到了完整的逻辑表述。他认为中国传统的"家族主义"养成的是"什么事都为自己，排斥他人"的"利己主义"，"利己主义"发达的结果，造成了"人世间的纷争"，而对这种"争乱"的反动，人类才能团结。因此"家族主义的反动，又生出个人主义（Individillism）"。"个人

---

① 左学训：《家庭改革论（一）结婚问题》，《时事新报（上海）》1919 年 3 月 19 日。

② 胡适：《美国的妇人》，《新青年》1918 年第 5 卷第 3 期。

③ 贺昌盛：《新文化运动时期"费小姐"的争得、护持与"出让"——以鲁迅的〈娜拉走后怎样〉为线索》，《南国学术》2019 年第 2 期。

主义”虽同以“利个人为唯一的目的”，“然尚知有社会的存在”。易家钺指出当下流行的“个人主义”也有“利己主义臭味”等“种种流弊”，但家族制度的弊害必须破除，因此他提出要有一个“制度替代”，也就是“社会主义”。“个人主义”正是“家族主义”迈向“社会主义”的桥梁，“将来或有盖世奇功”。①

易家钺认为，现代婚姻制度和家族制度构建在私有财产的制度上，一会造成“夫妇的不平等”，二会造成“父子关系的不平等”。所有人都沦为家长权力下的“奴隶”。虽然西方的“小家族制度”中，子女有一定程度的自由，如选择婚姻的自由，但父权只是被限制，却并未消亡。因此“即家族制度——不管是大的，小的，一日存在，子女的地位永远不能和父亲平等。追进一步说，妇女永远不能获得自由！社会主义大声疾呼：人类最大的罪恶，莫过于不平等与不自由。不自由，毋宁死！不平等，亦无宁死！”所以必须反抗这种私有财产制度下“不自由”的婚姻关系，反抗的方式就是要求男女能“真正的结婚”。在论证什么是真正的“结婚自由”时，易家钺直接引用了“五四”时风靡一时的爱伦凯性道德理论作解释：“结婚的必要条件，唯一的条件，就是恋爱。”“真正的恋爱，是灵肉一体的。”正是在这个基础上，无论是中国式样的“大家族制”还是西方的“小家庭制”“不过五十步与百步之差，故宜一并推翻”。② 易家钺所倡导的“真正的结婚”并非形式上的婚姻缔结，而是男女两人的“灵肉一体”，显然这种倡导脱离了爱伦凯“优生学”的本意，但对这一理论的阐扬，可以看出“五四”时期爱伦凯性道德理论的风靡。

在某种程度上说，爱伦凯学说中的“自由恋爱”和“离婚自由”主张助长了“个人主义”思潮的兴盛，而“自由恋爱”的结果导向正是“自由结婚”。虽然爱伦凯主张“恋爱自由”的最终目的，是要建立“优生学”的社会系统，但“五四”对爱伦凯学说的选择性误读，造成了“自由结婚”和“个人主义”的联结。1918 年《新青年》刊载陶履恭介绍瑞典女性主义学

① 易家钺：《社会主义与家族制度》，《民铎杂志》1922 年第 3 卷第 2 期。
② 易家钺：《社会主义与家族制度》，《民铎杂志》1922 年第 3 卷第 2 期。

者爱伦凯性的文章《女子问题》，将爱伦凯的专著《爱情与结婚》正式引入中国，其理论主张随后在中国思想界得到广泛接受和传播，成为"五四"时期性道德观念的主流。爱伦凯性道德学说中最重要的论述，一是恋爱自由，二是离婚自由。爱伦凯认为两性道德和现代婚姻的关键在于"灵肉一体"，婚姻的基础在于"恋爱"的有无。自由婚姻的标准在于是否"自由恋爱"。① 与此同时，恩格斯的《家庭、私有制和国家的起源》（以下简称《家庭》）由晚清无政府主义者引入中国，在二三十年代逐渐被共产主义者奉为圭臬，成为中共后来进行婚姻制度改革的重要思想来源之一。② 在《家庭》中，恩格斯指出爱情才应该是婚姻的基础，才是合乎社会道德的。《家庭》的思想、爱伦凯的性道德理论和倍倍尔等人的妇女解放思想，一同成为婚姻制度变革的思想资源。而这些性道德理论中所强调的"爱情"，将性爱放置于两性关系的首位，有论者认为这些性道德理论"是个人主义、无政府主义及社会主义一类乌托邦意识形态。是个人主义的极端表达"，"隐含着婚姻制的消亡和家庭的解体"。③

知识界发出"改良婚制""结婚自由"的号召和争论，更多发生在精神层面，很难直接而广泛地撼动现实。到1930年时，虽已"久倡'婚姻自由'、'自由恋爱'，但到现在一般大学生的婚姻（结婚时在中学时代）还是由父母代办的，由本人独立选择的一个也没有"④。从家庭中奔逃的"自由结婚"实践者，更多是陷入《伤逝》中子君"梦醒了无路可以

---

① 杨联芬：《爱伦凯与五四新文化》，《中国现代文学研究丛刊》2012年第5期。

② 李长林：《恩格斯的〈家庭、私有制和国家的起源〉一书在中国的传播——纪念中译本首次出版八十周年》，《湖南师范大学社会科学学报》2009年第6期。

③ 杨联芬：《浪漫的中国：性别视角下激进主义思潮与文学（1890—1940）》，人民文学出版社2016年版，第30页。

④ 楼兆馗：《婚姻调查》，《国立中央大学半月刊》第1卷第14期，1930年5月16日。

走”①的苦痛和惶惑，有论者就指出“‘五四’时期的个人主义理论与实践是脱节的”②，现实往往是说革命的多，干革命的少，在私人生活的变革上也是如此，胡适虽大力向年轻人鼓吹结婚自由，但仍顺从父母之命娶旧式女子，就可见当时婚姻自由贯彻的境况。

　　“五四”时期同龄的革命青年中，同易家钺一样根本反对“家族制度”，支持“恋爱自由”者并不在少数。但这种观点也被当时较为保守的社会改良者们所关注，并施以批判。潘光旦就认为易家钺的家庭改良学说是“谩骂或唏嘘慨叹”的“感伤主义”，并指出“真正之社会改革，非按部就班不能奏效，脚不踏实地而欲一步骤几，我的希望：人类永远是‘恋爱’与‘感情’两种原素的结晶体！”③潘光旦进一步解释学习西方“推翻一切家族制度”的改革在中国实行的不合理之处，他认为，人作为一个富有感情的动物，感情必须有所寄托。在彝伦攸叙的社会中，家庭是人们情感所由维系的一个最大的中枢。欧美社会“家庭地位的弱小”是有目共睹的，但他们的家庭衰微之后，有基督教的伦常观作为寄托，对父权的崇拜可以转移到“天父”的信仰中，“教会”取代了“家庭”的地位，甚至有取代夫妻关系的效力(修女)。中国的伦常观确实有许多“末流之弊”，但“父子兄弟”的关系却是中国人生活经验里最密切的一部分，是很根本的社会观念，“不容外界文化势力的侵蚀与侵占”。于是潘光旦主张还是回到“家庭主义”中来，认为“家庭主义”才是能培养“同情心”与“责任心”的“居间调剂者”。④ 潘光旦和易家钺虽属于不同阵营，但他们的论述中却都揭示了“家庭革命”中的一个重要问题：欲须在中国实行“家庭革命”和“改良婚制”，将年轻人从大家族中剥离出来，就需要有一个新的情感寄托来替代旧的伦理系统。随着时局的变迁，在

---

　　① 鲁迅：《娜拉走后怎样》，《鲁迅全集》(第一卷)人民文学出版社 2005 年版，第 166 页。
　　② 魏继洲：《“觉醒”与“解放”的距离——“五四”个人文学观反思》，《山东大学学报(哲学社会科学版)》2019 年第 2 期。
　　③ 潘光旦：《坊间流行中国家庭问题书籍之一斑》，新月书店 1928 年版。
　　④ 潘光旦：《中国之家庭问题》，新月书店 1928 年版。

激进的"个人主义"和保守的"家庭主义"之间，思想界逐渐摸索出一条通过"结婚自由"改造统合大众思想的话语表述方式和实践方案。

这在杨贤江的《告青年之有婚姻问题者》的表述中可见一斑："你的长辈胡乱替你订了婚，你的长辈强迫要你去结婚，那么你为自己将来的幸福起见，你就该鼓起精神，竭力反抗。须知我们青年做事，应该是不甘屈服的。对于国事当这样，对于校务当这样，对于家庭当这样。"①对待婚姻问题的态度潜在替换为对国事的态度上来，继而将婚姻问题移接到对国家的发展问题，是这一时期"婚姻问题"论述的常见偏转手段。从"五四"伊始高呼"个人"自由者如陈独秀，到"五四"后期也逐渐将"个人主义"与国家命运、社会进步勾连，"五四"时期持如此"个人主义"观者并不在少数，有论者就指出："个体觉醒并非纯属个人的事业，他呼唤新青年的觉醒，更希望青年在个人幸福与国家命运、民族前途之间实现兼顾。"②

主张解放"个人"的"结婚自由"的呼声并未持续太久，随着抗战爆发，"个人"的倡导与中华民族的危亡自成冲抵，集体的"革命"凌驾于个体的需求之上。到"五四"后期，"个人主义"逐渐被边缘化。③"个人主义"从晚清的滥觞到"五四"后期的"无所适从"并未持续太久，随后革命洪流迭起，"革命"所形成的多样组织和群体为脱离家庭的"个人"寻到了一个极佳的安放地。从此，"个人自由"的边界成为"革命"，"个人"的恋爱、婚姻、家庭等私人生活都要与"革命"深深勾连起来。"这种'自由'很快被替换成了服从国家目标利益下的'自由'，并以扩大家族'私德'为国家'公德'为首选的道德训练目标。"④开始强调"个人"必

---

① 杨贤江：《告青年之有婚姻问题者》，《学生杂志》第11卷第1号，1924年1月5日。

② 魏继洲：《"觉醒"与"解放"的距离——"五四"个人文学观反思》，《山东大学学报（哲学社会科学版）》，2019年第2期。

③ 杨念群，《五四的另一面——社会的观念的形成与新型组织的诞生》，上海人民出版社2019年版，第192页。

④ 杨念群：《亲密关系变革中的"私人"与"国家"》，《读书》2006年第10期。

须对"社会"尽责，服从国家政体目标安排的舆论渐渐占了上风。①

　　正是在这个意义上，"个人"的婚姻和国家社会的体制命运紧紧结合了起来。蔡翔就说："在中国，这一'解放政治'将个人从传统的束缚性关系中解放出来，在某种意义上，我们也可以说，是将个人还原为原子式的个体存在。而在这原子式的个体之间，所重新建立起来的关系，在最直观的层面上，往往是两性关系。正是在这新的性别关系中，爱情被重新发现，并被视为个人自由和社会解放的象征……因此，从一开始，现代的爱情叙述就不曾是'纯粹'的爱情本身，而是被纳入社会/政治的意义象征系统。同时，在中国现代的历史语境中，个人从一开始就指向国家，因此，作为社会象征符号的爱情也同时包含了国家的意味。"②这种言说路径在"五四"之后被持续强化，并一直被采纳到中华人民共和国成立多年后的文学叙事之中。但不同时期差异化的政治需求，也让"结婚"问题所隐喻的政治取向产生不同的变化和影响。

　　可以看出，无论是晚清的"毁家"还是"五四"的"婚姻革命"，其中体现的不只是时人对理想社会的向往，也是他们对个体和群体关系的反思。虽然晚清到"五四"一再倡导学习西方的"个人主义"，让个人掌握婚姻家庭的自决权，但其本质上或许从来就不是西方那样以个体为主导的"个人主义"。清末民初学人所提倡的"自由"并非指代真正的"个人自由"，而是服从在"社会发展""国家解放"这样群体目标下的自由，"自由"的边界正是"集体"的"社会"。③ 有论者直接指出："晚清论者探讨婚姻问题，往往关涉教育，而其落脚点实在国家思想。"④就这一点可从章锡琛的文章中得窥一二，他认为家庭的目的在"谋求各个人的幸福"，

---

　　① 杨念群：《五四的另一面——社会的观念的形成与新型组织的诞生》，上海人民出版社2019年版，第160页。

　　② 蔡翔：《革命/叙述：中国社会主义文学、文化想象（1949—1966）》，北京大学出版社2018年版，第147页。

　　③ 杨念群：《五四的另一面——社会的观念的形成与新型组织的诞生》，上海人民出版社2019年版，第158页。

　　④ 夏晓虹：《从父母专婚到父母主婚——晚清的婚姻自由》，《读书》1999年第1期。

但个人确立之后，应该"要树立起个人造家国，非家国造个人，家国为个人而有，非个人为家国而有的观念"。① 此类言说在"五四"期间不胜枚举，基于此种观察，杨念群就指出"五四"以来的"个人解放""只不过是从一种'私德'归属的家族式空间，转移到'公德'归属的国家空间的过程，所谓'解放'一词的内涵长期以来和个人自主性空间的获取基本没有关系。"②中国传统思想中，向来没有为独立的"个人"留有位置，个人必须和广大的伦理网络连接在一起，才能获得自身位置的确定。西方舶来的"个人主义"在中国并没有适合生长的土壤，对这一主义的阐扬最终只能变相续接到传统中，也就是从家族主义的婚姻制度中解放出来的"个人"必须重新进入一些"群落"之中，才能得到妥善的安放。"个人"的解放和社会的"整体"发展，始终紧密的捆绑在一起，一直延续到50年代中共中央推行的社会改造运动中。

二、"结婚自由"与青年动员

"中国现代宣传体制的建立过程，首先是一个制造宣传受众的过程。……要建立有效的宣传动员机制，首先要做的是'唤醒国民'，重塑主体把他们纳入现代宣传体系中，让他们不仅有参与政治的兴趣，而且对参与政治的结果有比较积极的判断（较高的政治效能感）。其次要使他们摆脱传统地域和身份观念的束缚，成为一个无根的、标准化、原子化的政治行动者，某种现代意识形态的信仰者和实践者。最后，通过现代大众传播技术和群体传播系统将个体联系在一起，使他们成为大众中的标准一员，建立起阶级或文化共同体的想象。简言之，中国近代宣传观念的建立过程，首先就是一个唤醒大众和制造宣传对象的过程。"③结婚问题自动对应了青年群体，在婚姻制度变革的过程中，"结婚自

① 瑟庐（章锡琛）：《家庭革新论》，《妇女杂志》第9卷第9号，1923年9页。

② 杨念群：《亲密关系中的"个人"和"国家"》，《读书》2006年第10期。

③ 刘海龙：《宣传：观念、话语及正当化》，中国大百科全书出版社2013年版，第125页。

由"话语自然成为宣传体制建构过程中动员青年的重要工具，正是"结婚自由"话语让青年摆脱了旧式家庭成员的身份，成为了一个"原子化"的行动者，并最终成为了中华人民共和国"社会主义新人"的一份子。

对青年的动员表述最早可能出现在梁启超的《少年中国说》："少年强则国强，少年独立则国独立；少年自由则国自由，少年进步则国进步。"①"一百多年来，梁启超的'少年中国'始终是最为重要的想象中国的方式之一，甚至构成了中国政治的'青春'特征，一种面向未来的激进的叙述乃至行为实践。这一想象方式，乃至表述方式，也同样进入了中国的革命政治以及相应的文学叙述。中国革命的历史实质就是一部'青年'的历史，而围绕这一历史的叙述和相关的文学想象，也可以说，就是一种'青年'的想象。"②

可以发现，自晚清思想界始，"婚制改革"就被用于隐喻时局背后的政治取向，以达成某种社会改造需求。如果就"婚姻"一词来说，指向的年龄性别显然非常庞杂，但仅就"结婚"这一概念来说，显然指向一个非常明确的目标群体：青年。结婚本就是青年必须面对的重要人生选择，用以这一问题对青年施行思想改造再合适不过。杨念群观察到，"对'个性自由'的追求其实更切近每个青年的个体生存经验，也最容易生发出相应的共鸣和感慨"。③ 对"婚姻自由"问题的青年动员，显然并非仅停留于"结婚"这个单一的社会问题上，而是企图将"结婚"问题为社会改造的管道，通过在"结婚"问题中渲染"个人"和"自由"等观念，改造社会思想，将青年群体从传统的家族制度中解放出来，加入"集体性"的社会革命中。

通过对青年群体"结婚问题"施以教化，推动思想改造，进而实现社会改造，是"五四"文学言说的核心思路，也是"青年动员"的一条重

---

① 梁启超：《少年中国说》，《清议报》1900 年第 35 期。
② 蔡翔：《革命/叙述：中国社会主义文学、文化想象（1949—1966）》：北京大学出版社 2018 年版，第 127 页。
③ 杨念群：《五四的另一面——社会的观念的形成与新型组织的诞生》，上海人民出版社 2019 年版，第 136-137 页。

要分支。姜涛就观察到："出于对民国政治的普遍失望和厌弃,从文化、伦理入手进行根本的社会改造,成为'五四'前知识分子的共同思路。在这样的思路中,文化、伦理、思想的变革最终会导致社会变革,不同的'场域'不仅交错重叠,而且呈现为有机的'一元化'状态……从伦理、文化的角度,为社会改造奠定基础,是'五四'时期知识分子的普遍趋向,即便是共产党的创始者们,在'五四'时期也对激烈的社会革命抱一种审慎的态度。通过'小团体大联合'实现社会改造的渐进路线,更为'五四'一代激进的知识分子所青睐。"①婚姻问题,正是整体的社会改造路线的其中一个分支。在这个过程中,青年们的爱情和婚姻被统摄到革命的整体进程之中,不仅唤醒青年们去反抗包办,走出祖荫,生成新的婚姻和家庭观念,塑造了"结婚自由""恋爱自由"的新思想,也改造了他们的现实生活,初步将年轻人从家族中解放出来,更进一步改造了社会思想,让从家族中被剥离出来的青年个体们投身到革命之中,推动了现实革命的进程。

20 年代社会学调查中,可以看出"结婚自由"青年动员的作用力:"是以近年我国多数青年,有因不明婚姻之原理,妄谈或实行而遭挫败者有之,有确为旧式婚制所压迫,不能一伸自由,竟捐弃其身躯者亦有之,有奋勇前进,踢翻旧式婚制,毅然照其主张实行者亦有之,凡此形形色色,吾人一阅报章,日必数十起。"②1921 年,陈鹤琴曾对江浙两省五所中高学校学生进行婚姻问题调查,就有 35.87%学生主张自由结婚制,有 21.19%赞成双方同意制;对于保存父母代订婚姻制,只有1.09%。③ 可见虽然在实际生活场景中,"自由结婚"尚未能真正实施,但这一观念开始得到青年们的接受。他们普遍认为"男女之间没有真的

---

① 姜涛:《革命动员中的文学和青年——从 1920 年代〈中国青年〉的文学批判谈起》,《中国现代文学研究丛刊》2009 年第 4 期。
② 甘南引:《中国青年婚姻问题调查》,《社会学杂志》第 2 卷第 2、3 期,1924 年 6 月。
③ 陈鹤琴:《学生婚姻问题之研究》,《东方杂志》第 18 卷第 4、5、6 号,1921 年 2-3 月。

爱情,是勉强凑合的,将来的人生观,要演成惨状"。1927年,潘光旦于《时事新报》发出《中国之家庭问题征求案》,根据结果发现赞成完全自主的虽仍保持在34.4%左右,但不赞成父母或其他尊长做主婚事的概率已经飙升到99.3%,可见"婚姻完全由家长决夺之制,今后将归消灭,可无疑义"。① 同时,结婚的使命从"双方的幸福"转向培养"为国家服务"的"好国民"。② "改良家庭,以家庭为主点。希望我们大家一同起来,做社会改良的工作!"可见,婚姻制度改革中,只是将解放个人作为路径,其最终目的是要达到社会改造。

围绕叶永蓁出版于1929年的长篇小说《小小十年》的内容和评论可以一窥"结婚自由"转向革命的痕迹。《小小十年》讲述知识分子叶余爱上了女同学茵茵,但两人都被家庭包办安排了未婚妻和未婚夫,终究因"社会造成这样的婚姻制度,是社会走错了它进化的路了。"叶余不得不放下单恋,"愿马革裹尸"参加北伐,后来与茵茵再度纠扯,却最终爱而不得,叶余才意识到他和茵茵恋爱的"终结"在于"仅知道这矛盾的社会里的矛盾,不想方法去推翻这矛盾的社会"。因此必须"推翻残酷的对我的社会"③,重新踏上了革命的征途。鲁迅为《小小十年》作序:"从旧家庭所希望的'上进'而渡到革命,从交通不大方便的小县而渡到'革命策源地'的广州,从本身的婚姻不自由过渡到伟大的社会改革……屹然站着一个个人主义者,遥望着集团主义的大纛。"④青年从反抗包办婚姻的个人主义者到实际革命的认同者和参与者,成为革命叙事的一种心照不宣。这种创作逻辑普遍出现在"五四"后期到三十年代初的文学创作中,甚至于出现了"恋爱+革命"这一小说类型,主题大多是青年男女在自由恋爱同封建包办婚姻的冲突中,无一例外转向了革命的

---

① 潘光旦:《中国之家庭问题》,李文海主编:《民国时期社会调查丛编 一编 婚姻家庭卷 第2版》,福建教育出版社2014年版,第286页。

② 陈利兰:《中国女子对于婚姻的态度之研究》,《社会学界》第3卷,1929年6月。

③ 叶永蓁:《小小十年》,上海春潮书局1929年版,第443页。

④ 鲁迅:《叶永蓁作〈小小十年〉小引》,《春潮》第1卷第8期,1929年8月。

追求。赵遐秋认为"当时，生活里，参加革命的小资产阶级知识分子中间，不少人都身负革命和恋爱的矛盾和纠葛。有时，反抗封建婚姻制度对个人的压迫，甚至这就是一些人参加革命的动机。"①有研究者认为："另外，它也表明五四时代的自由、纯洁和高尚的爱情叙事，在革命文化的新语境中已失去意义和价值，被新的爱情叙事逻辑即革命的爱情逻辑所替代。"②这种通过婚姻问题对青年进行思想动员的文学创作方式在后续几十年的政治需求中不断被沿用，而动员的目的也随着时局的需求一再变化，并延续到中华人民共和国的"结婚自由"叙事中。蔡翔就认为，青年的"私人的情感领域，包括爱情和性，如何被政治动员起来，不仅成为革命的动力，同时也成为政治的一种表述方式"。③

中共所实行的一系列关于"结婚自由"的改革和动员"集体"路线和策略，其思想来源极大部分来自毛泽东自"五四"以来就坚持的社会动员方针。毛泽东在"五四"之初发表的《论民众的大联合》就初见这种"集体动员"的端倪，他专门论述了"群"与"己"之间的作用和关系，他认为革命应该"以小联合为基础"，所谓"联合"就是"群"和"社会"。有大群，有小群，有大社会，有小社会，有大联合，有小联合，是一样的东西换却名称。所以要有群，要有社会，要有联合，是因为想要求到我们的共同利益。共同利益因为我们的境遇和职业不同，其范围也就有大小的不同。共同利益有大小的不同，于是求到共同利益的方法（联合），也就有大小的不同"，构建"民众的大联合"，"凡这种联合，于有一种改革或一种反抗的时候，最为显著"。毛泽东显然在很久之前就发现了群体动员对社会改革所产生的巨大作用力。用"共同利益"来归类不同的"群体"，"许多的小联合彼此间利益有共同之点，故可以立为大联

---

① 赵遐秋、曾庆瑞：《中国现代小说史》（下），中国人民大学出版社1985年版，第9-10页。

② 王烨：《二十年代革命小说的叙事形式》，云南人民出版社2005年版，第112页。

③ 蔡翔：《革命/叙述：中国社会主义文学、文化想象（1949—1966）》，北京大学出版社2018年版，第127页。

合"。通过让不同的群体争取其"共同利益"，来达成整个社会和整个中国的革命"大联合"。在整个革命根据地的活动和斗争中，这种思路一脉相承，而"结婚自由"自然地对应了青年群体的"共同利益"，这天然制造了一个"小联合"群体，成为中共社会改造所动员的一个重要群体对象。

三、"结婚自由"的中共法律实践

晚清以来的"结婚自由"宣传，多是基于报刊构建起来的。受制于纸媒的面向，动员的对象虽是针对年轻人，但多囿于接受过一定教育的青年知识分子，对普通民众，尤其是农村青年的影响极其有限。随着中国共产党的成立和革命的开展，中共开始思考如何在实践层面落实婚姻制度变革，并通过影响婚姻制度改革下的各方群众，实现解放旧思想，发展新思想，以及更广泛的社会改造运动。而中共革命战略的转变，特别是向农村革命根据地的转移，意味着中共有意开拓宣传和动员受众的路径，开始探索在农村地区实行一系列有别于城市化的宣传动员方略，并通过婚姻制度立法变革产生的效果进行动态的文化宣传。为何宣传主要从婚姻制度改革和立法进行？其原因在于，让广大革命青年和农村青年通过婚姻制度变革获得切实的现实利益和政治保障，脱离封建式的大家族，将广大青年动员为无根化和原子化的个体，更容易加入革命中来。通过从制度改革到利益获取的这一过程，进行青年思想动员，有益于中共政权在根据地甚至更广泛的社会层面获得支持和认同。同时，前期文学话语所一直犹疑和探索的"个人"在社会如何安放的问题，也通过婚姻制度的法律变革最终获得了"合法"的位置。在党治的确立下，"个人"的位置不再漂移，而确切稳固地转向了中共所领导的"集体"。

早在 1923 年 6 月，中共三大通过的《妇女运动决议案》中就要求中共女党员要联合妇女运动和女权运动，并将"结婚离婚自由"①作为运

---

① 《妇女运动决议案》，中华全国妇女联合会妇女运动历史研究室：《中国妇女运动历史资料(1921—1927)》，人民出版社 1986 年版，第 68 页。

动口号之一。在中共后续的革命进程中，开始逐渐确立新民主主义的婚姻观念，并逐渐开始摸索婚姻立法实践。1930 年 5 月底邓颖超在《中国苏维埃》上发表《苏维埃区域的农妇工作》一文指出："农妇解放运动是能帮助农民斗争与土地革命更快的得到胜利。例如结婚自由……都是同样符合农民的利益的。在苏维埃政府成的第一天，就应该公布解放保护妇女的法令，保障妇女应有的结婚权和离婚权等，在全国苏维埃婚姻法未产生以前，凡不在禁婚之例，经双方同意向苏维埃政府登记，即能结婚。"①1931 年 11 月初，第一次全国苏维埃代表大会通过《中华苏维埃共和国宪法大纲》并宣布中华苏维埃共和国的成立，其中第十一条规定："中华苏维埃政权以保证彻底地实行妇女解放为目的，承认婚姻自由"②，11 月 28 日通过了《中华苏维埃共和国中央执行委员会第一次会议关于暂行婚姻条例的决议》，指出苏区对婚姻改革的基本精神之一就是"确定婚姻以自由为原则，而废除一切封建的包办、强迫与买卖婚姻制度"。同年 12 月 1 日，苏区公布并要求实施《中华苏维埃共和国婚姻条例》（以下简称《婚姻条例》），第二章专门对结婚问题作出说明，主要要求"男女结婚须双方同意，不许任何一方或第三者加以强迫"。③

在《婚姻条例》实施三年后，毛泽东做了《中华苏维埃共和国中央执行委员会与人民委员会对第二次全国苏维埃代表大会的报告》，报告中第九节专门谈了《苏维埃共和国婚姻条例》，认为"这婚姻制度的实行，使苏维埃取得了广大的群众的拥护，广泛群众不但在政治上经济上得到

---

① 邓颖超：《苏维埃区域的农妇工作》，中华全国妇女联合会妇女运动历史研究室编：《中国妇女运动历史资料 1927—1937》，中国妇女出版社 1991 年版，第78 页

② 《中华苏维埃共和国宪法大纲》，中国现代史资料编辑委员会辑：《苏维埃中国》，中国现代史资料编辑委员会 1957 年版，第 17 页。

③ 《中华苏维埃共和国婚姻条例》，中国现代史资料编辑委员会辑：《苏维埃中国》，中国现代史资料编辑委员会 1957 年版，第 125 页。

解放，而且在男女关系上也得到解放"。① 1934年4月8日，中央工农政府又颁布了《中华苏维埃共和国婚姻法》（以下简称《苏维埃婚姻法》）。《苏维埃婚姻法》总的立法精神和《婚姻条例》并无太大区别，第二章结婚的主要精神不变，仍要求男女结婚自由；《苏维埃婚姻法》对中共婚姻立法改革具有十分重大的历史意义，正是从此开始，中共正式确立了婚姻立法的基本精神，1950年《婚姻法》起草的主要精神依据正是来源于此。

在苏区《婚姻条例》公布后，苏区展开了相应的文艺宣传工作，在当时的宣传山歌中，可以一窥婚姻条例宣传的策略："共产社会自由妻，总爱两人情甘愿，唔要金钱结夫妻。万物相配都自由，自家选择自家求"②，可见宣传的重心在于保证"自家选择"，也就是青年"个人"的"自由"，而经过相应的宣传造势，婚姻条例施行的一个月以内，据调查"仅龙岩东肖区孟头乡一个乡，就有三十六对夫妇离婚、三十六对夫妇结婚，整个东肖区自由结合的青年夫妇达上百对之多"。③ 这些从封建婚姻关系中解放出来的青年，大多数投身革命洪流，对革命起到了促进作用。④ 可见对青年"结婚自由"到投身"革命"的宣传策略确实发生了效用，于是这在后续根据地和解放区的婚姻制度改革实践中继续被采纳，成为中共对"结婚自由"宣传的主要思路。在苏区《婚姻条例》之后，各解放区也逐渐探索实行婚姻制度变革，并通过婚姻制度变革"唤起民众"，实行社会改造。较为重要的婚姻法规和条例主要有1939年4月《陕甘宁边区婚姻条例》，同样规定"男女婚姻以自由意志为原则"；对于结婚要求"男女结婚须双方自愿及有二人之证婚；婚龄为男满20岁

① 毛泽东：《中华苏维埃共和国中央执行委员会与人民委员会对第二次全国苏维埃代表大会的报告》，中国人民解放军政治学院党史教研室：《中共党史参考资料 第6册》，第514页。
② 谢济堂编：《中央苏区革命歌谣选集》，鹭江出版社1990年版，第371页。
③ 张雪英：《中央苏区妇女运动史》，中国社会科学出版社2009年版，第106页。
④ 张雪英：《中央苏区妇女运动史》，中国社会科学出版社2009年版，第106页。

女满18岁；男女双方得向当地乡、市政府请求记，领取结婚证"；此外还有1941年4月1日公布的《晋西北婚姻暂行条例》；1942年1月5日颁布《晋冀鲁豫边区婚姻暂行条例》；1943年2月4日晋察冀边区行政委员会颁布《晋察冀边区婚姻条例》；1945年3月16日施行的《山东省婚姻暂行条例》；以及其他与婚姻问题有关的细则、命令等文件。这些文件在"结婚问题"上的表述大致相同，原则上都要求结婚自由，男女自愿结为夫妻，并到政府机关进行结婚登记手续。正是在边区婚姻条例颁布的基础上，1943年赵树理根据施行不久的《晋冀鲁豫边区婚姻暂行条例》和《普冀鲁豫边区妨害婚姻治罪暂行条例》，结合边区"岳冬至案"，创作了《小二黑结婚》，成为风靡一时的大众文学。

在纪念"五四"运动二十年时，毛泽东连续发表《五四运动》和《青年运动的方向》两篇文章，强调青年群体对革命的重要性，认为中国民主革命的根本社会势力就是革命的工、农、兵、学、商①，前五十年革命的经验和教训就是"唤起民众"，全国青年都应该"动员起来，组织起来"，和"工农兵"民众结合，不仅要抗日，还要"生产劳动"②。虽然对青年的"劳动"号召在50年代最终转化为城市知识青年的"上山下乡"，但对于当时农村的青年群体来说，所谓的动员和组织却更多地体现在了"婚姻自由"和"生产解放"的结合问题上来。

如果说毛泽东之前发表的青年动员讲话是更为广泛的社会层面的革命动员，那么1945年毛泽东所发表的《在延安文艺座谈会上的讲话》（以下简称《讲话》），则更直接指出文学实施动员和宣传的具体目标和方法论。他提出文艺所服务的对象是以"工农兵"和"城市小资产阶级劳动群众和知识分子"为主的人民大众；文艺的目的是构建"工农兵"文艺；文艺创作者应该以"普及为主"，"用工农兵自己所需要、所便于接受"的"初级文艺"，其次是"提高"，也就是"经过革命作家的创造性的

---

①　毛泽东：《五四运动》，《毛泽东文集》第2卷，人民出版社1991年版，第559页。

②　毛泽东：《青年运动的方向》，《毛泽东文集》第2卷，人民出版社1991年版，第561-569页。

劳动而形成观念形态上的为人民大众的文学艺术"，"一切这些同志都应该和在群众中做文艺普及工作的同志们发生密切的联系，一方面帮助他们，指导他们，一方面又向他们学习，从他们吸收由群众中来的养料，把自己充实起来，丰富起来，使自己的专门不致成为脱离群众、脱离实际、毫无内容、毫无生气的空中楼阁"。① 可见，毛泽东有意"通过文学叙事来创造政治的合法性"，"革命的政治真正要造就的，是一种普遍的群众政治。"②通过《讲话》，中共真正构建了一党治理后的文艺基本路线，随后中共针对各项政策法规的文学宣传和动员，也紧紧围绕着《讲话》进行和展开，婚姻制度变革的相关叙事也是如此。

1950 年 5 月 1 日，《中华人民共和国婚姻法》经毛泽东签署正式施行，其立法精神基本延续了《中华苏维埃共和国婚姻条例》及解放区、边区等婚姻条例的内核，在立法原则上要求实行"废除包办强迫、男尊女卑、漠视子女利益的封建主义婚姻制度。实行男女婚姻自由、一夫一妻、男女权利平等、保护妇女和子女合法权益的新民主主义婚姻制度"。在"结婚"问题上依然贯彻"结婚须男女双方本人完全自愿，不许任何一方对他方加以强迫或任何第三者加以干涉"③。婚姻法正式颁布前，身为中央法委会主任的王明曾在 4 月 9 日将修改后的《关于中华人民共和国婚姻条例(或婚姻法)草案的简单说明(初稿)》送毛泽东，请审阅批示修改意见。④ 同日毛泽东在《为印发周恩来关于中苏条约的报告的批语》上批示："此次政府委员会议，除周(恩来)、陈(云)、林(彪)、邓(小平)四同志讲话外，为解释婚姻法，王明似亦宜略作说明。"⑤4 月 13 日中央人民政府委员会举行第七次会议，听取王明关于

① 毛泽东：《在延安文艺座谈会上的讲话》，《毛泽东选集》第 3 卷，人民出版社 2009 年版，第 851 页。
② 贺桂梅：《书写"中国气派"：当代文学与民族形式建构》，北京大学出版社 2020 年版，第 226 页。
③ 《婚姻法及其有关文件》，新华书店 1950 年版，第 1 页。
④ 郭德宏编：《王明年谱》，社会科学文献出版社 2014 年版，第 631 页。
⑤ 毛泽东：《为印发周恩来关于中苏条约的报告的批语》，《建国以来毛泽东文稿》第 1 册，中央文献出版社 1987 年版，第 288 页

中华人民共和国婚姻法草案的报告，一致通过了婚姻法。正是王明所做《关于中华人民共和国婚姻法起草经过和起草理由的报告》为婚姻法的立法精神和初衷作出了更详细的注解。

在这份报告中，王明对将旧的婚姻制度和新的婚姻制度变革有意对立起来，并不断用"新"和"旧"将二者区分开来，显得十足意味深长，"几千年前开始而至今在不少地方依然流行的中国旧婚姻制度，主要是野蛮落后的封建主义婚姻制度。伴随着中国人民解放运动发展和新社会诞生过程而生长发展起来的新婚姻制度，则是进步的新民主主义婚姻制度"。①

为何如此强调婚姻制度中的新旧对立？王明在总结旧婚姻制度的三个特点时，主要强调了其"父权"和"夫权"属性，其中尤以"父权"压迫为甚。他在第一点和第三点着重谈到了旧婚姻制度中的父子权力关系，第一个特点就是"包办强迫的婚姻"。"父母之命，媒妁之言"是包办强迫婚姻的合法形式；实际上是封建政权和封建族权对男女婚姻关系的联合支配。……第三个特点，不能不是漠视子女利益，在这种封建家庭制度下的子女，当然不能不成为封建家长任意蹂躏的对象。'父叫子死，子不能不死！''天下无不是的父母'等等训条，实际上把所谓'父子之亲'的家庭，变成了所谓'君臣之义'的国家的缩影。"②正是在这个意义上，旧的婚姻制度阻碍了新社会的"发育"，因此王明称其为"新生的社会肌体上已经衰败的细胞"，"表面上似乎仍有活力和仍占优势，但实质上已是腐朽的落后的旧婚姻制度，必然地要日益衰颓死亡。"旧的死去，势必要有新的制度取代，"虽然现在实行这种婚姻制度的主要的还是解放较早地区的觉悟较高的人民，虽然实行这种婚姻制度的男女结婚

① 陈绍禹（王明）：《关于中华人民共和国婚姻法起草经过和起草理由的报告》，中央人民政府法制委员会编：《婚姻法及其有关文件》，人民出版社1950年版，第37页。

② 陈绍禹（王明）：《关于中华人民共和国婚姻法起草经过和起草理由的报告》，中央人民政府法制委员会编：《婚姻法及其有关文件》，人民出版社1950年版，第41页。

目前在全国范围内数量上还未占优势,但它是新生的进步的合于新社会需要的新婚姻制度,因而它必然地要象刚迈入美妙青春的男女一样日益发育滋长"。①

可以看出,王明在报告中对"新""旧"婚姻制度采用了拟人化形容,"旧"的婚姻制度指代了"老年人"的"父权";而"新"婚姻制度象征了"发育滋长"中的"青春的男女"。这种"老年"和"青年"的情绪对立中,可能不无毛泽东"五四"之初所做的《恋爱问题——少年人和老年人》一文的隐秘映照,"老人于种种事情总是和少年立在反对地位。从吃饭穿衣等日常生活,以至对社会国家的感想,世界人类的态度,他总是萧瑟的,枯燥的,退缩的,静止的。他的见解总是卑下,他的主张总是消极。我觉得少的与老的,所以尚能相处一块,大半是为着利害关系。老的靠着少的供给他的衣食,少的靠着老的供给他的经验和知识"。② 只不过毛泽东一文中,老年人最终是和"资本主义"联系在一起,因为"老年人"为儿子"讨媳妇"不过是要"他媳妇替他做奴隶的工作",为女选"快婿",不过是为了"多索聘金""只顾自己的吃饭",毛泽东认为,这种婚姻关系更像是资本主义的剥削关系,而在当时的少年人心中"夫妇关系,完全是要以恋爱为中心,余事种种都系附属"。所以"老头子与恋爱,是立于冲突的地位"了,如何扭转这种困局?毛泽东说:"在子女方面,对于父母干涉自己的婚姻,应为绝对的拒绝。必要做到这点,然后资本主义的婚姻才可废止,恋爱中心主义的婚姻才可成立,真正得到恋爱幸福的夫妇才可出现。"这种新老对立的论说,就又回到梁启超的《少年中国说》中老年人"保守之旧"与青年人"进取之新"③的对立中来。这显示着《婚姻法》立法者们对婚姻制度变革的思想源头,正是晚

---

① 陈绍禹(王明):《关于中华人民共和国婚姻法起草经过和起草理由的报告》,中央人民政府法制委员会编:《婚姻法及其有关文件》,人民出版社1950年版,第45页。

② 毛泽东:《恋爱问题——少年人和老年人》,中共中央文献研究室、新华通讯社编:《毛泽东新闻作品集》,新华出版社2014年版,第66页。

③ 梁启超:《少年中国说》,《清议报》1900年第35期。

清学人的"家庭革命"言说。

王明的报告与毛泽东一文中对"新""老"的指代虽不完全一致，但内在的逻辑却是一致的，父辈的"包办婚姻"实质上是将"子女"当成了"家长任意处置的私产"，但子女"不仅是家庭的组成员，他们更是社会的组成员，他们是新社会的小主人翁，新社会新国家当然应该保护他们的合法权利"。王明在这段讲话中更直接地解释了在中华人民共和国实行婚姻制度变革的内在含义，旧的封建婚姻制度通过"结婚"这一形式，将青年与老一辈大家长所掌控的"家庭"通过经济牢牢捆在一起，以实现父权对青年的控制。这种控制，无疑阻碍了社会生产力的发展。新的婚姻制度正是要打破这旧婚姻制度中的经济约束，更重要的是打破老年人对青年人的控制，将青年人从旧式"家庭"中解放出来，成为"新社会"的"集体"成员。

《婚姻法》颁布的目的不止是要推翻"老"的家庭，最重要的还是在于形成"新"的婚姻观念。而中华人民共和国"幸福的夫妇"构建在何种标准上？王明认为"财物的多寡""门第的高低"以及"任何珍贵之物"都不能成为结婚关系的基础，而只能是"男女双方完全自愿"的"相互爱情"。① 这种观念继承了毛泽东在《恋爱问题》一文中的"爱情论"，这既是"五四"以来社会的共同认知，也是新婚姻法的思想来源，即马列主义的婚姻观念。更具体一些就是重合于恩格斯在《家庭、私有制和国家的来源》中所提及的"爱情是婚姻的唯一基础"。

但对急需解放生产力和发展生产力的中华人民共和国来说，仅有"人的生产"是不够的，此一时期更需要的是"物质的生产"②，因此在"爱情"

---

① 陈绍禹(王明)：《关于中华人民共和国婚姻法起草经过和起草理由的报告》，中央人民政府法制委员会编：《婚姻法及其有关文件》，人民出版社1950年版，第53页。

② 恩格斯在《家庭、私有制与国家的起源》中阐述了"两种生产"理论："根据唯物主义观点，历史中的决定性因素，归根结底是直接生活的生产和再生产。但是，生产本身又有两种。一方面是生活资料即食物、衣服、住房以及为此所必需的工具的生产；另一方面是人自身的生产，即种的繁衍。"参见[德]恩格斯：《家庭、私有制和国家的起源》，人民出版社2018年版，第4页。

的基础上,王明指出构成夫妇"爱情"的内涵为:"基于共同生活(包括共同劳动等)共同事业(包括对新社会、新国家的政治态度等)而引起的相互了解特别友谊所形成的男女相互爱情,是男女结婚的基础,也是婚后夫妻关系持续的基础;也就是男女婚姻自由的直接的真实的基础。"①可以看出,新的《婚姻法》在"结婚问题"上的改造意图,其实就是要重构中华人民共和国"个人"和"集体"之间的关系认知,而改造和重构的对象,就是代表了"新"的生产力的"青年"群体。彭文浩(Michael Palmer)就曾指出,1950年婚姻法的颁布的主要目的就是获得青年一代对新政权的支持。② 而在婚姻问题上,"结婚"问题尤为体现出青年群体的针对性。

经过对"群""己"观念的梳理中我们可以发现,群己的讨论一直以来都重点围绕家庭关系改革展开,而"结婚"问题始终是这一讨论过程中最醒目也最尖锐的存在,不同时期"群""己"的边界和内涵却随着时局的需要有所变动。在50年代以《婚姻法》为主要阵地的婚姻制度改革中,由于"结婚"问题天然面向的青年群体,"结婚自愿"的文学叙事宣传动员改造的对象仍旧是青年,改造的主要问题仍然也是青年对"群"与"己"之间的关系认知,但"群"与"己"的定义及关系,对此问题的动员手段和目的,却和晚清以来大相径庭。晚清学人所强调的"群"更在于意图构建一种"国家"的政治意识,"己"是在"群"之下所被构建起来的一种国家公民身份。而50年代的"群"主要凸显为以中共中央所建立的"新中国"的"政治集体","己"则是为这一群体所服膺的"人民"。《婚姻法》的实施和宣传的过程中,"结婚自愿"法条展开的宣传和想象目标,正是将过去"大家庭"中尚未被完全解放的青年,通过国家法律保护的"自愿"形式从旧式家庭中解离出来,构建新的"小家庭",而"小

① 陈绍禹(王明):《关于中华人民共和国婚姻法起草经过和起草理由的报告》,中央人民政府法制委员会编:《婚姻法及其有关文件》,人民出版社1950年版,第54页。

② Michael Palmer, *The Re—Emergence of Family Law in Post-Mao China: Marriage, Divorce and Reproduction*, The China Quarterly, No. 141 (Mar., 1995), p. 110.

家庭"服务的对象及生成的任务，正是"新中国"的"生产"。

"结婚"问题"之所以如此重要，正是因为它是中华人民共和国对青年群体实行社会改造的一个重要话语通道，《婚姻法》的颁布，使得国家通过法律向个人赋权，让青年通过"结婚自由"获得属于"个人"的话语权力，解离了旧社会的"父子有亲"的权力体系，让青年构建了属于自己的"私密空间"。"一般青年最容易体会婚姻法的精神，并能正确地处理自己的婚姻问题。他(她)们知道如何照顾家庭的团结，而又坚持自己的婚姻必须自由。所以，他(她)们常是很亲切诚恳地说服父母或其他人，不要干涉自己的婚姻，并用婚姻法来做为说理的武器。"①这种思想改造的方式，可以隐隐看出其中隐含的晚清以来的"个人"解放重影，但又不完全类似，在中华人民共和国的"结婚"改造中，个体与"家庭式的集体"开始解离，最终来到"政治国家的集体"中。

法律的推行往往是复杂而困难的，费孝通就说过："法治秩序的建立不能单靠制定若干法律条文和设立若干法庭，重要的还得看人民怎样去应用这些设备。更进一步，在社会结构和思想观念上还得先有一番改革。如果在这些方面不加以改革，单把法律和法庭推行下乡，结果法治秩序的好处未得，而破坏礼治秩序的弊病却已先发生了。② 如何"在社会结构和思想观念上先有一番改革"？王明的讲话中直接指明："小说是婚姻方式底最好的镜子。"小说应该反映的，是"王宝林结婚""小二黑结婚""新儿女英雄传"那样的新式婚姻，这种"新式婚姻"的制度及其相关的叙事，"不仅将空前地增进家庭的幸福，而且将在一定程度内大大地帮助和促进社会生产力的发展"。③ 可见文学构成了"结婚"法制改革前的思想改造的重要武器。"结婚"叙事用以表现婚姻制度变革的合法性和必要性，并在这个过程中召唤民众对改革的认同性和自发性，这在中华人民共和国文学中是一种最惯常的宣传逻辑，甚至可以说在革命以

---

① 李正：《为贯彻婚姻法而斗争》，《人民日报》1951年1月17日。

② 费孝通：《乡土中国 生育制度》，北京大学出版社1998年版，第58页。

③ 陈绍禹(王明)：《关于中华人民共和国婚姻法起草经过和起草理由的报告》，中央人民政府法制委员会编：《婚姻法及其有关文件》，人民出版社1950年版，第48页。

来的中国文学一直存在的共通性，文学叙事通过一种"想象"的"话语装置"，不仅构建出"人民"这一政治性群体，还构建了"人民"的"政治共同体感知"。① 于是，和婚姻制度变革息息相关的"结婚"叙事需求，就此被生产出来，成为当时的一股风潮。

四、"结婚自由"话语中的"集体主义"需求

在《婚姻法》的宣传中，不止要"解放个人"，也同样面临着"集体主义"的接受需求。对《婚姻法》的文学宣传，绝非只是"解放"家庭中的个人，走向政治化"集体"这样的简单逻辑推进。"个人"和"集体"之间的矛盾冲突早在抗战之时就是中共关注的重点。有研究者注意到："来自国统区的知识分子文艺家在创作实践和政治参与上表现出个人主义的追求……同时还表现出排斥党的领导的自由主义倾向……而要动员和发展全民族的抗战，壮大共产党领导的革命队伍以取得民族民主革命的胜利，就必须将那些游离于外的、小资产阶级的、个人主义的知识分子充分无产阶级化。"②因此，必须对文艺思想问题进行统一，毛泽东《在延安文艺座谈会上的讲话》时强调："个人主义的小资产阶级立场的作家是不可能真正地为革命的工农兵群众服务的"，文艺创作的方针随后被确立为以《在延安文艺座谈会上的讲话》内容为主的"工农兵文艺"。但《婚姻法》起草时在结婚问题上的思想来源和理论依据，无论是"婚姻自由"或是"爱情是婚姻的基础"，这其实共享了晚清和"五四"以来"个人主义"生成的话语资源。丛小平也说："20 世纪的社会和家庭变革强调了青年男女的婚姻自由和建立核心小家庭的主题，为此"五四"新文化运动创造出了反抗家长制的话语。"③也就是说，《婚姻法》中，利用婚

---

① 贺桂梅：《书写"中国气派"：当代文学与民族形式建构》，北京大学出版社 2020 年版，第 226 页。

② 费虹寰：《毛泽东〈在延安文艺座谈会上的讲话〉与"文化领导权"问题》，《党的文献》2011 年第 6 期。

③ 丛小平：《20 世纪中期革命文学中母女传承的转型与家国关系——兼论女作家袁静及其作品》，《开放时代》2016 年第 3 期。

姻自由来反抗父权的逻辑同"五四"时期倡导"个人化"的社会改造一脉相承。而且，《婚姻法》宣传的最终导向必然是政治化的集体，对"爱情"和"自由"的至上宣传，必将面临着"个人"溢出"集体"的危机。有学者就指出了这种改革中蕴含的复杂和危险："父权作为中国传统社会家庭中的权力机构和稳定机构被改变以后，之间的横向关系成为家庭中最核心的关系，伴随着自由爱情的强调，人们也更强调人格的独立性，这样就有可能使诸多本来并不激烈的冲突变得敏感，过去维护家庭基本稳定机构的父权制度被打破之后，并不是家庭地位的削弱，也没有使今天中国人可以在家庭之外实现自己的美好生活，正相反，家庭政治变得更加复杂，微妙和不可预期。"①于是，"结婚"叙事要面临的问题，不仅仅在于构建青年对法律框架内"结婚自由"的合法想象，还要对可能出现的"个人主义"思想进行不断的修正和收编，并让青年们顺利转向"政治共同体"的生产秩序想象中。贺桂梅就说："乡村社会民主变革的重心之一，是如何鼓动青年男女在恋爱婚姻关系上的自主选择权；"②而这条路正是在《刘巧儿》等作品为中心的经典化和推广的过程中逐渐被摸索出来的。这个作品中所蕴含的重要动作——"抗婚"，构成了个体解离"家庭"，转向国家"生产集体"的想象路径。

第二节 "刘巧儿"抗婚：青年个人和家庭的解离

一、从"马锡五审判方式"到《刘巧儿》：审判宣传及其文艺改编

1944 年 3 月 13 日，《解放日报》刊登了一篇题为《马锡五同志的审

① 吴飞：《浮生取义：对华北某县自杀现象的文化解读》，中国人民大学出版社 2009 年版，第 57 页。
② 贺桂梅：《人民文艺中的婚姻家庭叙事与妇女解放的历史经验》，《妇女研究论丛》2020 年第 3 期。

判方式》的报道，主要介绍和推荐了陕甘宁边区法官马锡五深入群众，实行简单轻便的审判方式。报道中援引了马锡五经手的三个典型案件，其中两件是当地的土地纠纷案，另一件是婚姻纠纷案——"封彦贵与张金才为儿女婚姻案"①，主要讲述的是华池县温台区四乡封家园子居民封彦贵在1928年将时年四岁的女儿封捧儿(后改名封芝琴)与张金才之子张柏订立婚约，但随着当地彩礼数额大增，1942年封彦贵企图教唆女儿封捧儿以"婚姻自主"的借口与张家解除婚约，一面将封捧儿以高额彩礼许给城壕川南源张宪芝之子为妻。此事被张金才告发，经华池县判决取消婚约。1943年2月，封捧儿随母到赵家瓟子钟聚宝家吃喜丧酒，遇张柏，经过简单交谈，封捧儿表示愿意与张柏成婚，但苦于父亲包办。同年3月，封彦贵再度将封捧儿以高额彩礼另许庆阳新堡区朱寿昌为妻。张柏之父张金才得悉，纠集二十个族人携武器连夜闯入封彦贵家抢回封捧儿与张柏成婚。封彦贵随即控告到华池县司法处，县里未经仔细调查便判决张柏父亲张金才徒刑六个月，张柏和封捧儿婚姻无效，但并未服众。捧儿决定到县里上诉，当时适值马锡五到华池县巡视工作，正逢不服判决到华池告状的封捧儿，马锡五接待了她并答应重新审理此案。

在"封彦贵与张金才为儿女婚姻案"发生之前，1939年4月4日陕甘宁边区就公布了《陕甘宁边区婚姻条例》，该条例基本遵循《中华苏维埃共和国婚姻法》的立法原则，第一章总则第二条规定"男女婚姻照本人之自由意志为原则"，第四条规定"禁止包办强迫及买卖婚姻，禁止童养媳及童养婚(俗名站年汉)"。在第二章结婚第五条要求："男女结婚须双方自愿，及有二人之证婚。"②1942年8月边区再度发布《陕甘宁边区政府关于严禁买卖婚姻具体办法的命令》，规定"即经亲告而成为

---

① 《封彦贵与张金才为儿女婚姻案》，西安：陕西省档案馆藏，全宗号15，卷号842；转引自丛小平：《20世纪中期革命文学中母女传承的转型与家国关系——兼论女作家袁静及其作品》，《开放时代》2016年第3期。

② 陕西档案馆，陕西省社会科学院编：《陕甘宁边区政府文件选编》(第一辑)，陕西人民教育出版社2013年版，第148-150页。

诉讼，法院只审查婚姻本质上有无瑕疵，有瑕疵至不能成为婚姻者，应认为无效；"而至于什么是"婚姻瑕疵"，文件加以解释为"重婚、未达法定结婚年龄、女方不同意及有威胁、抢夺、诱骗情形等均是"。① 封彦贵以高价彩礼多次将女儿婚姻易主的行为显然违反了女儿个人的意志，并有包办强迫及买卖婚姻之嫌，因此封捧儿自主婚姻的需求不容忽视。随后马锡五来到封家所在村庄，详询当地干部和群众，了解舆论风向；并单独询问封捧儿的意见，她说："死也要与张柏儿结婚。"明确群众需求后，马锡五协同当地司法机构进行公开审理，1943 年 7 月 1 日此案判决为："张柏儿与封捧儿双方同意结婚，按婚姻自主原则，其婚姻准予有效；但不论新式旧式，均应采取合法手续，黑夜纠众实行抢亲，对地方治安及社会秩序妨碍极大，因之科处张金才、张金贵等以徒刑，其他附和者给以严厉之批评；封彦贵以女儿为货物，反复出卖，科苦役以示儆戒。"②让年轻人获得了想要的婚姻关系，并教育了当地群众，获得了良好的社会效果，马锡五因此被广大群众称为"马青天"。经过类似的案件审判，形成了"深入调查；坚持政府法令，又照顾群众习惯和利益；诉讼和审判手续简单轻便"的"马锡五审判方式"，并在边区进行宣传。

这样一个宣传审判方式和审判专员的新闻稿，在随后的十多年里经过文学加工，成为了影响最为广泛的宣传《婚姻法》的文艺作品之一。有研究者认为："陕甘宁边区推行'马锡五审判方式'是国家政权建设'权力下沉策略的重要组成部分'，在制度理性化程度较低的历史背景下，这一司法方法试图以人格型权威弥补制度内生型权威之不足，以尽可能消解'改造社会'之法律方案在强制推行过程中的暴力属性。"③对这一故事的文艺改编和宣传，在内在逻辑上，甚至在情感动机上和"马锡五审判方式"的推广具有一致性。《婚姻法》的颁布和实施显然具有国

---

① 张希坡：《中国婚姻立法史》，人民出版社 2004 年版，第 168 页。

② 《马锡五同志的审判方式》，《解放日报》1944 年 3 月 13 日。

③ 陈洪杰：《人民司法的历史面相——陕甘宁边区司法传统及其意义符号生产之"祛魅"》，《清华法学》2014 年第 8 期。

家机器权威性和暴力属性,民众对法律的误读导致了民间惨剧的发生,而文艺宣传显然软化了民众对"国家暴力机关"所颁布的法律方案的权威恐惧,也弥合了意识形态和民众之间的认知鸿沟。

1944年,当时还是甘肃陇东中学教师的袁静根据《马锡五同志的审判方式》一文中的"封彦贵与张金才为儿女婚姻案"创作了戏剧剧本《刘巧儿告状》,讲述女主人公"刘巧儿"在陕甘宁边区政府的帮助下,反抗父亲的包办买卖婚姻,终于嫁得意中人的故事,并在延安上演。随后说书盲艺人韩起祥又将其改编成说书《刘巧团圆》在陕甘宁边区进行说唱表演,使得这个故事在当地广泛流传。1950年初,《婚姻法》的颁布和实施催生了宣传需要,封捧儿的故事因为涉及"抗婚"和"告状"这样的法律因素,契合婚姻法精神,成为改编的极佳对象。在韩起祥的说书版本和袁静的剧本基础上,首都实验评剧团又将"刘巧儿告状"集体改编为评剧,著名评剧演员新凤霞饰演主角刘巧儿,在北京天桥剧场上演。随后著名戏剧家王雁将其改编为《刘巧儿》,50年代在全国各地舞台巡回演出。1956年,长春电影制片厂根据评剧拍成电影《刘巧儿》,在全国放映,造成轰动。"刘巧儿"作为反抗父权包办,争取婚姻自由,践行新《婚姻法》的典范,迅即成为家喻户晓的人物。整个五十年代,《刘巧儿》故事的风靡程度从老舍的文章中就可见一斑:"拿起北京日报看看吧,戏剧广告栏里的节目一年到头总是小女婿、刘巧儿、罗汉钱这几句……我知道,我们都终年辛辛苦苦,并没偷闲,可是事实上我们是怠了工;要不然为什么刘巧儿与小女婿会那么顽强地不肯去休息休息呢?首都如是,各地恐怕也如是,假若不是更差一些的话。"①

二、"刘巧儿"改编策略:从"包办婚姻"到"反抗父权"

实际上,封捧儿的抗婚是否真的是"婚姻自主"仍是有待商榷的,因为她最终仍然嫁给了父母首次"包办"的对象张柏。有研究者就认为

---

① 老舍:《请多注意通俗文艺》,《人民日报》1953年10月13日。

封捧儿之所以仍选择张柏，"一方面是因不赞同父亲出尔反尔，为了一己之利，将自己反复'许配'。这一做法是连乡邻都无法认同的，这也是为何马锡五作出处罚封彦贵的判决后，众人都十分高兴，认为'入情入理'。另一方面，作为深受传统家庭伦理影响的女性，封捧儿或许也存在几分对'父母之命、媒妁之言'的认同，她放弃经济条件更好的朱寿昌，却愿意与最初许配为婚的张柏成亲，多少也受到这一传统婚姻观的影响"。① 乡村婚俗对"名声不正"的规限和惩罚一般会落在女性身上，且很可能会跟随女性一生，《登记》中小飞蛾婚前恋情成为困扰她一生的罪名渊薮就可辅证这一点。而男性却不那么容易遭受"易妻"和"易女"的指责，所以捧儿和母亲很可能不赞成其父在女儿婚事上不守承诺的做法，想要让捧儿逃避不幸的婚姻和乡村流言的背刺。根据1982年封捧儿的回忆，她的姑妈和张柏一家是亲戚，自己从小经常和奶奶去张柏家串亲戚，和张柏自小熟识并产生感情。② 丛小平也认为，封捧儿之所以仍然愿意嫁给张柏，其中可能还有捧儿母亲的意愿。甚至后来的抢亲事件，很可能都是母女俩合谋达成的③，因为抢婚之后捧儿很快就在张柏家与其成亲了。"抢亲"这个行为原本就是父权制的产物，这显示了社会现实和"婚姻自主"宣传话语之间的吊诡，封捧儿对父亲的反抗，起初是在与父权的角力间达成的，如果没有张父的抢亲，封捧儿很可能就必须顺从自己父亲的意愿高价包办给朱寿昌。而且本身封捧儿到县里告状遇到"马青天"从而翻案，这完全是一个随机事件，在原本的案件报道中也说刘巧儿是在一棵树下偶遇了马锡五，如果没有偶遇，这一案件成功翻案的可能性有多大我们无从得知，因此封捧儿本人的自觉能动性到底有多大效果是有待商榷的。那么，封捧儿的故事很可

---

① 韩伟：《刘巧儿的历史言说与真实》，《寻根》2018年第1期。

② 封芝琴：《回忆马锡五同志》，中国人民政治协商会议甘肃省委员会文史资料研究委员会编：《甘肃文史资料选辑第12辑革命史专辑》，甘肃人民出版社1982年版，第145页。

③ 参见 Xiaoping Cong, *Marriage, Law, and Gender in Revolutionary China*, Chapter 3。

能就不是单纯像后来所宣传的"反抗包办，争取婚姻自主"这么简单，其内在有着和乡村伦理妥协的一面。所谓封捧儿"抗婚"很可能抗的只是其父出于金钱的目的多次将其易主的"买卖婚姻"，而不是反抗"包办婚姻"的父权逻辑。而这一点正是其后针对《婚姻法》改编和宣传的《刘巧儿》故事中试图修正的一点，王雁在谈及《刘巧儿》的改编时就说"巧儿和柱儿后来能够结婚，还是因为有前一段父母代为定亲的缘故，他们两人的感情是建筑在自小定亲这件这个基础上的，这样就会给观众一个印象，巧儿和柱儿是父母给订的亲，如果后来不是刘彦贵贪财退了婚，他们俩不是就可以结婚，而且婚后的生活是不是也很美满吗？那为什么要反对父母包办儿女的婚亲事呢？如果戏剧效果是这样的话，那就违反了婚姻法的精神，反倒替父母包办婚姻做了辩护。"[1]在改编中，改编者们尽可能绕开了对这一案件中"买卖"和"包办"因素的过度渲染，而只尽力展现其中的"反抗"精神和"自主"意识。而反抗父权，婚姻自主这一主题，正与"五四"以来婚恋故事的内核一脉相承，但其又不止与"五四"叙事逻辑相似这么简单，"而是与中国共产党的边区治理、农村婚姻制度改革和乡村社会的政治重构等历史因素密切相关。"[2]

在袁静的《刘巧儿告状》中，一改《解放日报》以"马专员"审判方式为中心的报道视角，将"刘巧儿"的"抗婚"转化为了故事主线。不仅在袁静的笔下，在说书艺人韩起祥和王雁笔下，同样采用了"视角下沉"这一创作手法，将叙事的主人公从马锡五替换为刘巧儿，叙事主体身份的迁移无疑呈现了动员对象和社会改造的意图转移。如果说"审判方式"为对象的言说更多是代表着一种"形而上"的制度改革展示，那么"团圆"和"告状"一词无疑强调了刘巧儿的主观能动性。除了"马专员"本人社会身份不变之外，其他涉案人物的社会身份都或多或少进行了"阶级加工"，封捧儿化身的"刘巧儿"是"边区新型劳动妇女"；以张柏

---

[1]　王雁：《关于〈刘巧儿〉的改编》，《刘巧儿》，宝文堂书店 1952 年版，第 2页。

[2]　贺桂梅：《人民文艺中的婚姻家庭叙事与妇女解放的历史经验》，《妇女研究论丛》2020 年第 3 期。

为原型的"赵柱儿"是"变工队长"，这种"阶级加持"的方式是当时乡土社会和政治碰撞的正常操作方式，费孝通就曾指出，赞成新式结婚，积极用法律和规则寻求帮助和保护的青年，在传统的乡间伦理都是"不容于乡土"的"败类"①，因此结婚叙事都要给这些年轻人安上一个"干部身份"，一方面充填和增加他们行为的正当性，另一方面也是暗示了那些拥有"自由结婚"觉悟的年轻人都要积极进入"国家"运作的系统中来。

此外，巧儿之父"刘彦贵"成为了小商人；刘巧儿被高彩礼许配给的"王寿昌"则变成了四十八岁的"老财"。可以看出，《解放日报》的报道和宣传视角无疑是官方对法律执行的"上层"视角，但在《刘巧儿告状》中，"形而上"的法理视角无疑转化为"阶级斗争"路线。这种"视角下沉"的创作方式显然与毛泽东在一九四二年五月二日发表的《在延安文艺座谈会上的讲话》（以下简称《讲话》）精神有关，《讲话》中指出文艺工作者的立场应该是"无产阶级的和人民大众的立场"，"我们所说的文艺服从于政治，这政治是指阶级的政治、群众的政治，不是所谓少数政治家的政治。……革命的思想斗争和艺术斗争，必须服从于政治的斗争，因为只有经过政治，阶级和群众的需要才能集中地表现出来。"②袁静的创作显然深受《讲话》的影响，并及时将其精神进行了创造性吸收。《刘巧儿告状》里，刘父"无赖的小商人"的负面形象塑造，暗示了刘父的"小资产阶级"立场，加上"包办对象"王寿昌又是个财主，那么"买卖婚姻"的动机和源头就说得通了，导致巧儿"被买卖"的根本原因并不是"父权包办"，而是刘巧儿、赵柱儿为代表的"工农兵"阶级以及刘父、王寿昌为代表的"资产阶级"之间的阶级矛盾。

《讲话》刚出现时，其中的"阶级"话语或许面对的更多是解放区精英阶层知识分子的灌注和教化。深深扎根在民间的说书艺人韩起祥或许无法像袁静那样精准吸收《讲话》的精神，但韩起祥创作这一系列紧贴

---

① 费孝通：《乡土中国 生育制度 乡土重建》，商务印书馆2015年版，第61页。
② 《在延安文艺座谈会上的讲话》，《毛泽东选集》第3卷，人民出版社2009年版，第851页。

党的政策的文艺作品显然也间接受到《讲话》的影响和指示。因为《讲话》中明确要求文艺不仅要站在"工农兵立场",还要用工农兵自己所需要、所便于接受的东西进行"普及",因此必须继承"一切优秀的文学艺术遗产","我们的文学专门家应该注意群众的墙报,注意军队和农村中的通讯文学。我们的戏剧专门家应该注意军队和农村中的小剧团。我们的音乐专门家应该注意群众的歌唱"。① 在《讲话》精神的指示下,1945 年陕甘宁边区文协成立说书组,开始改造陕北说书工作。当时韩起祥已经是有一定影响力的陕北民间说书艺人,但他演唱的更多是落后的封建迷信的旧书,因为"普及"精神指示,受到边区文协注意,并对其进行动员收编工作,韩起祥才正式成为被边区文协收编的"民间说书艺人",开始持续创作宣传中共政策的说书剧本,但显然民间艺人很难精准把握当时中共各项政策的内部精神,其受到感召的更多是中共政体定义和否定其之前从事的"封建迷信"的"权威"力量,所以韩起祥对其中的精神细部还未能全部接受。因此其说书创作更多是用民间话语传统套用政策口号这样的较为生硬的方式,显现出官方和民间话语碰撞的粗糙感,"他是很实际的。根本不晓得什么叫做'为艺术而艺术'……但正如他思想中还存留着许多落后的东西一样,他的创作也存留着一些缺点,存留着一些旧说书的老套,这是不可避免的过程"。② 贺桂梅也认为《刘巧团圆》与"宋元话本小说的相关叙事没有太大的不同",因为韩起祥显然是直接地接受了刘巧和赵柱包办婚姻这一事实,将刘巧和赵柱婚姻当成了既定婚姻下的离散又复合,所以标题使用的是"团圆"这一概念,说书中也一再使用"拆散我夫妻"的表述方式。虽然在概念上存在一定的滞后性,但是韩起祥显然对民间话语和情感的操使更为熟稔。"爱"是一种复杂而流动的情感,但"恨"却简单纯粹。对"恨"的调动显然更能聚合群体,情绪也更为持久。《刘巧团圆》关注的中心显然不在

---

① 《在延安文艺座谈会上的讲话》,《毛泽东选集》第 3 卷,人民出版社 2009 年版,第 851 页。

② 林山:《盲艺人韩起祥——介绍一个民间诗人》,《华北文艺》1949 年第 6 期。

刘巧和赵柱婚姻问题上的"自主"意识，而在于刘巧对父亲的"恨"，正是这种"恨"解离了传统亲子关系的紧密，最明显的是说唱故事里大段出现刘巧控诉父亲的唱词：

> 我是你亲生自己养，
> 为什么你长个铁石心？
> 你左说右说为女儿，
> 为什么要让我跳火坑？
> 我一路走来一路想，
> 回家还不如进牢门？
> 我不知东来不知西，
> 走到哪里找亲人？①

　　唱段里显然暗示了"买卖婚姻"的恶行抵消了"父权"在家庭关系中权威和合法性，为巧儿在"买卖婚姻"此事上与父亲的情感决裂，也是试图要脱离父权的控制赋予了情感和话语上的依据。同时，又借着赵柱之口表示对父亲"抢亲"行为的反对。既然"包办"和"抢亲"这样的"父权"话语失去其合法性，谁能代替其在青年人心中的权威？说唱本借着赵柱之口唱出了"咱们边区有法令，随便抢亲怎能行？你爱好来我也爱好，咱是边区好公民"。② 权威的是"边区法令"为代表的国家意志。这正暗暗契合了韩起祥本人对共产党文艺组织收编的经历，正如"封建迷信"的说书必须被"新社会的好事"所替代，那么"父亲的意志"也必须被"边区法令"所取代，这二者之间，显然有着内在逻辑的一致性。
　　在中华人民共和国成立前，对《刘巧儿》这一故事改编的两个版本的重点各自也都逐渐明确了，韩起祥的说书版本主要目的在于削弱"父

---

① 韩起祥：《刘巧团圆》，海洋书屋1947年版，第44页。
② 韩起祥：《刘巧团圆》，海洋书屋1947年版，第67页。

权"意志的合法性，确立边区政权"法制"的权威；而袁静的版本，则精准在故事线中确立了"工农兵"立场和"阶级斗争"这一基本路线。"但是，中国共产党鼓励年轻女性打破父权制婚姻关系的束缚而'自愿自主'地选择自己的情感归属，其目标并不是完全摧毁乡村社会的伦理秩序，而是以新的人民政治来重构这一秩序。就其实质性意义而言，这意味着对于传统父权制家庭的一种监督、改造和'改良'（而非'革命'），即政府将为青年女性与男性主持正义，为他们赢得更理想的婚姻伴侣与家庭关系，从而形成对原有的血亲家庭和宗法父权制结构的一种'监督'与'制衡'。"①后来《刘巧儿》改编，吸收了这两个版本中的核心精神，"刘巧儿的主体性在不同的叙事文本中式渐次加强的，这也与不同媒介的叙事文本产生的历史语境直接相关"。② 并进一步引申了一个重要的主题，就是对青年力量的动员和改造。

随着中华人民共和国的诞生，以及 1950 年《婚姻法》的颁布，此时对婚姻制度改革的重点和目标也随之发生了改变。陕甘宁边区的婚姻制度变革的重心并不在于解放个体，如贺桂梅所说，其实更注重的是通过婚姻改革来"打破乡村社会秩序"，并"重构乡村社会"，也就是通过政权"法制"来替换伦理"父权"，其实也就是确立中共政权在边区的政权合法性。当中华人民共和国成立后，婚姻制度改革的前序目标就已经不再是重心，而在于构建王明所说的"社会生产力底发展"，发展的路径正是要"把男男女女，尤其妇女从旧婚姻制度这条锁链下也解放出来"。贺桂梅认为，刘巧儿故事的改编更多展现的是中共女性解放政策的历史经验。但这并非剧作版《刘巧儿》创作的全部意图，而还含有对青年男女同等程度的主动性动员。这一点在《刘巧儿》抢亲这个环节上就可以看出，原本《马锡五同志的审判方式》中提及，张金才是纠集了二十多个亲友前去封家抢亲，在袁静的版本中，抢婚的是同村的青年老少，婚

---

① 贺桂梅：《人民文艺中的婚姻家庭叙事与妇女解放的历史经验》，《妇女研究论丛》2020 年第 3 期。

② 贺桂梅：《人民文艺中的婚姻家庭叙事与妇女解放的历史经验》，《妇女研究论丛》2020 年第 3 期。

事的男主人公张柏却显得面目模糊而消极，显示这原本就属于一桩乡村社会"家族式"的"父权"间的婚姻纠纷。但在王雁《刘巧儿》中，随着赵父去抢亲的却是赵柱儿、锁儿、栓子等以青年为主的变工队队员，赵柱儿在整个故事中承担的是理智劝父不冲动，临场应对也不怯场的有担当的有为青年，抢亲队伍的政治属性显然减弱了原本"家族"式抢亲在政治舆论场上的道德劣势。当然这种"有为"必须要在女主人公巧儿主体性构建的基础上，也就是"告状"，案件才得以解决。在从父权"抢夺"到青年"主动"的转化过程中，明显可以看出创作动机：对"青年"这一群体的动员。

而对于巧儿和赵柱儿原本的"包办关系"，剧作版显然巧妙进行了身份替换。巧儿并不像捧儿一样在婚前"真正"见过未婚夫，因此并不赞同父亲的"包办"婚姻，这解释了为何起初巧儿同意父亲办理了退婚而不是被父权"教唆"的。此时"赵柱儿"所拥有的伦理社会身份"包办未婚夫"，并不具备合法性。但巧儿退婚后说，她在劳模会上"爱上"模范青年"赵振华"，并希望"这个年轻的人呀，他也把我爱"，这种表述方式显然和袁静和韩起祥的版本表述有着巨大的差异，不同以往版本中只是针对乡村伦理的改造，"爱"正式出现了。此处的爱，显然是构建在男女个体基础上的情感，而"爱情"正是中华人民共和国新婚姻观念构建的理论根基。随后，巧儿遇到了正在劳动的赵柱儿，才意识"包办"的"赵柱儿"就是之前在劳模大会上爱上的勤劳能干的变工队长"赵振华"，阶级身份和政治表现弥补了这段关系中"包办"的程序瑕疵，增加了刘巧儿和赵柱儿婚姻达成的"自主"动机及合理性，而在叙事推进的过程中，刘巧儿和赵柱儿不断亲口强调"上次那件亲事是父母包办的，当然应该退。这回是我们自己做主定的亲"；不仅如此，包括李大婶和老马在内的乡亲也认同这一逻辑，也显示了乡村伦理面对国家意志的妥协和服从；而作为国家干部的石裁判员在认识到自己的错误后也说："婚姻自主靠本人"，显示了这种"自主"并非意识形态所控制的，而是青年男女的个人意志在起主要作用，政府将这一权利赋予青年之后，由青年人去决定如何使用。最终的结尾，众人也齐齐唱出："婚姻事要自

179

主靠自己争取，新社会新妇女不受人欺。巧儿和柱儿斗争得胜利，要感谢共产党，感谢毛主席！”婚姻靠的是“自己”和“本人”，这种说法显然大大超出了前序改编版本以政府权威为中心的表述方式，极大将青年男女“个体”和作为个体的“主体性”揭示了出来，青年男女婚姻的自主，已经摆脱了前序改编版本历史语境中的“父母包办”和乡村社会的“纲常伦理”，获得了毫无阻拦的支持，而这一切正是有赖于“共产党”和“毛主席”对青年的法律支持和赋权。丛小平就指出这种强调青年男女主动性而弱化司法的改编与“五四”城市知识精英发起的“婚姻革命”初衷是一致的：“把婚姻自由的观念纯粹化、抽象化了，变成青年男女个人的意志以及不容妥协的观念的结果，这就又回到‘婚姻自由’当初出发的地方，回到了都市文化语境中对婚姻自由的理解。”①

三、青年“个人”调动：从结婚的“自主”到“自由”

值得注意的是，“刘巧儿”故事的版本演进中，无论是40年代还是50年代，其叙事的历史框架依然停留在陕甘宁边区，并未随着时代语境和法律的革新而发展，因此使用的一直都是解放区婚姻条例所宣传的“婚姻自主”的表述方式。这与50年代《婚姻法》“婚姻自由”的法条和宣传口径有着微妙的差异，正是这一差异，构成了五十年代不同以往的“结婚叙事”的代际张力。根据陕甘宁边区的婚姻制度改革，1939年陕甘宁边区初次颁布的《陕甘宁边区婚姻条例》总则使用了“自由”这一表述方式：“男女婚姻照本人之自由意志为原则”，在结婚一章中强调“男女结婚须双方自愿”；在1944年和1946年修改调整的《修正陕甘宁边区婚姻暂行条例》和《陕甘宁边区婚姻条例》中统一简化为“男女婚姻以自愿为原则”；成型于这一时期的“刘巧儿”采用的也是较为一致的“婚姻自主”和“自愿”的表述方式。直到1954年的《中华人民共和国宪法》中

---

① 丛小平：《自主：中国革命中的婚姻、法律与女性身份（1940—1960）》，社会科学文献出版社2022年版，第396页。

形成了"婚姻自主权"的规定。值得注意的是，1950年《婚姻法》在结婚问题上却显示出区别于前后时期"自主"为核心的"自由"表述。①《婚姻法》第一章原则规定"男女婚姻自由"表述，第一章结婚要求"结婚须男女双方本人完全自愿"；可见1950年婚姻法在其之前之后时间段的婚姻制度变革中，表述方式和实践路径都更加激进。因为1950年《婚姻法》的主要立法精神，正是来源于1931年《中华苏维埃共和国婚姻条例》和1939年颁布的《中华苏维埃共和国婚姻法》，而丛小平指出："江西苏维埃颁布的婚姻条例重点则在于'自由原则'，或者个人的'自由意志'。可以说，1931年的婚姻条例更多地受到五四新文化的影响，继承了这一时期都市新文化的精神。"②但这种激进却并未表现在《刘巧儿》50年代的改编版本中，其沿袭的依然是陕甘宁边区继承而来的婚姻"自主"和"自愿"的表述方式。丛小平认为，40年代陕甘宁边区婚姻制度改革从1939年的"自由"到1944年的"自愿"调整，主要是基于边区的法律实践，她认为："'婚姻自由'的先决条件是个体追求自由，而陕甘宁边区并不具备这个条件。因为这个地区的婚姻都是家庭事务，'婚姻自由'并没有体现为男女个人主体的权利，在以家庭为主体的情况下，父亲习惯性地行使这个自由并从经济膨胀的条件下获益，实际上强化了父

---

① 关于"自由"和"自主"的法条表述差异，丛小平在《自主：中国革命中的婚姻、法律与女性身份(1940—1960)》中认为，"自由"一词从西方引进中国伊始就暗含着"允许主体无限制"的随意和任性，且从晚清到"五四"，"自由"一词的传播主体和接受对象主要是中国都市知识群体，并引发了"恋爱自由""结婚自由"等社会风潮，因此这一词语有一定的"城市"属性。当"自由"的婚姻制度变革实践落实到以农村为主体的解放区时产生了水土不服，遭到当地以父权为主导的家庭势力对儿女婚姻可以"无法无天、随意为之"的误读，因此在后续的婚姻制度变革实践中更多采用了"自主"的表述方式，因为"自主"意味某事由自己做主、自己决定的意思，更加强调决定主体的主动性，这就将婚姻制度变革的主体权利归还到了年轻男女个人手中。参见丛小平：《自主：中国革命中的婚姻、法律与女性身份(1940—1960)》，社会科学文献出版社2022年版，第213-235页。

② 丛小平：《自主：中国革命中的婚姻、法律与女性身份(1940~1960)》，社科文献出版社2022年版，第213页。

权制。"①封捧儿被父亲教唆退婚就是一个例证，所以当时封捧儿向马锡五告的也不是自己意愿下的"婚姻自由"，而是包办初婚的完整性。在刘巧儿的改编版本中，留定的陕甘宁边区背景使其依然使用"婚姻自主"表述倒是情有可原。但顺着这个思路，为何 1950 年《婚姻法》使用的是"婚姻自由"这样更激进的表述方式也就不难理解了，如果说陕甘宁边区身处广大的农村地区尚不能满足"个体追求自由"的条件，那么接管了农村和城市的中华人民共和国，理应使用从"五四"继承而来的激进话语"自由"，广泛收编农村和城市的青年。在当时的婚姻法中也可以发现，"自主""自由""自愿"这类词语，无论是在官方层面或者是个体层面，使用起来并没有特别明显的区别和特殊性，往往在政府文件或者某个叙事文本中，这三个词语都是混用的，如刘景范在《贯彻婚姻法是当前各级人民政府和全国人民重要的政治任务》的讲话中就同时使用了"自主"和"自由"。在风靡一时的赵树理小说《登记》中，也同时出现了"自主""自由""自愿"三个词汇，说明这几个词汇在婚姻法制定时虽然可能隐含了立法者的立场和态度，但是政府层面在概念的使用上，或者至少在个体实践的层面上，对这几个词的感受并没有太大的差异。王雁在《关于〈刘巧儿〉的改编》中也说"当时边区虽然没有婚姻法，但婚姻政策是有的，而且，婚姻自由的精神，跟今天并没有什么两样。一个剧本，他只能说明一个政策的主要部分或主要精神，他绝不可能把整个政策的条文全部翻成艺术形象。因此，只要这个剧本能说明'婚姻自由'的精神，能使观众认识到婚姻大事应该由自己做主，父母包办是不对的，用彩礼买卖妇女，是违法的，就应该承认他对当前的宣传工作还有它一定的积极意义。"②可以发现，这三个词的使用，背后指向的是同一个目的，就是用过"自由""自主"这样的词汇，调动青年个体的意识能动性，与"父权"或者"族权"抗争，将青年解离大家庭，凸显青年的

---

① 丛小平：《从"婚姻自由"到"婚姻自主"：20 世纪 40 年代陕甘宁边区婚姻的重塑》，《开放时代》2015 年第 5 期。

② 王雁：《关于〈刘巧儿〉的改编》，《刘巧儿》，北京宝文堂书店 1952 年版，第 2 页。

"主体性"，并通过这些话语解放在传统家庭制度中作为"个人"的青年群体，为进入国家权力运作系统做好前序准备。而这种解放"个人"的叙事方式很快就在其他宣传《婚姻法》的作品中显示出来。

但是对"个人"的言说显然也出现了不同的路径和思考方式。宣传婚姻法的故事，除了较有影响力的《刘巧儿》之外，同一时期进行婚姻法宣传的小说文本也大量涌现。这些小说显现出了同样的反对"父母包办"的"抗婚"主题，如金剑创作的剧本《赵小兰》、克明的《二姐结婚》、韶华《儿女们自己的事》、孙犁《一篇关于农村问题的报告》《正月》、庞亚民《小军和小彦》、刘真《春大姐》等。在这些故事中，虽然主题都是"反对包办"，但是故事中主人公对"婚姻自由"的思考和实践方式，显然出现了两种不同的分歧。一种通过政府向青年赋权的激烈方式让年轻人正面对抗父权，并获得"结婚自主"的个人权利；另一种则通过对"个人解放"的障碍，主要是阻挠青年解放的官僚主义的清扫，实现青年的"个人化"。

一方面，通过政府的赋权，青年们开始正面对抗父权。如韶华《儿女们自己的事》中的玉蓝，当父亲老陈头意图包办玉兰婚事不成，恼羞成怒要求玉蓝"滚出去"时，玉蓝正面回击"滚出去就滚出去，现在不是我姐姐'出门儿'那时候了！"[1]玉蓝之所以敢正面对抗父亲的原因有三条：一是土改给玉蓝分了一份地，她可以在结婚时带走；二是玉蓝靠劳动能养活自己；三是政府有自主婚姻的法令。这类表述同样出现在《赵小兰》《春大姐》等作品中，赵小兰们"打死也不去"包办婚姻的底气正是来自于"政府给我做主"，政府通过土地改革和婚姻制度变革等方式向青年个体赋权，不仅改造了青年们依靠家庭的思想，也在实际上为他们同父权决裂"撑腰"。

另一方面，青年们在"婚姻自主"路上的阻挠不只有父权，还有以农村封建势力为代表的地方"官僚主义"，这同样是青年们"个人解放"

---

① 韶华：《儿女们自己的事》，谷峪等：《强扭的瓜不甜》，新文艺出版社1951年版，第63页。

的阻力之一。1950年4月14日,在婚姻法颁布前夕,孙犁主编的《天津日报·文艺周刊》刊登了庞亚民的小说《小军和小彦》,故事主要讲的是贫农代表小军和妇联会干部小彦的自由恋爱遭到村人的风言风语,加上小军的贫农出身,让小彦父亲双贵更加反对这段关系,并试图包办小彦的婚事。小军和小彦不得不压抑情感尽力避嫌,同时试图借助村支部书记和妇会主任等人的领导力量进行干预和调解,在村领导"婚姻自主,男女自由找对象"的劝导下,双贵最终同意了小军和小彦婚事,并举办了新式婚礼。小说发表后不久,孙犁立即为这篇小说写了评论《从小说〈小军和小彦〉看农村婚姻》,认为华北地区虽然早在解放战争期间就有施政纲领,以及晋察冀边区的《双十纲领》等婚姻有关的条例支持男女青年的婚姻自主,但是多数青年男女并没有实际的收获。除去农民的封建思想的阻碍之外,"主要的是领导",孙犁认为不少干部在处理农村婚姻问题的时候,并不能像《小军和小彦》中的干部一样支持"要求婚姻自由自主的妇女"的正确诉求,而多数认为这样的女性"太不本分"而进行镇压和私生活审问,这是"在执行封建制度",正因为如此,青年人才会跳墙私奔,女性才会面黄肌瘦寻死觅活,加上后来"敌情紧张,领导上也放松在这一问题上的注意,农村的婚姻问题又渐渐恢复了旧观点、旧习惯"因此应该把它"作为一个'斗争对象'明确地提出来,要求人民判决它,它就不会被铲除干净"。①

很可能受《小军和小彦》和婚姻法的颁布的影响,孙犁1950年6月迅速创作了《一篇关于农村婚姻问题的报告》(后改名为《婚姻》),开头虽提及如意的母亲早年被卖给半傻的大木僧做妻子,她刚过门就跳井寻短见被救回,多年后仍对女儿如意的自由恋爱持反对态度。但显然宝年和如意婚姻问题上的最大阻挠其实是村长和区干部,他们将正确寻求婚姻自由自主的宝年和如意认定为是在"搞男女关系",并借口中心工作"反淫乱"将如意扣押和审问,如意被释放后不仅遭受了村民的闲话和

---

① 孙犁:《从小说〈小军和小彦〉看农村婚姻——纪念中国婚姻法的颁布》,《孙犁文集》第4卷,百花文艺出版社1992年版,第471页。

父辈的反对，连宝年也避而不见了，如意虽然痛苦却意识到"不要自己限制自己"，最终寻找宝年约定"明天，我们到县里去说理，我就不信抗战八年多，换不来个婚姻自由！"①故事就此结尾，宝年和如意的婚事到底结局如何却留下悬念。小说延续了孙犁在评论文章的观点，显然认为造成青年婚姻不自由的主要问题在于干部不能正确对待青年的婚姻自由诉求，不明晰的结局显然区别于同一时期宣传婚姻法小说的"大团圆"收尾，暗示了孙犁在这一问题上的悲观态度，因为如意和宝年即使到县里"说理"，他们要面对的仍是干部，而这位干部的态度如何是未知的。而这样一个故事在发表后迅速引来批评，萧来写《读〈一篇关于农村婚姻问题的报告〉后》，指出"其意义是不应该只限在老区农村"。且如意宝年结合的受阻拦，把"犯错误的干部"当成主要责任人减少了故事应有的"普遍意义"和"现实意义"，非要走大街的民兵、看热闹的妇女、跳过井的如意母亲、怕闲话的宝年父亲才是美满婚姻的真正阻力和"落后势力"，聚焦这些看法和认识上有偏差的群众作为当事人，才能增加问题的现实性②。而且批评指出了孙犁在婚姻问题上的一个重要问题，认为"斗争只是如意一个人"，而忽略了宝年这个"参加过战争，仍在当民兵的青年人，对爱情的卫护应当有份"，虽然孙犁意识到了青年"个体"在"自由结婚"问题上的重要性，但他仍然更多地将这一问题归因于女性的受压迫上："在农村要婚姻自由自主，青年本身是需要主动的斗争一番的，特别是女青年。因为她们自己还会限制自己，造成悲剧。"③因此孙犁对"斗争只是如意一个人"不以为然，"至于说为什么宝年不起来一同斗争，我觉得这不是什么主要缺点，即便宝年在这个问题上软弱一点，也不妨碍他们的结合，以后经过如意随时随地批评他，帮

---

① 孙犁：《一篇关于农村婚姻问题的报告》，《天津日报·文艺周刊》1950年7月14日。

② 萧来：《读〈一篇关于农村问题的报告〉后》，《天津日报·文艺周刊》1950年7月28日。

③ 孙犁：《对〈一篇关于农村婚姻问题的报告〉的检讨》，《天津日报·文艺周刊》1950年7月28日。

助他，他们还是可以过得美满的"。① 但是萧来的批评显然代表了当时的一派观点，虽然《婚姻法》主要保障的是妇女的权益，是对妇女解放运动的响应，但婚姻问题显然不只是女性的问题，而关系到青年男女双方对爱情的护卫和对父权封建势力的斗争，占据主动性的不应该只是女性，而是包含男女在内的青年群体对封建父权观念的农村落后势力斗争意识的动员。按照阎云翔的观点，国家的暴力介入，摧毁了乡村的封建秩序，取代了家族统治，而婚姻制度的改革正是其中手段之一。②

　　历经"婚姻自由"思想鼓动的青年，在社会生活的其他领域也开始扩大自我意识的边界，开始萌生出摆脱集体的"个人主义"。如吴梦起的《未婚妻》、胡隆美的《帮助》、克明的《波折》、康濯的《春种秋收》等，这些小说都将"个人主义"与婚姻问题相勾连起来。《春种秋收》如此形容岭南庄里的青年风气，小伙子找对象的要求不低，高小毕业的姑娘们眼界更高，目标根本没放在村子里，没结婚的男女青年甚至形成了对峙的局面，女主人公刘玉翠"不做活，也不工作。每天吃了饭，就光打扮起来挑对象。而且，听说还一定得挑个工人出身的共产党员，或者是要挑个大干部"。因此被男主人公周昌林称为"资产阶级享乐思想"③；《李秀兰》里的秀兰成了"秧歌大王"后"越玩越想玩"，婚前就不想帮家里干活，婚后为能"脱离生产"去上了县学，和同屋的林梅香连着两晚读抄政府的婚姻条例，"尤其对离婚的十一个条件，她算是背得透熟了"④；对青年们的"个人主义"倾向暴露最明显的就是吴梦起的《未婚妻》，小说讲述玉兰同孙连和自由恋爱，和家庭抗争后获取胜利，即将进入婚姻，为村里年轻人树立了模范。但临到结婚前，孙连和受李有文怂恿，犯了"个人主义"，想退出合作社和李有文单干，这让玉兰反感并动摇了结婚的想法。在玉兰的坚持及村干部的宣传教育后，孙连

---

　　① 孙犁：《对〈一篇关于农村婚姻问题的报告〉的检讨》，《天津日报·文艺周刊》1950 年 7 月 28 日。
　　② 杨念群：《亲密关系变革中的"私人"与"国家"》，《读书》2006 年第 10 期。
　　③ 康濯：《春种秋收》，《说说唱唱》1954 年第 12 期。
　　④ 洪林：《李秀兰》，《大众日报》1946 年 5 月 17 日。

和反思了自己的错误，归了社，和玉兰重归于好。小说虽然指出孙连和的"个人主义"是受李有文鼓动，但是为何能被鼓动成功，孙连和却在和玉兰解释时隐晦地道出："咱们结了婚，就咱们两个过日子"，"我可都是为你，咱们退了组，地里活儿我多干点儿，省你累着，玉兰你看多好"。① 显示了"结婚自由"一个危险的面向，婚姻法用"自由"话语将年轻人从旧式大家庭剥离之后，小家庭的确立不仅解放了青年人，更加助推了"个人"意识的萌生和全面发展，私人生活就此开始转型，并逐渐试图摆脱"集体"的收编。根据阎云翔的观察，1950 年婚姻法和其他的家庭改造政策是导致私人生活转型的另一要素。法律确认了年轻人婚恋的自主权，并在各种政治运动中，发动对父权、男性中心以及传统家庭观念的批判，推行严格的计划生育政策，重塑了家庭的各种传统观念与实践。国家摧毁传统地方权力，将家庭卷入国家政治的方式为私人家庭和个人的发展创造了新的社会空间。②

在这个意义上，政府通过"个人主义"所倡导的"自由结婚"，在青年人心中树立了为"个人"自由的新式婚姻观念，取代了旧式的"媒人""族长""父母"三个传统的婚姻必经链条。通过《婚姻法》结婚法条和政策的实施和宣传，接管了年轻人的婚姻和家庭生活。同时，国家政权通过对带有封建思想的村长，乡霸这些传统势力和地方政权的清扫和瓦解，直接帮助青年们解决了他们最渴求解决的自由婚恋问题，并试图通过婚礼仪式的改革，彩礼的取消，建立一种国家政权和青年之间的直接对话关系。这种方式无疑打造了一个具有直接穿透力的政权体系，年轻人顺其自然地接受了政权系统的存在，并进入这个政权所构建的集体生活。

---

① 吴梦起：《未婚妻》，《天津日报·文艺周刊》1953 年 3 月 18 日。
② ［美］阎云翔：《私人生活的变革——一个中国村庄里的爱情、家庭与亲密关系(1949—1999)》，龚小夏译，上海人民出版社 2017 年版。

后　记

　　"文变染乎世情，兴废系乎时序"，相比于古代文学，中国现代文学的发展与现代社会变革的背景更为紧密。"五四"以来，现代作家以其敏锐的神经感触着时代发展的脉搏，并执其如椽之笔勾画出广阔而复杂的社会变革图景。现代文学创作的要义不再止乎于抒情或"载道"，而更志在指导实践与改造社会。本书基于社会变革与文学创作之间的深层互动关系，从沈玄庐的乡村实践与新诗书写、郑振铎的现代人道主义观与文学实践、土改中的权势转移与文学书写、中华人民共和国《婚姻法》的颁布与结婚自由书写等专题中，对"五四"至"十七年"时期，中国现代文学的生成与发展进行多维关照。

　　本书共有四章。在章节与内容安排上，刘书景撰写了第一章"沈玄庐的乡村实践与新诗写作"，从沈玄庐"五四"时期的农民、劳工、妇女观及其乡村实践出发，挖掘他的"乡村实践"与新诗写作的互动，其中部分内容发表于《现代中文学刊》2019年第2期，该章字数约为3万字。张瑞瑞撰写的是第二章"郑振铎的现代人道主义观及其文艺实践"，从郑振铎人道主义观的溯源、人道主义观的形态，进而讨论郑振铎的文学实践，该章约为3万3千字。王彪撰写的是第三章"解放区土改中的权势转移与文学书写"。本章认为，解放区土改绝不仅仅是资源的再分配，而且深刻影响了乡村社会的权力结构与基层治理。基于这一研究思路，第一节通过对经典土改小说《太阳照在桑干河上》的重读，揭示了土改中"旧势力"的顽固性及阶级斗争的复杂性。第二节在对土改小说中"村干部"形象的研读分析中，反映出"权势转移"下基层治理中的新面貌与新问题，该章约为3万字。罗莹钰撰写的是第四章"青年动员：

'结婚自由'叙事中的'个人'与'集体'",梳理了"结婚自由"叙事的时代背景,并以"刘巧儿"改编为个案,探讨中共中央如何通过"自由结婚"的宣传话语对青年群体实施社会动员,用"个人"的观念将年轻人解离出家庭之外,并接受了"集体"的意识观念,该章约为3万1千字。总之,本书四章,分别从不同角度对社会变革与文学书写的互动关系进行了探讨。

感谢我们的博士生导师王烨老师,本书是四位作者同门情谊的见证。感谢武汉大学出版社白绍华编辑为本书出版付出的辛勤与细致的工作。

对于本书的撰写工作,我们尽管倾注了极大的热情,调动了各方面的积极性,由于水平所限,遗珠漏玉在所难免,敬请广大专家、学者批评指正。

罗莹钰　王彪　刘书景　张瑞瑞
于厦大芙蓉湖畔
2022年6月9日